ハヤカワ文庫NV
〈NV1504〉

ボーンズ・アンド・オール

カミーユ・デアンジェリス
川野靖子訳

早川書房
8903

BONES & ALL
by
Camille DeAngelis

Translated by
Yasuko Kawano
First published 2023 in Japan by
HAYAKAWA PUBLISHING, INC.
This book is published in Japan by
arrangement with
the original publisher,
ST. MARTIN'S PUBLISHING GROUP
through TUTTLE-MORI AGENCY, INC., TOKYO.

ケイト・ギャリックへ

いつの日か目が覚めたらまわりに迷路ができていて、
わたしはほっとするだろう。

ボーンズ・アンド・オール

登場人物

マレン……………………………………………16歳の少女
ジャネール………………………………………マレンの母
フランシス・イヤリー…………………………マレンの父
サリヴァン（サリー）…………………………放浪者の老人
リー………………………………………………マレンが出会った青年

1

ペニー・ウィルソンは自分の赤ん坊を最悪のやりかたでほしがった。というのも、あたしを一時間半のあいだ見ていればよかっただけなのに、思うに少しばかりかわいがりすぎたのだ、たぶん。きっと子守唄を口ずさみ、あたしの小さな手と足の指の一本一本に触れ、頬にキスし、産毛の生えた頭をなで、タンポポの綿毛を飛ばして願いをかけるようにあたしの髪にふっと息を吹きかけたりしたんだろう。もう歯が生えていたけど、あたしはまだ小さすぎて骨は呑みこめなかった。だから、母さんが帰ってきたときはリビングルームの絨毯の上に骨が山積みになっていた。

あたしの母さんが最後にペニー・ウィルソンを見たときはまだ顔が残っていた。母さんは悲鳴をあげたはずだ、誰があげずにいられよう。少し大きくなってから、母さんはあたしに言った――あのときはベビーシッターが悪魔めいたカルト集団の犠牲になったと思った、と。母さんは郊外居住区でもっと奇妙なできごとに遭遇したことがあったから。カルト集団の仕業じゃなかった。もしそうだったら、あたしを連れ去り、口にはできないようなことをしていたはずだ。でもあたしは骨の山の横で、頬には乾いた涙の跡を、口のまわりにはべっとりと血をつけて床の上で眠っていた。そのときでさえそんな自分が嫌でしかたなかった。このときのことは何もおぼえていないけど、そうだったとわかる。

カバーオールの正面が血糊で汚れ、顔に血がついているのを見たときでさえ、母さんはどういうことか呑みこめなかった。あたしの口を開けて人差し指を突っこみ――母親というのは何よりも勇敢な生き物で、なかでもあたしの母さんは群を抜いていた――歯茎のあいだに何か硬いものがはさまっているのに気づき、引っぱり出してよく見た。それはペニー・ウィルソンの鼓膜の槌骨《つちこつ》だった。

ペニー・ウィルソンは同じ共同アパートの中庭をへだてた向かいの建物に住んでいた。ひとり暮らしで、片手間程度の仕事しかしていなかったから、いなくなっても数日は誰も気づかない。それが、二人であわてて荷物をまとめ、家から逃げ出した最初だった。そのときから母さんは、この先どれだけ引っ越しの手際がよくなるか、うすうす予想していたのではないかと今でもよく考える。最後の引っ越しのとき、荷造りにかかった時間はきっかり十二分だった。

　いまから少し前、母さんにペニー・ウィルソンのことをたずねた――〝どんな人だった？　どこの出身？　何歳だったの？　たくさん本を読んでくれた？　いい人だった？〟そのときは車に乗っていたが、新しい街へ行く途中ではなかった。あたしたちは、あたしがやった直後は決してそのことを話題にしなかった。

「そんなことをきいてなんになるの、マレン？」母さんは親指と人差し指で両の目頭を揉んで、ため息をついた。

「ただ知りたいだけ」

「金髪だった。いつも長い金髪を垂らしていた。まだ若かった――母さんよりもね――でも、あまり友だちはいなかったみたい。とても物静かだった」そこで母さんの声は、思い出したくなかった記憶でうわずった。「あの日あなたのお守《も》りを頼んだとき、あの人がどんなに顔を輝かせたことか」手の甲で涙を拭う母さんは怒っているように見えた。「これでいい？　変えられることなんてひとつもないのにこんなことを考えても意味がないの。やったことはやったこと」

　あたしはしばらく考えてからたずねた。「母さん？」

「何？」

「骨はどうしたの？」

母さんは長いあいだ無言で、あたしは答えを知るのが怖くなりはじめた。なぜなら、荷物のなかには母さんが一度も開けたところを見たことのないスーツケースがいつもあったから。ようやく母さんは言った――「なんどたずねられても、あなたには絶対に言えないことがあるの」

母さんはやさしかった。あたしが何をしたかとかあたしが何者かとかいったことは決して口にしなかった。

母さんがいなくなった。まだ暗いうちに起きだし、わずかな荷物を詰めて車で出ていった。もうあたしを愛していなかった。でも、もう愛せなくなったからといって、どうして責められよう？

これまでのことが忘れられそうなくらい、ひとつの場所に長く住んでいたころ、たまに母さんが映画《雨に唄えば》に出てくる歌で起こしてくれた。

「グッドモーニン、グッドモーーーーニン！」

でも、その歌声はいつもどこか淋しげだった。

五月三十日、あたしが十六歳になった日も母さんは歌いながら部屋に入ってきた。その日は土曜日で、朝から晩までお楽しみの予定でいっぱいだった。あたしは枕を抱いてたずねた。「どうしていつもそんなふうに歌うの？」

あたしは母さんがカーテンを大きく開けて目を閉じ、太陽の光に向かってほほえむのを見ていた。「そんなふうって？」

「〝夜どおし語り明かした〟ってところ。もっとまともな時間に寝ればよかった、みたいな」

母さんは声を立てて笑い、ベッドのすそにすとんと座ると、羽布団の上からあたしの片膝をなでた。「誕生日おめでとう、マレン」あれほど幸せそうな母さんを見たのはひさしぶりだった。

チョコチップ入りのパンケーキを食べながらプレゼントの袋に手を入れると、大型本——三巻が一冊になった『指輪物語』——と大型書店〈バーンズ&ノーブル〉のギフトカードが入っていた。その日、母さんとあたしは書店で一日の大半を過ごした。夜はイタリアンレストランに連れていってもらった——ウェイターもシェフもみなイタリア語で言葉を交わし、壁一面に白黒の古い家族写真が飾られ、何日もお腹がいっぱいになりそうなミネストローネを出す、本物のイタリアンレストランだ。

店内は暗く、赤いガラスのロウソク立ての光がスープを口に運ぶ母さんの顔で揺らめいていたのをこれからなんども思い出すだろう。いろんな話をした。学校のこと、母さんの仕事のこと。あたしが大学に行く話もした——何を勉強したくて、何になりたいか。ロウソクを立てた、ふんわりやわらかい四角いティラミスが運ばれ、ウェイターが全員でハッピーバースデーをイタリア語で歌ってくれた——ブオン・コンプリアーノ・ア・テ。

そのあと母さんは《タイタニック》を観に名画座へ連れていき、あたしはその三時間、大好きな本に没頭するようにストーリーに没頭した。あたしは美しく、恐れを知らず、愛し、生きのび、幸せになって、人々から忘れられない運命にある人間だった。現実とはかけ離れていたけれど、古くてみすぼらしい劇場のここちよい暗がりのなかで、あたしはそんな現実を忘れた。

そして疲れと充足感とともにベッドにもぐりこんだ。だって朝になったら、前日の余韻に浸りながら新しい本が読めるのだから。でも、目覚めるとアパートの部屋はやけに静かで、コーヒーのにおいもしなかった。変だ。

廊下を通ってキッチンに入ると、テーブルに書き置きがあった。

わたしはあなたの母親で、あなたを愛してる、でも、もうこれ以上は耐えられない。

まさか母さんがいなくなるなんて。ありえない。どうしてそんなことができるの？　あたしは両手を見つめ、自分のものではないかのように手のひらを上に向け、下に向けた。自分のものはほかに何もなかった――いま座っている椅子も、額をのせたテーブルも、外が見える窓も。自分の母親さえも。

何がなんだかわからなかった。もう半年以上、〝悪いこと〟はしていなかった。母さんは新しい仕事にすっかり慣れ、二人ともこのアパートが気に入っていた。こんなのはあんまりだ。

母さんの寝室に駆けこむと、ベッドのシーツと掛け布団はそのままで、ほかにも母さんの物が残っていた。ナイトテーブルには読み終えた数冊のペーパーバック。バスルームにはほとんどからっぽのシャンプーとハンドローションのボトル。クローゼットのなかには、あまりおしゃれではないブラウスが数枚、クリーニング店でもらう安っぽい針金のハンガーにかかっていた。引っ越しするとき、こうしたものはいつも置きっぱなしにしてきた。でも今回はあたしも置きっぱなしにされてしまった。

震えながらキッチンに戻り、もういちど書き置きを読んだ。一行だけの手紙に行間があるとは思えないけど、あたしには母さんがはっきりと書かなかった言葉がすべて読めるような気がした。

もうこれ以上あなたのことは守れない、マレン。あなた以外の世界をすべて守っていかなければならないとしても。

なんど警察に通報し、二度とあんなことをしないよう閉じこめておこうと考えたか、あなたがわかってくれてさえいたら……。

あなたをこの世に生み出した自分をどんなに恨んだか、わかってくれてさえいたら……。


わかってた。母さんが誕生日にあたしを連れ出したときに気づくべきだった。あんなにも特別な一日が、二人で一緒に過ごす最後の日でないはずがなかった。母さんは前からそうするつもりだったのだ。

あたしはずっと母さんの重荷でしかなかった。重荷で、恐怖だった。母さんがこれまでやってきたことはすべて、あたしを恐れるがゆえのことだった。

不思議な気分だった。耳鳴りがしていた——静かすぎるときに聞こえるような。そうでなければ、たったいま鳴った教会の鐘に頭をのせているみたいな。

ふと、テーブルの上にもうひとつ分厚い白い封筒があるのに気づいた。お金が入っているのは開けるまでもなくわかった。胃がむかむかした。立ちあがってよろよろとキッチンを出た。

母さんの寝室へ行って掛け布団の下にもぐりこみ、できるだけ小さく身を丸めた。ほかにどうしようもなかった。眠って目が覚めて、すべて元どおりになっていたらどんなにいいだろう。でも、眠りたいと思えば思うほど眠れないものだ。何かがほしいと思えば思うほど、それは手に入らない。

その日はぼんやりと過ぎた。『指輪物語』は開きもしなかった。読んだのは書き置きの文字だけだ。しばらくして起きあがり、家のなかを歩きまわった。気分が悪くて何も食べる気にならなかった。暗くなると自分のベッドへ行き、目を開けたまま何時間も横になっていた。死んでしまいたかった。あたしにどんな人生があるというのだろう？

誰もいないアパートの部屋では眠れなかった。泣くこともできなかった。母さんはあたしがすがりついて泣けるようなものを何ひとつ残さなかった。母さんに愛したものがあったとしたら、それも一緒に持っていってしまった。

ペニー・ウィルソンはあたしの最初で最後のベビーシッターだった。それ以来、母さんはあたしを託児所にあずけた。そこで働くのは疲れ果てた低賃金労働者で、誰かがあたしを特別にかわいがる心配はまったくなかった。

何ごともなく数年が過ぎた。あたしは模範的な子どもだった、静かで、真面目で、勉強熱心で。そのうち母さんは、あたしがあんな恐ろしいことをしたのは夢だったと思うようになった。記憶はゆがみ、受け入れやすい事実に姿を変える。あれは本当に悪魔的なカルト集団の仕業だった。彼らがベビーシッターを殺し、あたしを血まみれにして鼓膜をしゃぶらせた。あたしのせいじゃない――あれはあたしじゃなかった。あたしは怪物じゃなかった。

それで八歳のとき、母さんはあたしをサマーキャンプに行かせた。男子と女子が湖をはさんだキャビンで生活するようなキャンプ場だ。児童たちは食堂でも男女離れて座り、一緒に遊ぶこともほとんどなかった。手工芸の時間、女子は組みひものキーホルダーとフレンドシップ・ブレスレットを編み、そのあと薪《たきぎ》を集めてキャンプファイヤーに火をつける方法を習ったが、暗くなってから実際に火を熾すことは一度もなかった。ひとつのキャビンに女子八人が二段ベッドで眠り、毎晩、寝る前にはキャンプ指導員がダニがいないか全員の頭を調べた。

毎朝――水が冷たくよどんだ曇りの日でも――湖で泳いだ。ほかの女子は水が腰の高さに来るあたりまで歩き、所在なげに浅瀬に立って昼食の鐘が鳴るのをじっと待つだけだった。

でもあたしは泳ぎが得意だった。暗く冷たい水のなかでは生きてる感じがした。水着のまま眠ったことも幾晩かあった。ある朝、湖を横断して男子のキャンプ場まで泳ごうと決めた——〝やったよ〟と言うだけのために。両手両脚で水を切る爽快感を楽しみながらひたすら泳いだ。監視員が戻れと笛を吹いているのも、ぼんやりとしか聞こえなかった。

その子に気づいたのは、どれだけ泳いだかを確かめようと止まったときだった。彼も同じように女子のキャンプ場まで行こうと思ったんだろう。「やあ」彼が呼びかけた。

「こんちは」あたしは答えた。

二人とも泳ぎをやめ、四、五メートルほど離れて水をかきながら、じっと見つめ合った。空には雲が湧き立ち、いまにも雨が降りそうだった。湖の両端から監視員が激しく笛を鳴らしていた。あたしたちは少しだけ、手を伸ばせば指先が触れ合うくらいまで近づいた。彼は燃えるような赤毛で、これまで見たどんな子よりもそばかすだらけで、下の肌の色が見えないほどだった。彼は共犯者めいた笑みを浮かべた。まるでたがいに知ったどうしで、ほかに誰も泳ごうとしない湖のどまんなかで会うのを約束していたかのように。

あたしは肩ごしに振り返り、「まずいことになったみたい」

「ずっとここにいれば平気だよ」彼は言った。

あたしはほほえみ、「そこまで泳ぎはうまくないの」

「どうやったら何時間も浮かんでいられるか教えてあげるよ。だらりと力を抜いて脳みそを浮かばせればいい。ほらね？」そう言うと耳を水面の下に沈ませ、水中で斜めにあおむけになった。見えるのは、太陽があるはずの方向を向いた、水に浮かぶ顔だけだ。

「疲れない？」あたしは彼に聞こえるように大声で言った。

彼は体を起こし、耳から水を振り落とした。「ぜんぜん」

あたしもやってみた。たがいに近づき、彼が手を伸ばしてあたしの手に触れた。あたしはひょいと顔をあげ、指先で彼の腕を軽く上下に叩きながら笑い声をあげた。

「わかってる。すごいそばかすだろ」

両岸の監視員の笛が鳴っていた——耳を水中に沈ませても音が聞こえた——が、湖に飛びこんでまで連れ戻しに来ないのはわかっていた。たとえ監視員でも、この水のなかで泳ぎたいとは思わない。

どれくらいそうしていたかはわからないが、おぼえているかぎり、それほど長くはなかったはずだ。これがあたしではなく、ほかの誰かの話だったら、子ども時代の初恋物語になっていただろう。

彼の名前はルークで、それから数日間、いろんな手を使って連絡を取ってきた。あたしの枕に二度、手紙を残し、ある日の昼食後には靴箱を小脇に抱え、レクレーションホールの裏側にあたしを連れていった。ルークは雨よけの場所を見つけて箱の蓋を取り、セミの抜け殻のコレクションを見せた。「やぶのなかで見つかるんだ」とびきりの秘密を教えるような口調で、「外骨格だよ。セミは一生に一度だけ脱皮する。すごいだろ？」そう言って箱のなかから抜け殻をひとつつまみ、口に放りこんだ。

「すごくうまい」バリバリ嚙みながら言った。「なんでそんな嫌そうな顔するの？」

「してないよ」

「いや、してる。無理に女の子ぶらなくてもいいよ」ルークは抜け殻をもうひとつ取り出した。「ほら、食べてみて」バリバリ。「夕食のときに塩入れを取ってこよう、塩をかけるともっとおいしいんだ」

ルークがあたしの手に抜け殻を載せ、あたしはじっと見つめた。その瞬間、心の暗い隅っこで何かがひらめいた――これは食べてはいけないものだ。

ちょうど午後の点呼の笛が鳴り、あたしは抜け殻を靴箱に落としてその場から駆けだした。

その夜、枕の下に三通目の手紙を見つけた。最初の二通は、新しいペンフレンドに自己紹介するような内容だった――ぼくはルーク・ヴァンダーウォール、デラウェア郡のスプリングフィールドに住んでる。妹が二人いて、アミーワーガン・キャンプ場はこの夏が三度目で、今が一年でいちばん好きなときだ。きみがいてよかった。これで一緒に泳ぐ仲間ができた、それでルールを破ることになっても……。

今日の手紙は短かった――十一時に外で。一緒にしゅっぱつして、たくさんぼうけんしよう。

その夜、あたしはパジャマの下に水着を着た。みんなの寝息が一定になるのをベッドのなかでじっと待ち、網戸の掛け金をはずしてキャビンの外に出た。すでにルークは弧を描くポーチライトのすぐ後ろに立っていた。つま先歩きで近づくと、ルークはあたしの手を取って暗がりのなかに引っぱり、ささやいた。「行こう」

「行けない」〝行っちゃいけない〟

「大丈夫だって。こっちだよ！　見せたいものがあるんだ」あたしたちは手をつなぎ、転がるようにレクレーションホールの裏を通って男子キャンプ場に向かった。やがて木々のあいだからキャビンが見えたが、ルークはさらに暗がりの奥へとあたしを引っぱった。

森は昼間とはまったく違う姿で息づいていた。木々の上にかかる細い月がぼんやりとあたりを照らし、ホタルが緑がかった金色の光を放ってそこらじゅうを飛び交っていた。ホタルたちは何を言い合っているのだろう。マツの木が清浄な空気を吐いているのかと思うほど夜風は冷たく澄み、森にはセミとフクロウとウシガエルたちの見えないオーケストラが低く響いていた。

薪の煙が鼻をくすぐった。アミーワーガン・キャンプ場の外の、さほど遠くない場所で誰かが焚火《たきび》をしていた。「ホットドッグがあったらよかったんだけど」ルークがうらめしげに言った。そのとき前方に何か光るものが見えたが、近づいてみると焚火ではなかった。森のなかに赤いテントがあり、なかから光を放っていた。本格的なテントではない——伸縮型の金属棒とファスナーで組み立てる、どこでも買える簡易型だ——が、そのせいでいっそう謎めいて見えた。ルークはどこからか赤い防水布を見つけ、二本の木のあいだに渡した洗濯ひもにかけていた。あたしはしばらくそこに立ってうっとり見つめた。ここから見たらまるで魔法のテントみたいで、なかに入るとモロッコのバザールが広がっているような気分になれた。

「あなたが作ったの?」

「うん。きみのために」

このときが、それを感じた最初の記憶だ。暗がりのなか、ルークの隣に立って暖かい夜の空気を吸ったとき、彼の足指のあいだの、綿くずのにおいまで嗅ぎ取れた気がした。ルークはなおも湿った、卵の腐ったような湖のにおいをまとっていた。夕食後に歯を磨かなかったらしく、息をするたびにスロッピー・ジョー（バンズにミートソースをはさんだサンドイッチ）のチリパウダーのにおいがした。

その瞬間、それは全身を流れるように駆けめぐり、あたしは身震いした――飢餓感と、確信。ペニー・ウィルソンのことは何も知らなかった。幼いときに何か恐ろしいことをして、また同じことをしそうになっているという感覚だけがあった。それは魔法のテントではなかったけれど、二人のどちらかは二度とそこから出てこないと、あたしにはわかっていた。

「戻らなきゃ」

「弱虫だな！　誰にも見つからないよ。みんな眠ってる。ぼくと遊びたくないの？」

「遊びたいけど……」あたしはつぶやいた。

ルークはあたしの手を取り、テントの垂れ布の下に引っぱった。

即席の隠れ家にしては準備がよかった。スプライトが二缶、イチジククッキーが一パックとドリトスが一袋、青い寝袋、セミの抜け殻の靴箱、電気ランタン、『アドベンチャーブック』とトランプが一組。ルークはあぐらをかいて座り、寝袋から枕を引き出した。

「ここでひと晩、過ごせると思ってさ。木切れは全部どかした。それでも地面は固いけど、野外サバイバルのいい訓練になる。大きくなったら森林警備隊員になるんだ。森林警備隊って知ってる？」あたしは首を横に振った。

「勝手に木を切り倒したり、動物を撃ったり、悪いことをしたりしてる人がいないか、森をパトロールする仕事。ぼくはそれをやってみたい」

あたしは『アドベンチャーブック』を手に取った。タイトルは〈ユートピアからの脱出〉。表紙にはジャングルで迷った二人の子どもの足もとの地面が崩れ落ちてゆく絵が描かれていた。十三の違う結末から選ぼう！　成功か破滅か、きみの選択にかかっている！

〝破滅〟。いやな予感がした。

「スプライト、飲む？」ルークは缶の蓋を開けて手渡し、「ほら、イチジククッキーもあるよ」自分でひとつ取って、端をぐるりとかじった。「でも、森林警備隊員になる前にトライアスロンだ」

「トライアスロン？」

「百五十キロ走って、百五十キロ自転車をこいで、百五十キロ泳ぐ、それを全部一日で」

「どうかしてる」あたしは言った。「百五十キロ泳げる人なんかいないよ」

「どうしてわかる？　ためしたことあるの？」

あたしは声を立てて笑った。「まさか」

「でも、ずっと浮かぶ方法はもうわかっただろ。まずはそこからだ。ぼくは浮かぶのはできるけど、ずっと泳げるようにもならなくちゃ。だから練習する、泳げるようになるまで、どんなに時間がかかっても。それができたら馬でロッキー山脈を駆け抜けて、森林火災を消し止めて、自分で建てた木の家に住むんだ。本物の家みたいな二階建ての家。のぼるときは縄ばしごで、おりるときはすべり棒を使うけど」そこでルークは何かに気づき、顔をしかめた。「でもすべり棒は金属製だね、木だと破片が刺さるから」

「食事はどうするの？　キッチンが必要だけど、火を使ったら家が燃えるかもしれないよ」

「ああ、料理は奥さんにしてもらうんだ。キッチンを地上に作るか木の上に作るかはまだ決めてない」

「奥さんには自分の木の家があるの？」

「自分だけの家をほしがるとは思わないけど、ほしければ別の枝に専用の部屋を作る。たぶん奥さんは芸術家か何かだね」

「すてきだね」あたしは力なく言った。

「どうしたの？　外が好きだと思ってたのに」

「好きだよ」

「きみが喜ぶと思ってた」

「うれしいけど、キャビンに戻らなきゃ大変なことになっちゃうよ」

「なあんだ、明日、食堂のテーブルを拭かされるぐらいどうってことないよ」ルークはこともなげに手を振った。「これはそれだけやる価値がある」

〝明日〟。その言葉が奇妙に響いた──もはやなんの意味もないような。「そうじゃなくて」

「心配は朝になったらすればいいって。ほら、横に座って、寝る前にババ抜きしよう」

あたしが隣に座ると、ルークはトランプを取り、二人でババ抜きを始めた。ルークがトランプを立て、あたしが一枚抜いた（もちろんババだ）。それを手持ちのカードに入れて差し出すと、ルークは首を振り、シャッフルしてと言った。あたしはトランプどころじゃなかった。チリパウダーと腐った卵と綿くずのにおいだけを感じていた。ルークの熱意、心意気、野外に対する渇望──そのどれにもにおいがあった。湿った木の葉のような、塩辛い肌のような、彼の手の形を知っているブリキのカップに入ったホットココアのような。

「もうやめよう」あたしはささやくように言った。〝ルークは大人にならない。森林警備隊員には決してなれない。馬に乗ることもない。森林火災とは闘わない。木の家に住むこともない〟

ルークがトランプを落とし、あたしの両手を取った。「行かないでよ、マレン。ここにいて」

いたくなかった。でも、本当の本当はいたかった。ルークにもたれ、においを嗅いだ。チリパウダー、腐った卵、綿くず。喉に唇を押しつけると、彼の体が期待にこわばった。ルークがあたしのポニーテールに手を置き、馬をなでるようになでた。ルークが息を吹きかけ、あたしはチリのにおいを嗅ぎ、それから先はもうあと戻りできなかった。

あたしは赤いテントからよろよろと出て湖に向かい、船着き場の端まで行って買い物袋を湖に投げこんだ。それからパジャマを脱ぎ、できるだけ遠くに放り投げた。《リトル・マーメイド》のTシャツが水面に浮かんで沈み、ビニール袋に水が入ってごぼごぼと音を立てた。

船着き場に座りこみ、悲鳴を抑えようと口を両手で押さえて体を前後に揺らしたが、喉までせりあがってくる叫びは眼球が飛び出すかと思うほど激しく顔を圧迫した。ついにこらえきれず、船着き場の板に横たわって頭を水に浸け、鼻に水が入って焼けるように痛くなるまでそうしていた。

マツ林のあいだの小径を――体の表面は濡れて寒く、震えていたが、体のなかは恐ろしいほど温かく、満腹な状態で――戻りながら、ようやく母さんのことが頭に浮かんだ。

〝ああ、ママ。あたしのしたことを聞いたら、きっとあたしを嫌いになるだろう〟

できるだけ静かにこっそりとキャビンに戻り、水着の上に替えのパジャマを着た。誰かにきかれたら、バスルームに行ってただけと答えるつもりだった。ベッドにもぐって震えながら身を丸めた――そうすれば世界を遮断できるとでもいうように。セミになりたかった。皮を脱いで茂みに捨ててきたかった、そうすれば誰もあたしに気づかない、あたしの母さんさえも。そうしたらまったく違う人間になって、何もおぼえていないだろうに。

朝になると雨が降っていて、指の爪の縁が赤く染まっていた。ポンチョを着て両手を隠し、バスルームに駆けこんだ。蛇口の下でなんど手をこすっても赤い色は消えなかった。誰かがトイレから出てきて手を洗い、いぶかしげな視線を向けた。あたしの爪はこれ以上ないほどきれいだった。

ほかの女の子たちのあとについて食堂に行ったが、全身がしびれたようで、足もとの床も感じられなかった。ビュッフェのカウンターの列に並び、ワッフルをひとつ食べたが、なんの味もしなかった。キャンプのスタッフ長が正面に立ち、マイクのスイッチを入れた。「とても残念なお知らせです。仲間の一人が行方不明になりました。安全のため保護者のかたがたに連絡し、今日の午後、迎えに来てもらうことになりました。それまでにみなさんは朝食を済ませ、キャビンに戻ってください。お家《うち》のかたが来るまでキャンプ場に出てはいけません」

食堂を出ると、駐車場に地元ニュース局のバンが数台停まっていた。スタッフ長はレポーターの質問には何も答えなかった。

同じキャビンの女子たちが部屋のまんなかにあるピクニックテーブルのまわりに集まっていた。「スタッフ長がトイレの外で話してるのを聞いたの」誰かがささやいた。「ルークが殺されたんじゃないかって」

ほかの子たちが息をのんだ。「どうしてそんなこと？　誰がやったの？」

「みなさん」女子キャビンのキャンプ指導員が部屋の奥から口をはさんだ。指導員は腕組みして網戸の横に立ち、木々のあいだの遊歩道で雨が泥に変わるのを見ていた。「そんな話は聞きたくありません。そこまでになさい」昨日までは明るく、いつも喜んで女の子の髪を三つ編みにしたり、カードゲームの〈ゴー・フィッシュ〉を一緒にやってくれたりしていた。彼女が笑わなくなったのはあたしのせいだ──ルークがいなくなったのも──みんなが家に帰らなければならなくなったのも全部あたしのせい。あたしは窓向きのベッドに横になり、本を読むふりをした。

嵐が激しくなり、濁流の川の水が腰まで来る。きみは乾いた場所を見つけられず、何日も眠れぬままジャングルをさまよい歩く。へとへとになり、目を閉じたとたん水のなかに足をすべらせ、濁流に押し流される。

――ジ・エンド

あたしは重いため息をついて本を閉じた。〝いっそそうなればいい〟

「昨日の夜、ルークはひとりで森に出かけたんだって」最初に話した子が前より声を落として言った。「寝袋が見つかって、血まみれだったって」

「いい、そこまでと言ったでしょう」

それきりみな口をつぐんだ。あたしが部屋の隅で消えてしまいたいと思いながら横になっているあいだ、ほかの子たちは新しいフレンドシップ・ブレスレットを作りはじめた。一時間後、最初の保護者が到着し、ダッフルバッグを抱えた女の子が一人また一人と出ていった。

母さんがやってきた。青ざめた顔で、何も言わず、あたしを駐車場に連れていった。よその親たちが輪になり、腕組みしたり、不安そうに車のキーチェーンを鳴らしたりしながら立っていた。声をひそめてはいたが、言葉の端々が聞こえた。

〝……野放しにするにもほどがある……森のなかに行くなんてとんでもない……ここのキ

ャンプには規律ってものがないのか……あのスタッフ長は手をこまねいてるだけで……うちのベッツィーがそこまでやんちゃでなくてさいわいだった……どうもクマじゃないらしい……寝袋は血まみれだったから、まず生きてはいないと……たぶん湖をさらうんだろう……半径十キロ以内の住民全員に聴きこみしているとか——おそらく近くに住む人間に違いない……〟

いい、い、ルークの両親はどこだろう？　母さんが車を出す前にルークの親が現われたら、あたしを見て、あたしがやったとわかるだろうか？　あたしは母さんの手を放してキャビンに駆け戻った。

みんなが去ったあとで、床に全員ぶんのシーツが積んであった。あたしは隅の自分のベッドによろよろと近づいて剝き出しのマットレスに倒れこみ、ごつごつした古い枕に顔をうずめた。母さんが入ってきてベッドの端に座り、つぶやいた。「マレン。マレン、ママを見て」

枕から顔をあげたが、母さんの目は見られなかった。

「わたしを見て」

あたしは母さんを見た。自分の娘が誰かを食べたと知った人間にしては、ぞっとするほど冷静だった。「嘘だと言って」

あたしはまた顔を隠した。「言えない」

母さんはあたしを車まで抱えて運んだ。〝かわいそうに〟――親たちの声が聞こえた。〝よほどショックだったのね〟


母さんはすぐにでも家を出たがった。家からアミーワーガン・キャンプ場までは車で三時間かかるが、スタッフ長の手もとには児童たちの住所録がある。あの晩、あたしがルークと一緒だったと知ったら家までやってくるかもしれない。母さんはこうしたことをすべて淡々と話し、できるだけ早く荷物をまとめなさいと言った。

「誰にも言わずに家を出るの？」

シートベルトのゆるみを引っぱりながらあたしは身を乗り出し、前方座席にあごをのせた。ワイパーがフロントガラスをこすり、アスファルトが車のボンネットの下ににじんで消えるのを見ていると、目がぼうっとかすんできた。変な気分だった。三年生は違う学校に通うの？

「ほかにどうしようもないの」

「いつだって本当のことを言うべきだってママは言ったよ」

母さんはため息をつき、「たしかに言ったたし、そのとおりよ。でも、これについてはよく考えたの、マレン。これは誰にも話せない。話しても誰も信じない」

「でも、あたしがルークのことを話して、ママがペニーのことを話したら……」

「そう簡単じゃないの。世のなかにはやってもいないのに殺人を犯したと白状する人もいるんだから」

「なんでそんなことするの？」

「注目されたいからよ、たぶん」

それきり車内には沈黙がおりたが、母さんの言葉は宙に浮かんだままだった――殺人、あたしがやったのはそれだ。だからあたしは殺人犯だ。ルークのことが頭に浮かんだ――馬のこと、木の家のこと、百五十キロ泳ぐこと。彼の指や、スロッピー・ジョーや、彼の血がどんなに温かく、古いペニー硬貨のような味がしたかは考えないようにした。

片方の耳のなかにセミがいた。殻を脱ごうとうごめき、右目の裏側でジジジとうなっている。シートに身を沈ませ、窓に額を押しつけたが、うなりはますますひどくなった。

〝すごいそばかすだろ〟〝無理に女の子ぶらなくてもいいよ〟〝ずっと泳げるようにもならなくちゃ〟

耳が痛くなってきたが、ルークが感じた痛みにくらべればなんでもないと言い聞かせた。

「でも、これまでに悪いことをして捕まらなかった人はいないってママは言った」あたしはぼそりとつぶやいた。

しばらく返事がなかったので、応える気がないのだと思っていると、「いつかこのことに答えを出さなければならない日が来るわ」ようやく母さんは道路を見つめたまま言った。「いつか誰かがあなたの言うことを信じる日が」

〝いっそいますぐ答えを出してしまいたい〟——あたしは思いながら耳をさすった。〝あたしの体を少しずつちぎり取ってほしい。ルークの代わりにあたしの命を〟

母さんがバックミラーごしにあたしを見た。「どうかした？」

「耳が痛い」

車寄せに入るころには、昨夜の恐怖を消し去るほど痛みが増していた。あたしを車から引っぱり出しながら母さんがつぶやく声が聞こえた——〝だから、あの湖は汚染されてると言ったのよ……水泳のあとに点耳薬をささないなんて……あんなバカげたキャンプに行かせるべきじゃなかった……〟——でもその声は深い水の底にいるかのような奇妙な響きだった。母さんはあたしをベッドに寝かせ、瓶から鎮痛剤のタイレノールを数錠、振り出した。

その夜、男がベッド脇に膝をつき、目に見えないほど尖ったナイフをあたしの鼓膜に突き刺した。もちろん男の姿も見えなかったが、そこにいて、あたしの心臓の鼓動に合わせて突き刺しているのがわかった。〝ナイフ、ひねろ、ナイフ、ひねろ〟。男がナイフの先端に突き刺した鼓膜を見せ、あたしの唇に押しつける夢を見た。男の指は長く、ごつごつして、息は冷たかった。母さんは廊下の電気をつけっぱなしにしていたが、男の顔は見えなかった。たぶん顔はなかったのだろう。

寝返りを打ったとき、戸口を影がよぎった。「マレン？」母さんがベッドに駆け寄り、あたしの口に指を突っこんだ──赤ちゃんのときのように。「これは何？　何を嚙んでるの？」

〝あたしの鼓膜〟

母さんはがくりと膝をつき、頬をベッドに押しつけて泣きはじめた。〝母さんもあの男を見たんだ〟──あたしは思った。〝それが誰かを知っている、でも追い出せない〟

翌朝、母さんが人材派遣会社に電話をし、契約を完了できないと伝えているのが聞こえた。やがてコップに入ったジンジャーエールをスプーンで泡立てながら部屋に入ってきた。

「あの人はあたしに罰を与えてる」あたしは言った。

母さんが不思議そうに見返した。「誰のこと？」

「神様」

「マレン……」母さんはベッドの端に座って目を閉じ、鼻梁を揉んだ。「神様なんていないのよ」

「どうしてわかるの？」

「それは誰にもわからない。でも、神様というのは人が自分の人生に納得するために生み出したもの、と言ってもいいと思うの。そうすれば何か恐ろしいことが起こったとき、誰かのせいにできるから」

ひとりになってからも、母さんが言わずにおいた言葉が宙に浮かんでいた。〝神様がいなければ、罰を与えられることもない〟

あたしは何日も食べなかった。ジンジャーエールも飲まず、母さんが抗生剤を飲ませようとしてもぎゅっと口をつぐんだ。目の前には斑点がよぎり、唇はしなびてひび割れ、口のなかは砂漠のようになったが、かまわなかった。耳の痛みは和らぎ、鈍いうずきになった。水を飲んでと懇願する母さんの声もほとんど聞こえなかった。

「ひどい脱水状態よ」母さんはあたしの肩をつかんで起こそうとしたが、体は鉛のように重かった。「このままじゃ病院に行かなきゃならなくなるわ」

あたしは耳を貸さなかった。動きもしなかった。すぐに目を閉じ、すべてが崩れ去った。

目が覚めると小児病棟のなかだった。母さんがベッド脇の椅子に座り、ページの角が折れたペーパーバックを膝に広げたまま、親指の爪を嚙んでぼんやり宙を見ていた。ベッドの反対側から、看護師が肘の内側に刺した注射針をいじりながらあいまいな笑みを浮かべた。「大丈夫よ」看護師はつぶやき、昔からの知り合いのようなしぐさであたしの顔から髪を後ろになでつけた。「すぐに元気になるわ」

母さんは窓の桟《さん》に本を置き、看護師が部屋の隅に歩いて蛇口から小さな紙コップに水をためるあいだに顔を近づけた。あたしの手を握ったけれど、何も言わなかった。母さんは嘘で慰めようとはしなかった。

「どうして病院に運んだの?」あんなことをしたあとでも、母さんはあたしに生きていてほしいと思ったのだ。

「あなたのママだもの。当然じゃない」

「あたしを愛してるから?」

母さんはあたし以外の誰も気づかないくらい、ほんの一瞬だけためらってから、「もちろんよ」と答え、紙コップを持った看護師が戻ってくると同時に手を放した。

「きっと喉がカラカラでしょう」看護師が明るく言った。

その日の午後、看護師ではない女性が病室の戸口に現われ、母さんを呼び出した。二人は一緒に廊下に出て、長いあいだ戻ってこなかった。

看護師が新しい輸液バッグを持ってふたたび現われた。「まあ！ 顔色がよくなってよかったわ。起きたようだから、ちゃんとした食べ物を出しましょうね。夕食にハンバーガーはどう？ デザートはフルーツゼリー、それともアイスクリーム？」そう言って医療廃棄物箱のペダルを踏み、空の輸液バッグを投げ入れた。「それともフルーツゼリーもアイスクリームも？」看護師はまたしてもにっこり笑った――二人だけの秘密だからねとでもいうように。「明日ふつうに飲んだり食べたりできるようになったら点滴をはずしましょう。あなたは運がいいわね、マレン」

運がいいことなどひとつもなかった。別の知らない女性が、変なにおいと、きびきびした声と、カチカチピーピーという機械的な音に満ちた場所であたしの名前を呼んだ。その人に名前を呼ばれると身がすくんだ。「ママに会いたい。ママと出ていった女の人は誰？」

「ソーシャルワーカーよ。あなたが元気になれるよう、お母さんに手を貸しているの」

見えすいた嘘だ。じっと見返すと、その女性は目をそらし、あわてて部屋を出ていった。おそらく一時間ほどたってから戻ってきた母さんは、これ以上ないほど疲れて見えた。

「なんの用だったの？」

「あなたに食事をさせていなかったんじゃないかって」

「なんて答えたの？」

「事実を答えたわ――話せるほうの事実を。あなたはひどくショックを受けた、なぜならサマーキャンプで友だちが……」そこで母さんはため息をつき、「詳しく話すしかなかった、でなければ信じてもらえそうもなかったから」親指に人差し指を押しつけて言った。「いい、もう少しで養護施設に連れていかれるところだったのよ」

あたしは驚いて母さんを見つめた。そんなところにまで問題がおよんでいたなんて。

「お願いだから出されたものは全部食べて、飲んで、そうすればここを出られるから、わかった？」

翌日の早い時間、母さんが来る前に例のソーシャルワーカーがクリップボードを手にやってきた。あたしの手を握ってドナと名乗り、母さんのことや二人の生活について質問した。母さんはいつもよく面倒をみてくれて、いつだって食べるものはたくさんあるとあたしは答えた。ドナはプラスチックのフォークでスクランブルエッグをつつくあたしをじっと見ていたが、やがて質問が尽きると、部屋を出ていった。サマーキャンプのことは何ひとつきかれなかった。

あたしは翌日、退院した。母さんはあたしを抱えるようにして車に連れていった。後部座席の片方が天井までゴミ袋とダンボール箱で埋まっていた。前の助手席にも袋があった。

トランクのなかにはもっとたくさんあったに違いない。あたしがプラスチックのカップからフルーツゼリーを食べているあいだ、母さんはあたしたちの生活を載せられるだけ車に詰めこんでいた。

2

母さんがいなくなった朝、あたしはキッチンに行き、どんな気分になるかを確かめるためだけに皿を一枚床に投げた。破片を踏みながらテーブルの分厚い白封筒を手に取ると、お金のほかに何か入っていた。あたしの出生証明書だ。しわくちゃの青い紙を、ゆっくりと時間をかけて広げた。出生証明書はその人の神聖な記録文書のようなものだ、たとえあたしみたいな怪物にとっても。

父さんについては一度だけたずねたことがある。「いなくなったの」母さんは答えた。

「名前は？」

「知ってどうするの？」

「知りたいだけ」

「名前はなかった」

「名前がない人なんていないよ！」

母さんは答えず、あたしはそれ以上きかなかった。数週間後、クラスの子たちがティナという女の子についてこそこそ話しているのが聞こえた――ティナのママはたくさんの男の人と付き合っていたから、お父さんが誰かわからないんだって。そんなことをどうやって知ったのかわからないが、いかにも確かな情報だというように陰口をたたいていた。

最初はあたしもティナと同じ境遇かもしれないと思ったが、母さんはほかのシングルマザーとは違った。左手には今も指輪をはめ、恋人はおらず、あたしたちの苗字は同じだ。だから父さんと母さんはちゃんと結婚していたはずだ。もしかしたらペンシルヴェニアのあのアパートで暮らしていて、母さんが帰ったら絨毯にペニー・ウィルソンの骨があって、それで父さんは出ていったのかもしれない。なぜ母さんが誰とも付き合わなかったのか――それについては言うまでもなかった。あたしがとびきり重たい荷物だったからだ。

出生証明書を開き、しわを伸ばして目を通した。ウィスコンシン州フレンドシップ総合病院。あたしの名前と生年月日――女、身長五十二センチ、体重三千五百三十グラム。

〝母親〟の欄には母さんの結婚前の名前ジャネール・シールズ（出生地――ペンシルヴェニア州エドガータウン）と書いてあり、〝父親〟の欄には、初めて見る名前があった――〝フランシス・イヤリー〟。父さんがいた！　本物の父さんが！　もちろんいたのは知っていたけど、ただ知っているのと、点線の上に消えかけたタイプ文字で書かれた名前を見るのとではまったく違った。

父さんの出生地——ミネソタ州サンドホーン。卵にひびが入るように、この事実が両耳のまわりからゆっくりと全身に広がった。母さんはこのお金であたしにそこへ行かせようとしたんだ。バスに飛び乗って父さんを探し出し、自分のことは全部忘れてほしいと。

でも、実際に父さんを見つけたら——そのあとはどうなるの？ 胸のなかで何かが揺いだ。できない、どう考えても。母さんともういちど一緒に暮らす道を見つけなきゃ。

あたしはノートの表紙の裏に祖父母の住所が書かれたクリスマスカードの封筒を貼りつけていた。ゴミ箱から探し出してすぐ暗記してしまっていたけれど。祖父母にはペニー・ウィルソンのことがある前から会ったことはなかった——会いたいとせがむほどバカじゃなかったし、母さんが決してあたしを連れていかないこともわかっていた——けど、母さんが向かった先はそこしかない、だからあたしも行こう。母さんに会って何を言えばいいのかはわからない。でも、そこまで行くのに百ドルあれば充分なことだけはわかっていた。

冷蔵庫にあったものを食べてシャワーを浴び、荷物を詰めた。どこへ移動するときも、あたしの荷物の大半は黒い大きな字で**シールズ**と**アメリカ陸軍**と書かれたラベルのついた、古い米軍リュックサックに詰めこんだ。おじいちゃんのものだったが、あたしがそのことを知るはずもなかった。今回はこれに何もかも詰めなければならない。

持っていく本は慎重に選んだ。運ぶ時間が長くなるほど本はますます重くなる。誕生日にもらった本、『不思議の国のアリス』と『鏡の国のアリス』の二冊セット。それ以外に、取っておいた蛍光コンパスや鼈甲縁《べっこうぶち》のメガネといった品物と一緒に彼らの本も押しこんだ。

家のカギをテーブルに残し、通りの端の停留所から路線バスに乗った。乗客の男が笑いかけたが、痛みに顔をしかめているように見えた。一週間はひげをそっていないようだ。

「どこか行くの？」

あたしは男をにらんだ。「みんなそうじゃない？」

男はくくっと笑って席に戻り、あたしはリュックの上で手を組んで窓の外を見た。〝悪いこと〟をしていない場所を離れるのは変な気がした。バスが学校の前を通りすぎた。今日は幾何学のテストがあるはずだった。

グレイハウンドのターミナルでバスを降り、エドガータウンまでの片道切符で母さんが残したお金を使いすぎてしまい、移動中の食事はずっとドライブインの自動販売機でしのいだ——朝食はトースターで温めないポップタルト（薄いタルト生地に甘いフィリングをはさんだ軽食）、昼食はスナイダーズのプレッツェル（スナック菓子）、夕食はフリトス。三度、バスを乗り換えたが、そのたびに運転手が〝学校にいる時間じゃないのか〟と言いたげに眉を吊りあげた。

目的地に近づくにつれて胃がきりきりしてきた。自分の母親に会うのが怖かった。

ルークに関して見る夢は二種類あって、どちらの夢がより悪夢なのか今もわからない。ひとつは、姿は見えず、耳のなかで声が聞こえるだけの夢だ。〝木の家は三階建てで、幹をのぼるには縄ばしごしかないけど、木のなかには本物の階段がある――らせん階段で、どの方向にも窓がたくさんあるから鳥や日没が見れるし、早起きすれば日の出だって。きみみたいにきれいな奥さんがいて、三階の二段ベッドで眠るんだ。ぼくは上段が好きだけど、奥さんが上がいいと言ったら譲るよ、それが男が持つべき〝しきどうせいしん〟ってやつだから。それから馬も飼うよ、森林警備に行くときのために、でも、さすがに馬小屋は地上じゃないと……〟

もうひとつは二人でテントのなかにいる夢だ。ランタンの電池が切れてルークの顔かたちはよく見えないが、あたしを赤く光る目で見ている。ルークの熱くてくさい息――きっとあたしのもそうだ――に身をちぢめ、やがてルークが口いっぱいにぎらつく牙を剝き出し、あたしの顔を食いちぎる。ふたつめのほうがひどい夢に思えるかもしれないが、たとえ自分の身に起こっていることでも、言ってみればホラー映画のようなものだ。人が当然の報いを受けるのは、そんなに怖くない。

「ほかにもしている人がいると思う？〝悪いこと〟を？」いちど母さんにたずねたこと

がある。

母さんはためらいがちに、「ほかにいるとしたら、あなたの気分はよくなるの、それとも悪くなる?」

「よくなるって言いたくなるけど、言っちゃいけないのはわかる。だってそれはもっと多くの人が……」あたしは口ごもり、「……そうなるのを願うことと同じだから。でも、ほかにもいたらあたしはひとりじゃないって思える」

母さんには言ってほしかった――〝あなたはひとりじゃないわ、ハニー。わたしがいるじゃない〟と。でも、母さんは気休めのような言葉は決して口にしなかった。あたしを〝ハニー〟と呼んだこともなかったし、本当でないことはひとことも言わなかった。

自分のような人間は図書館の本のなかにしかいなかった。巨人。トロール。魔女。食屍鬼《グール》。ミノタウルス。これがギリシャ叙事詩なら、あたしは英雄から命からがら逃げ出す側だ。時間の神クロノスは自分の子に権力を奪われると信じこまされ、妻が子を産むたびに赤ん坊を食べ尽くした《ゴブル・アップ》。

〝七面鳥《ゴブル》〟。感謝祭が嫌いなのは、この言葉の響きのせいだ。四年生のとき、母さんは担任の先生から、〝娘さんはむさぼるように本を読みます〟と言われてひどく動揺し、気分が悪くなったふりをして保護者面談から抜け出した。でも、たぶんふりじゃなかった。母さんは決しておとぎ話を読んでくれなかった。理由はわかっていた。

どこの学校でも自由時間は図書室で過ごした。母さんは『オ・ヤサシ巨人BFG』を買ってくれなかったから、昼食時間に借りて読んだ。でもロアルド・ダールにはがっかりだった。ヒロインは誰も食べず、おぞましい人喰い巨人はそろって天罰を受けたからだ。何を期待してたんだろう? あたしみたいな人間がいい人になれるはずがないのに。

怪物の物語を見つけると片っぱしから集めてノートに収めた。物語を全部、書き写したこともあるし、絵は必ずコピーした。『我が子を食らうサトゥルヌス』。ゴヤ。制作は一八二〇年ごろ。スコットランドの海岸ぞいの洞窟に住んでいた人喰い一族の長ソニー・ビーン。司書が近づいて何をしているのかたずねてこないよう、いつも図書館のいちばん静かな隅っこに身をひそめた。〝生きていようが死んでいようが骨を粉にしてパンにしてやる〟（『ジャックと豆の木』に出てくる人喰い巨人のセリフ）

エドガータウンに着き、マクドナルドのカウンターで道をたずねた。祖父母――と呼べるとしたら――の家の近所に来たころには、あたりは薄暗くなっていた。

祖父母の家は五〇年代ふうの、部屋が段違いになった階層構造で、近所にも似たような造りの家と庭が並んでいた。祖父の車とおぼしき濃紺のキャデラックの奥にうちの車が見えたときは胸がずきんとした。あたりを歩きまわって暗くなるのを待ち、隣の裏塀を飛び越えた。どうせ捕まるなら知らない人に捕まるほうがましだ。

家の裏側にキッチンがあるとわかり、あたしは隣の塀の脇にしゃがんでなかを見た。見《ピク》晴らし窓《チャーウィンドウ》をこう呼ぶのは、なかから外のきれいな景色を見渡せるからじゃない。室内のすべてが明るく照らし出され、暗闇のなか夕食の席につく人が映画のスクリーンに映っているように見える映画の窓《ピクチャーウィンドウ》だからだ。

母さんがサラダボウルをテーブルに運んで、三人が席につき、おじいちゃんが母さんのグラスにワインをついだ。祖父母の顔はどちらもよく見えなかった。おじいちゃんは窓に背を向け、おばあちゃんはその真正面に座っている。でも母さんははっきり見えた。あたしに〝やってはいけない〟と教えた、まさにそのやりかたで皿の上の料理をいじくりまわし、唇が短い答えを作るのが見えた。そしてフォークを落とし、両手で顔をおおった。おばあちゃんが椅子から立ちあがって母さんを抱きしめ、母さんはおばあちゃんにしがみついて泣いた。すべてを話したのだろう。

母さんにとってどんなにつらかったか、わかったつもりでいた。申しわけなく、自分がこんな人間でなかったらどんなにいいだろうと思っていた。でも、それはわかるのとは違った。母さんがバスルームにカギをかけて閉じこもったときはわからなかった。空《から》のワインボトルがキッチンのカウンターに並んでいるのを見たときも、壁ごしに母さんの泣き声が聞こえたときもわからなかった。でも、いまようやくわかりかけてきた。

母さんは泣き疲れ、おばあちゃんがティッシュを渡した。おじいちゃんがタバコに火をつけ、タバコの箱を差し出すと、母さんは手を伸ばして一本取った。ショックだった。母さんがタバコを吸ったことは一度もなかったから。

おばあちゃんがテーブルを片づけ、皿を洗うあいだ、母さんとおじいちゃんは座り、黙ってタバコを吸っていた。やがておばあちゃんが母さんの肩に腕をまわし、部屋から連れ出した。おじいちゃんがキッチンの明かりを消し、あたしはもういちど塀を乗り越え、その場を離れた。

人が行き交う通りを歩いた。遅い時間で、通りぞいの店はもう閉まっていた。ひと切れのピザを頼めるところさえなかった。

さんざん歩きまわってショッピングセンターの裏側にやってきた。ゴミ箱をあさると考えただけで気がめいったが、まだきれいで食べられるものがあるかもしれない。食べられそうなものはなかったけれど、ゴミ箱の後ろに車が一台停まっていた。取っ手を動かしてみると、カギはかかっていなかった。おじいちゃんのと同じキャデラック、でもシートじゅうに新聞紙と炭酸飲料の空き缶が散らばり、背もたれには大きな穴がいくつも開いていた。何カ月も前に乗り捨てられたまま、置きっぱなしにされているかのようだ。後部座席をできるだけきれいにして乗りこみ、ドアをロックした。車はカビとタバコと最後に運転した人の洗っていない体のにおいがしたが、ひと晩じゅうハイウェイをうろうろとさまよい歩くよりましだ。

リュックに頭をのせて横になり、いつのまにか眠っていた。目覚めると、頭は女の人の膝の上にあり、女の人があたしの髪をなでていた。おばあちゃんが真剣な、心配そうな顔で見おろした。暗がりから格子柄の車用の毛布を取り出し、かけてくれるあいだ、あたしはたずねた――ママはどこ？　おばあちゃんがここに来たこと、ママは知ってるの？――でもおばあちゃんはほほえみ、あたしの髪をひと房、耳にかけるだけだった――母さんがよくしてくれたように。

運転席ではおじいちゃんがタバコを吸っていた。目をあげてバックミラーを見やり、たがいに目が合ったが、おじいちゃんはなんのそぶりもしなかった。煙をふうっと吐き出し、タバコを道路に投げ捨て、窓を閉めた。

沈黙のなか、車は無人の町を走った。街灯が、黒っぽく見えるキャデラックににじんだオレンジ色の光を一定の間隔で投げかけた。あたしは横に体をずらし、冷たい革のシートに頭をのせた。目が覚めると、誰もいない湿った車のなかで震えていた。

ときどき、ふいに口のなかにあの味――まともな人は誰も知らない味――を感じ、トイレに駆けこんでリステリンを取り出した。ガラガラと何度も、やりすぎて口のなかがヒリヒリするまでうがいをしても、吐き出したとたんにまたあの味を、〝悪いこと〟をしたあとの嫌な味を感じた。学校では、トイレに入ってきたほかの子に口をゆすいでいるところを見られた。女子たちはあたしが水を吐き出し、リステリンの蓋を閉め、バックパックに押しこむところを鏡ごしに見ていた。女の友だちが一人もできなかったのはたぶんそのせいだ。

六年生のとき、脚注や参考文献などをきちんと添えた、初めてのレポートを作成することになった。本で調べものをするのは慣れていたから、好きな題材を選べると喜んだが、実際には全員がシロアリについて書かなければならなかった。一週間、国語の授業で毎日、図書館に通った。

木曜の朝、誰かがふらりと机に近づき、目をあげると、スチュアートという頭のいい男子が立っていた。あたしが何を読んでいるのかと、肩ごしにのぞきこむ気配を感じた。すぐそばにいるのを感じ、息はツナのにおいがしたが、変な気分にはならなかった。スチュアートは女の子をそんな対象と考えたことがないタイプか、少なくともまだ当分はそんなふうに考えないようなタイプだった。しかたなくあたしはたずねた。「この本か何かいるの？」

「ううん。レポートは昨夜、家で終わらせた。何を見てるの？」

「何も」

「シロアリを調べなきゃいけないんだよ」

「告げ口する気？」

背後でスチュアートが肩をすくめるのがわかった。「まあ、たしかに。オーストラリアセアカゴケグモのほうがはるかにおもしろいよね」スチュアートは肩ごしに読みつづけた。「この項目は説明不足だね。家にある昆虫百科事典のほうがいい。なんでセアカゴケグモが〝黒い未亡人〟って呼ばれるか知ってる？」

「どうしてなの？」

「交尾の相手がみんな死ぬからさ。メスがオスを食べるんだ」スチュアートは正面に座って続けた。「メスは交尾が終わったらすぐにオスを食べる、ときには交尾の最中にも。オスはメスに捕食されるんだ、メスには子孫のためにタンパク質が必要だから。いずれにせよオスの生殖が持つ必然性は果たされる」

〝オスの生殖が持つ必然性は果たされる〟？　百科事典の記述を丸おぼえしたような言葉

に笑いそうになったが、ふいに不安に襲われ、言葉を呑みこんだ。心臓が飛び出しそうにどきどきしていた。

「性的共食いっていうんだ」スチュアートは続けた。「オーストラリアセアカゴケグモについて知っておくべきもっとも重要な特徴なのに、ここにはまったく書かれていない」

「これは子ども向けの事典だから、〝性的〟みたいな言葉は使えないんじゃない？」あたしはそこで言葉を切った。「スチュアート？」

「何？」

「ほかの種のクモもやる？」

「やるって何を？　共食い？」

あたしはうなずいた。

「さっき言ったように、黒い未亡人はそうだね。ほかにも交尾後に死ぬクモの種類がいくつかある――つまりオスのほうだけど――だからメスはわざわざ交尾中に襲わなくても」

――スチュアートがあまりになんども大声で〝交尾〟と言うので、ほかの生徒たちがノートから顔をあげて見ていた――「終わったあとで食べても同じじってことだ」

「タンパク質のために」あたしは声を落とした。

「そう、タンパク質のために」

「じゃあ昆虫のほかに共食いする種はいる？　哺乳類とか？」

スチュアートはいぶかしげに見返し、答えなかった。ずっと会話を続けることに集中していたのに、ふいに会話が途切れ、あたしはこんな質問をした自分を蹴りとばしたくなった。

「なんでいつも黒を着てるの？」とスチュアート。

もしものときのために。

黒なら血の跡が目立たないから。

「色合わせを考えなくていいから」あたしは当たりさわりなく答えた。

「いろんな色を着たほうがいいよ。そしたらみんな、きみのことを変だとはあまり言わなくなると思うけど」彼と目が合ったが、ほんの一瞬だった。「ごめん。でも本当のことだ」

あたしたちのようなのけ者は自分たちを同心円状に並べたがる、だからスチュアートみたいな子は円のいちばん外側にいるあたしみたいな子に悪いと感じ、自分は違うと思って安心するのだ。「どうせ何を着ても変に思われてるから」

スチュアートはあたしを見て、「まあね」そう言うと椅子から立ちあがり、胸にプラスチックのルーズリーフバインダー〈トラッパーキーパー〉を抱えた。「たぶんきみの言うとおりだ」そしてひとりの席に戻っていった。

あたしと友だちになりたがる男の子はあたしに似ている――〝似ている〟と言うのは、あからさまに指をさされることはなくても、どこか変なところがあるってこと――だから、あたしと同じように体育館や食堂で隅に追いやられる。じっとしていられない子、ぜんそく用の吸入器が手ばなせない子、吃音だったり、斜視だったり、頭がよすぎてまわりから煙たがられたりする男の子たち。

だから、新しい学校に通いはじめてひと月かふた月すると、そんな男の子が何か理由をつけて話しかけてくる。いつもメモをとり忘れてるかのように算数の宿題のことをきいてきたり、食堂で正面の席にするりと座って科学博に出す課題やハロウィーンの仮装の計画を話したり。そして数ヵ月がたったある日、放課後に誘ってくる――歴史のテスト勉強をしようとか、理科の実験手順をためしてみようとか。そのうち、こういうのを〝名目〟というのだと知った。本当は言いわけにすぎない理由。そういう子の両親は仕事で不在で、あたしたちは二階の部屋に行く。ほぼ毎回、そんなふうだった。

ノーと言うべきだった。毎回ノーと言おうと思った。〝あたしにかまわないで〟と言うべきだとわかっていた、でも、その子はクラスの子たちからすでに百回も冷たくされてきた。そんな子にどうしてノーと言えるだろう？

どれもそんなふうにして起こった――ディミトリ、ジョー、ケヴィン、ノーブル、マーカス、C．J．。相手の家に行くたびに、こんどはあんなことにはならない、こんどの子はそんなにやさしくないし、近づきすぎもしないはずだと思った。こんどは誘惑に負けないと。

やがて気づいた。〝こんどこそ違う〟となんど自分に言い聞かせたところで、それはいつもと同じ結果になると宣言しているようなものだと。

C．J．のあと、オハイオ州のシンシナティに引っ越した。ある朝、車のなかであたしは言った。「もう学校には行かないほうがいいと思う」母さんは答えなかった。「ママ？」

「考えてみるわ」でも、おそらくそのときすでに母さんは出ていくと決めていた。

ハイウェイは昨晩と少しも変わらず荒涼としていた。見えるのはガソリンスタンドとひと気のないショッピングモールだけ。〈フレッシュ・ホット・ベーグル〉と書かれた日よけに心が躍ったのもつかのま、窓には〈貸店舗〉の紙が貼られていた。〈エドガータウン、旧市街〉の標識が見えたのは、もうじきグレイハウンドのバス・ターミナルに着こうとするころだった。サンドホーン行きの切符を買う前にちゃんとしたレストランに入って体を温め、まともな朝ごはんを食べたほうがいいような気がした。

数ブロック歩くと、感じのいい古めかしい大通りに入った。早朝で、ほとんどの店がまだ閉まっていた――アイスクリームショップ、古本屋、イタリアンレストラン。教会、不動産会社、正面ウィンドウに帆船の絵が飾られた画廊、またしても教会、花屋、ドラッグストア、また教会。それがえんえんと続くように思えたとき、一軒のコーヒーショップが目にとまった。窓に手書き文字で〈卵二個、ハッシュドポテト&トースト、一ドル九十九セント〉と書いてある。まさにいま食べたいメニューだ。

通りは閑散としていたが、一間《ひとま》の小さなコーヒーショップはそれを埋め合わせても余るほど混み合っていた。コーヒーのにおいに、ふっと母さんが恋しくなった。ウェイトレスがあたしのリュックを見やり、カウンターならいいと言った。通路を進むと、壁ぞいのブース席の全員が皿から顔をあげた。通るときにリュックがほかのウェイトレスにぶつかり、あたしはぼそぼそと謝った。

カウンターに着くと、男性が一人か二人、新聞から目をあげた。カウンターに空いた丸椅子はひとつもなかった。

ルークの一件のあと、ボルティモアに引っ越した。母さんは法律事務所の仕事につき――

―いつも会計事務所か法律事務所だったのはタイプの早打ちがどこでも通用したからだ――しばらくは何ごともなかったかのように暮らした。

クリスマスの直前、母さんは上司の家で開かれるパーティにあたしを連れていった。言ったように、ルークやペニー・ウィルソンとのことがあってから、母さんは二度とあたしをベビーシッターにはあずけなかった。

家を出る前に、母さんはあたしをソファに座らせた。「ここはこれまででいちばんいい仕事なの、マレン。友だちもいるわ――話ができて、昼食のときに笑い合えるような。それどころか――もうじき昇進できるかもしれない」

「すごいね、ママ」でも、喜ぶ気持ちにはなれなかった。母さんがこんなことを言うのは、あたしが台無しにするかもしれない、また間違いを犯して逃げ出さなければならなくなるかもしれないという恐怖のせいだから。

「ママにとってもあなたにとってもすばらしいことなの、あとはあなたが……」そこでため息をつき、「どうか、どうか、お願いだからいい子にしてて。こんどだけはいい子でいると約束して」

あたしはうなずいた。でも、これまでどんなにがんばってもいい子にはなれなかった。ビュッフェに連れていって食べるなと言うようなものだ。

それはちゃんとした大人のカクテルパーティで、血のように赤いディップソースの鉢のまわりにエビが並び、完璧なマニキュアをした女性たちが脚の長いマティーニグラスからお酒を飲み、少し大きすぎる声で笑いながらオリーヴを口に放りこんでいた。リビングルームは聖堂ふうの天井で、クリスマスツリーがいちばん高いところまで届いていた。

玄関のそばに空き部屋があり、なかのベッドにコートを置くよう、ホステス役のミセス・ガッシュが言った。あとから誰も来なかったので、母さんはドアを閉めた。「誰にも話しかけちゃだめよ。こんにちはとか、お名前はとかきかれたら答えていいけど、それだけにして——無礼な子と思われたくないの。おとなしく本を読んでいてちょうだい」

「どこで？」

母さんは部屋の隅にある肘掛け椅子を指さし、あたしはため息をついて座った。「料理と飲み物を持ってきてあげる。お願いだから、いい、マレン——ここから出ないで、いい子にしてて」数分後、母さんは約束どおりエビとクラッカーの載った皿を手に戻ってきて、もういちど部屋を出ないようにと言い聞かせて出ていった。エビを食べながら、三人の女性が入ってきてコートを脱ぎ、寒さにぶるっと震えるのを見ていた。部屋の隅に座るあたしには誰も気づかなかった。

コートの山がだんだん高くなり、やがて人の出入りが途絶えた。コートの山の下から毛皮がのぞいているのに気づき、立ちあがって袖をなでてみた。この下にもぐってうたた寝すれば、目覚めるころには帰る時間になってるかもしれない——あたしはコートの下にもぐりこんだ。

コートの山の下は暖かく、ほっとできて、居心地がよく、息を吸うたびに香水とタバコの煙のにおいがして、いつのまにか眠りこんでいた。でも、エビだけでは足りなくて、うとうとしながらお腹が鳴った。

しばらくして何かが頬をかすめるのに気づき、すぐに完全に目が覚めた。心臓がどきどきしていた。暗がりのなかで誰かの手が肩の横のところにあるポケットに伸び、探り、何かを取り出している——マッチ箱がカサカサこすれる音がした。そこで手が止まった。誰かはわからなかったが、なかにあたしがいるのに気づいたようだ。そのとたん、上から鋭く突かれた。

「何するの！」ツイードとゴアテックスと圧縮ウールの山を掻き分けて外に出ると、ベッド脇に男の子が立っていた。物語に出てくる愛想のいい齧歯《げっし》動物を思わせるような、つんとがった上向きの鼻に、大きすぎる鼈甲縁《べっこうぶち》のメガネ。床の絨毯の上には、ほかのコートのポケットから取り出したあれこれが小さな山になっていた。「あなた誰？」

「ここの子。きみは？」

「秘書の子ども」彼はなおもげんこつにした左手を目の前に突き出していた――隠そうとして動かさなければ気づかれないとでも思ってるのだろうか。「ポケットを探ってたでしょ？　見たんだから。マッチ箱を取り出したの」

「盗むつもりじゃなかったんだ。見ようとしてただけ」

「まあ、そうだけど」あたしはコートの山から這い出して彼の前に立った。「あなた名前は？」

「ジェイミー。きみは？」

「マレン」

「変な名前」

あたしはあきれて目をまわした。「また言われた」

ジェイミーはうつむいた。「ごめん」

「何かいいもの見つかった？」

ジェイミーの広げた手から蛇腹状のコンドームのパックがこぼれ出た。もちろん、そのときは何かわからなかった。ジェイミーも知らなかったようで、二人とも黙っていた。

あたしは床の山を指さした。「戻すつもりだって言ったよね？」ジェイミーはうなずいた。「でも、どれがどのポケットに入ってたか、どうやってわかるの？」

「あ。考えてなかった」

「とにかくポケットのなかに戻そう、おぼえてないのならどのポケットでもいいから。月曜日に仕事場でなんとかしてもらえるよ」

「わかった」ジェイミーは床の山からマルボロの箱を引き出し、ネイビーブルーのPコートのポケットに押しこんだ。あたしも手伝って全部ポケットに戻し、山がなくなるとジェイミーはその場に突っ立って、しばらくあたしを見ていた。

「何？」

「星《スター》は好き？」

「空の？」

ジェイミーはうなずいた。「望遠鏡があるんだ。見たい？」

「うん」あたしはジェイミーのあとから空き部屋を出て階段をのぼった。

「去年のクリスマスにもらったんだ」ジェイミーが肩ごしに言った。「パパは大学で天文学を勉強した、だからなんでも知ってる」ジェイミーの部屋は廊下の突きあたりで、そこまで来るとパーティのざわめきはほとんど聞こえなかった。

男の子の部屋に入るのは初めてだった。そこは《スター・ウォーズ》のグッズで埋め尽くされていた――シーツ、掛け布団、ベッド上の壁にはハン・ソロとレイア姫のポスター。

部屋の隅にあるクローゼットの扉の横にはダンボール製の実物大ダース・ベイダー、ナイトテーブルの上にはR2‐D2の形の貯金箱。とても整頓されている。きっとお母さんに——二階に客が来ることはなくても——きれいにしておくようにいつも言われているのだろう。ミセス・ガッシュはそんなタイプの母親だ。

ジェイミーが窓ぎわの三脚のついた黒い大きな望遠鏡に近づき、調整するあいだ、化粧だんすの上の本棚を見あげて背表紙をながめた——『宇宙戦争』、アイザック・アシモフ、『アドベンチャーブック』がずらりと並んでいるのを見たとたん、ルークを思い出して胃がきゅっとなった。ジェイミーが窓を開けると、冷たい風が吹きこみ、ベッド上の天井からぶらさがる太陽系を模したモビールがカラカラと音を立てた。「じゃあ電気を消して」ジェイミーが言った。

ドア脇のスイッチで電気を消し、吹きこむ風に震えながらジェイミーの隣に立った。

「もちろん、屋根に持っていったほうがもっとよく見えるけど、パパと一緒でないとあがっちゃいけないんだ」ジェイミーは望遠鏡から離れ、〝きみの番だ〟と身ぶりした。「ほら、プレアデス星団を見せてあげる。望遠鏡なしでも見えるけど、これで見るともっとすごいよ」あたしは身を乗り出し、レンズに片目を当てた。みごとな星の集団が暗いトンネルの先でまぶしく輝いていた。「見える？」

「うん」あたしはささやいた。ジェイミーがすぐそばに、においがするほどそばに立っていた。アイリッシュ・スプリングせっけんのにおい。お母さんからパーティの前にお風呂に入るよう言われたのだろう。

「プレアデスの神話を知ってる?」

「知らない」

「プレアデスはアトラスの娘たち。ほら、天空を支えなければならなかった神の」

「ふうん?」

「ティターンがオリュンポス神族に負けたあと、アトラスは罰せられて、娘たちは嘆き悲しみ、全員がみずから命を絶った。それでゼウスが哀れんで、ずっと父親を慰められるように姉妹たちを星に変えた。違うお話もあるけど、ぼくはこれがいちばん好きなんだ。パパは星座にどうやって名前がついたか全部教えてくれる」

あたしが望遠鏡から離れると、「こんどは天の川を見せてあげる」ジェイミーが言った。

そのとき階段をのぼってくる足音が聞こえ、しばらくしてミセス・ガッシュが部屋の電気をつけた。「ジェイミー? ここで何をしているの?」悪いことをしているつもりはなかったが――あたしは母さんの言いつけを完全に忘れていた――ジェイミーの母親の声には何か変な響きがあった。

「ジェイミーに望遠鏡を見せてもらってるだけです」

「プレアデス星団を見てるんだ」ジェイミーは接眼レンズに顔を押しつけたまま答えた。

ミセス・ガッシュはあたしに向かってうなずき、「ジェイミー、いいこと？　マレンと二人だけでこの部屋にいてはいけません」

ジェイミーは振り向き、「わかった」とだけ言うと双眼鏡に戻り、ミセス・ガッシュは腕組みしてあたしたちを見ていた。

「いますぐにってことよ、ジェイミー。お客様を下へお連れして、何か食べるものでもさしあげたらどう？　エビは好き、マレン？」

「ええ、ミセス・ガッシュ」

「シュガークッキーも食べてみて。ジェイミーと二人で最初から作ったのよ」

ジェイミーはため息をつき、いちばん最後に寝室を出て一階におりた。二人でクリスマスツリーのそばの飲み物テーブルに近づき、ジェイミーが切子クリスタルのボウルからパンチをふたつのコップについで片方を渡した。「ごめんね」

あたしは肩をすくめた。「プレアデス星団を見せてくれてありがとう」

ミセス・ガッシュはホステス役に戻り、あたしたちには誰も気づいていないようだ。母さんが暖炉の脇で二人の女性と話していた。母さんが冗談を言い、オチの部分に来ると、三人は頭をのけぞらせて笑った。

「おいで！」ジェイミーがあたしの空いた手をつかみ、廊下の奥へ引っぱった。パーティの騒がしさが遠くなり、あたしは絨毯にこぼさないようあわててパンチを飲んだ。

「どこに行くの？」

「地下室で、ほかにも見せたいものがあるんだ」

地下室のドアは空き部屋の隣にあった。地下は暗く、ペンキとカビとナフタリンのにおいがし、明かりは剝き出しの梁が交差する天井についた裸電球がひとつだけだ。階段の下に洗濯機と乾燥機があり、それ以外は古い家具と積みあげたダンボール箱でいっぱいだった。コンクリートの床は剝き出しで、洗濯機と乾燥機の前にだけ灰色の細長い敷物が敷いてある。「どうしてこんなところに？上のほうがいいのに」

ジェイミーは乾燥機の上にパンチのグラスを置いた。「見せてよ」

「何を？」

ジェイミーは二人のあいだの絨毯を見たまま、ジーンズのベルト通しを引っぱった。

「知ってるくせに」

〝地下室で見せたいものがある〟――しまった。「知らない。先にやってみせて」

ジェイミーは前あきのジッパーをおろし、ジーンズを足首までおろした。パンツには彗星とロケットが描いてあった。ジェイミーは両親指を腰のゴムにかけて、さっとおろし、ほとんど見えないくらいすばやく戻した。「次はきみの番だ」

あたしは首を横に振った。

「見せるって言っただろ」

「言ってない」

ジェイミーは一分半前のことを思い返し、あたしが言ってないと気づくと顔をしかめた。

「なんかバカみたいだ」

「そんなことない」

「いい考えじゃなかった。こんなとこに連れてくるんじゃなかった」

あたしは階段のほうに歩き出した。「いいよ。さあ、上に行こう」

「ひとつだけやらせてくれない？」

「何を？」

ジェイミーは口ごもった。

「え？」

「キスしても……いい？」

させちゃいけないとわかっていた。でも、あたしはすでに彼の気持ちを傷つけた。〝もういちど傷つければいい、それが彼のためよ。出なきゃ。いますぐ。行かなきゃ〟でもジェイミーは一歩近づき、あたしは背を向けもせず、出ていきもしなかった。あたしのなかの何かが動かなくなっていた。お腹の底のほうでパニックがごろごろと音を立てた。〝早く、行かなきゃ、いますぐ――これ以上、近づかれたらもう止められない〟

裸電球が頭上でブーンとうなり、冷たい風で鎖がゆっくり揺れた。ほんの一瞬、あたしはファーストキスをするふつうの女の子のようだった。

〝行かなきゃ――さあ――**いますぐ**……〟

あたしは唇を彼の首につけ、押しつけ、呑みこんだ。彼の息はカクテルソースのにおいがし、彼の口のほの暗い隅っこは細かく砕かれたエビの腐るにおいがした。一歩あとずさって見ると、彼は目を閉じ、ほほえんでいた――まるで〝きみの望むことならなんだってしてくれていいし、それでぼくは天にものぼる気持ちだ〟とでもいうように。〝そんなこと思ってるわけないのに〟――あたしは思った。〝でも、いまさら何を思っても手遅れよ〟

食べ終えると、あたしは乾燥機の前の細長い敷物に座りこんでガタガタ震え、乾燥機が動いているかのようにゴトゴト音を立てた。上にいる人には聞こえなかったはずだ。リビングのスピーカーから女性歌手の甘い歌声の競演が聞こえた。

しばらくそこに座ったまま、ジェイミーの望遠鏡やチューバッカの枕カバーや化粧だんすの上のルービックキューブのことを考えていた。家の人は部屋のものをすべてそのままにしておくのだろうか？ どうしてジェイミーはあたしをひとりにしてくれなかったの？ 洗濯機の横の床にあったしわくちゃのビニール袋に何もかも突っこんだ。ジェイミーのジーンズ、ボタンダウンの赤いシャツ、『地球に落ちて来た少年』のイラストつきのパンツと――鼈甲縁のメガネ以外の――食べきれなかったものすべて。それから、乾燥機の裏に張ったクモの巣に手を突っこみ、ホースと壁のボードがつながる隙間を探って壁のなかに押しこんだ。染みのついた細長い敷物は地下室のいちばん暗い隅に引っぱった。いずれ誰かが何もかも見つけるだろう。〝ごめんなさい。ごめんなさい〟

顔を洗い、ズボンとタートルネックのセーターを引き脱ぎ、洗濯用の流しの蛇口の下で汚れを絞り落とした。下着にも血がついていたが、気づく人はいない。家に帰って洗えばいい。

いや、家はだめだ。そんな時間はない。

口をすすぎ、コンクリートの床に座って乾燥機にもたれ、服が乾くのを待った。頭上で音がするたびに、誰かが下りてきて見つけるのではないかとびくっとした。

ママ。ママに言わなきゃ。

シャツとズボンを着て、永遠に上にはたどりつけないような重い足取りで地下室の階段をのぼりはじめた。母さんは腕に二人ぶんのコートをかけ、空き部屋から出てくるところだった。あたしはすばやくドアを閉め、ドアから一歩離れた。

「マレン！　さあ、帰るわよ？　あなたのコートはここ」あたしは渡されたコートを着た。

「どこにいたの？」母さんがささやいた。

「バスルーム」

「嘘はつかないで。どうして地下室にいたの？」

みじめな気持ちで黙って立っていると、別の部屋にいたミセス・ガッシュがジェイミーを呼ぶ声が聞こえた。母さんが真横で身をこわばらせた。すぐにミセス・ガッシュが玄関に現われた。「うちの子はどこへ行ったのかしら」

「部屋にいないのか？」玄関の脇に立つミスター・ガッシュが、寒い外に出ていく客たちと握手しながらきいた。白い歯がつやのある黒い口ひげの下で光っていた。

「部屋にいないからきいているのよ」

「屋上じゃないか」ミスター・ガッシュが肩ごしに笑いながら母さんに片手を伸ばし、「来てくれてよかった、ジャネール」それからあたしにうなずいた。「会えてよかった、マレン」もういちど母さんに向きなおり、声を落として言った。「月曜の朝いちで話をしよう、いいね？　楽しみにしてるよ」

ミセス・ガッシュが階段の下から呼びかけた。「ジェイミー！　ジェイミー、どこにいるの？」

「こちらこそ」母さんは小さく答え、あたしをちらっと見た。恐怖とパニックをどれほど必死に抑えているかがわかった。これが起こるたびに、母さんは少しずつ隠すのがうまくなっていた。〝やってないわね。お願いだからやってないと言って〟

ミセス・ガッシュが戻ってきた。「さっきジェイミーと遊んでいなかった、マレン？」

あたしは視線をミセス・ガッシュの靴に落としたまま肩をすくめた。どうして彼女の顔を見られるだろう？　また涙が出そうになったが、ミセス・ガッシュの思い違いのおかげで助かった。

「かわいそうに！　あの子が何か怒らせるようなことを言ったのね。いい子なんだけど、ほかの子を寄せつけないところがあって。少し賢《かしこ》すぎて損してるというか、わかるでしょう、ジャネール。気にしないでちょうだい」

母さんはミセス・ガッシュの言葉など聞いていなかった。ミスター・ガッシュは別の誰かに別れの挨拶をしている。母さんはあたしが息を呑むほど強く手を握り、玄関に一歩あとずさりながら頭をフル回転させ、荷物を詰めて逃げるのにどれくらいかかるかを計算し、新しい落胆事項を数えあげていた。月曜日が来ても昇進の話はなく――会社の人とは二度と会うことはない――母さんの怒りが腕を駆けおり、手を通ってあたしの手に流れこむようだった。

ミセス・ガッシュは胸の上でぎゅっと腕組みをし、肩ごしに振り返った。「きっと望遠鏡でも見てるんでしょう。ちょっと探してきます」

「とてもすてきなパーティでした」母さんはつぶやいた。

ミセス・ガッシュはすでに裏口に向かって廊下を歩きはじめていたが、「来てくれてありがとう、運転に気をつけて」と、ドアノブをまわしてあたしを家の外に引っぱり出す母さんに声をかけた。なかったことにできればどんなにいいだろう。ミセス・ガッシュが、あたしが下着をおろさなかったことでむくれている息子を裏庭のタイヤブランコで見つけたらどんなにいいだろう。

帰りの車は二人とも黙ったまま、家までずっと制限速度を十五キロオーバーで走った。母さんは、あたしがポケットからジェイミーの鼈甲縁のメガネを取り出し、手のひらでひっくり返すのをちらっと見たが、何も言わなかった。宿題はパーティの前に終わらせていたけれど、提出することはなかった。

その夜、空腹には二種類あることを学んだ。ひとつはチーズバーガーやチョコレートミルクで満たすことができる空腹。でも、あたしのなかにはじっと機会をうかがう、もうひとつの空腹がある。あんなふうに何ごともなく数ヵ月はやっていけるかもしれない、ひょっとしたら数年でも。だけどいずれあたしは屈する。それは、あたしのなかにおそろしく大きな穴があって、それがいったん形を取りはじめたら、その穴を満たせるのは穴そのもののしかいないようなものだった。

3

コーヒーショップで席が空くのをぼうっと突っ立って待つのに耐えられず、あたしは頬をほてらせ、そそくさと店を出て歩きつづけた。

数ブロック行くとスーパーマーケットのアクミーがあった。背中のリュックがちょっと場違いな気がしたが、とりあえずなかに入った。青果売り場を通ってリンゴをひとつ手に取り、ぐるりと一周してもとの棚に戻した。角を曲がると缶詰が並ぶ列で、高齢の女性が白く光るリノリウムの床を転がる缶を追いかけていた。あたしは缶を拾い、女性に渡した。

老婦人はパールピンクの目じりが吊りあがった《キャット・アイ》老眼鏡ごしににっこり笑いかけた。襟に赤いシルクのバラのついた淡い緑色のジャケットに、灰色のツイードのスカート、足もとは革のオックスフォードシューズという、スーパーマーケットへの買い出しがちゃんとしたお出かけとでもいうような格好だ。「どうもありがとう」老婦人はあたしに缶をもういちど手渡し、「なんと書いてあるか読んでくれる？　このメガネは役に立たなくて、いよいよ新しいのを作らなきゃ」

「フレッシュ洋ナシの半割り、白ブドウジュース漬け」

「ああ、よかった、これがほしかったの」老婦人は缶をカートに入れた。「ありがとう」

よい一日をと言いかけたとき、婦人がたずねた。「あなた、ひとり？」

あたしはうなずいた。

「お母さんの代わりにお買い物？　感心ね」なんと答えていいかわからずまごついたのを見て、婦人はあたしに頼もうと決めたようだ。「買ったものを家まで運ぶのを手伝ってもらえないかしら。バスに乗って、ほら、わたしは運転ができないから。あなたは免許、持ってる？」

あたしは首を振った。

「どこかへ行きたいときはいつも夫が運転してくれたわ」婦人の話を聞きながらカートの中身をのぞきこんだ——赤タマネギがふたつ、キドニー・ビーンズ、卵一パック、オレンジジュース、バターミルク、ベーコン一パック、キャットフード四缶、そして洋ナシ缶。

「ちょっとお小遣いがほしくない？　あなたの荷物がそう多くなくて、忙しくないのなら」

何ももらえなくても、それくらいお安い御用だ。「喜んで」

「助かるわ。あなた、お名前は？」

「マレン」

婦人の手は冷たかったが、握る力は強かった。「マレン！　なんてすてきな名前でしょう。わたしはリディア・ハーモン」

ミセス・ハーモンが代金を払うのを待って一緒に店を出、停留所でバスを待った。ふと、行き先が祖父母の家の近所だったらどうしようと不安になり、そうでないことを祈った。ミセス・ハーモンはベンチに座った。隣には全員を把握できないほど何人も子どもを連れた母親が座り、舗道をにらんでいた。子どもたちが笑い声をあげ、叩き合い、石を蹴ってもたしなめもせず、じっと座ってタバコを吹かしている。ミセス・ハーモンは気にするふうもなくあたしに笑いかけ、お腹がすいてないかとたずねた。

バスが来て、ミセス・ハーモンはあたしのバス賃を払った。バスが縁石から離れると、入口に〈エドガータウン公共図書館〉と彫られた石板がかかる、古いレンガ造りの建物が見えた。九歳か十歳くらいの少年が、入ろうとする老婦人に玄関のドアを押さえてやっていた。

バスが向かったのは、さいわい祖父母の家とは反対方向だった。数ブロック過ぎたころ、歩道の人物が目にとまった——年配の男だが、ミセス・ハーモンほど年寄りではなく、赤い格子シャツの袖をまくり、どこに行くでも、何を見るでもない様子で歩いている。男は通りすぎるバスの窓を見あげて誰かを捜すかのように乗客の顔を見渡し、あたしを見ると、ずっと捜していたとでもいうように笑いかけた。そのとき、男の片耳の上半分が斜めに切られたかのように欠けているのに気づいた。そのせいで男は野良猫のように見えた。バスが通りすぎ、あたしは席で向きを変えた。男はかすかに笑みを浮かべたまま、まだこっちを見ていて、バスが角を曲がるときに片手をあげた。

「知ってる人？」とミセス・ハーモン。

「いいえ。あたしを知っているように見えただけです」

「まあ。不思議なこともあるものね」

十年前はミセス・ハーモンの家も美しかったのだろうが、いまは鎧戸《よろいど》のペンキが剝げかけ、白い囲い柵の薄板のあいだに草が高く生い茂っていた。それでも窓枠が濃い青色、ドアが明るい赤で、全体が白い、こぢんまりした感じのいい家だ。リビングルームは明るくて居心地がよかった――正面がガラス張りになった棚にはレコードとハードカバーの本がずらりと並び、グランド・キャニオンやタージ・マハルといった辺地の写真が飾られ、小さなサイドテーブルには本物のヒマワリがガラスの花瓶に挿してある。目で見るより先にマントルピースの上の置時計がカチコチと鳴った。

白い小さなライオンのような、たてがみのある猫が暖炉前の詰め物をした丸椅子から飛び降り、絨毯の上をとことこ歩いてキッチンに向かった。ミセス・ハーモンはドア脇の椅子に買い物袋を置き、身をかがめて脇を通りすぎる猫をなでた。「かわいい猫《プス》ちゃん、ご機嫌いかが？」それから袋を抱えなおして猫のあとからキッチンに入った。「食事の時間だとわかっているの。袋のなかで缶のぶつかる音が聞こえるのね」そう言って笑った。「それで、あなたの朝食は何がいい？　卵、ベーコン、ハッシュドポテトもできるけど……」

完璧。まったくもって完璧だ。「最高です、ありがとう、ミセス・ハーモン」あたしはリュックを肘掛け椅子の後ろに置き、残りの食料品を持って彼女のあとからキッチンに入った。すべてが絵に描いたような家だった――笑っている子どもたちの写真が貼られた冷蔵庫、テーブルの席に置かれたキルトの平織り綿《キャラコ》のマット、窓にはカエルや帆船、四つ葉のクローバーをかたどったステンドグラスのサンキャッチャーがかかり、電灯のスイッチの上には**この家とそこに住まうみなに祝福あれ**と書かれた幕を持つ天使の絵。こんなものがある家に住んだことは一度もなかった。キッチンはシナモンのようなにおいがした。

いくつか食器棚を開けるうちに、どこに何をしまうのかがだいたいわかった。冷蔵庫はひとり暮らしにしてはたっぷり詰まっていた。カウンターに小麦粉と砂糖の入った大きなガラス容器が置いてあるところを見れば、お菓子作りが好きなようだ。種類はわからないが、リンゴとバナナが入った果物鉢の横の透明のタッパーにケーキが入っていた。

ミセス・ハーモンは上着を脱ぐと、冷蔵庫脇のフックから赤いギンガムチェックのエプロンをはずして身に着け、「電動缶切りは二十世紀の偉大なる発明ね」そう言いながら電動缶切りでキャットフードの缶を開けた。「わたしくらいの年寄りになると理由がわかるわ」

プス（本当にあの猫の名前だろうか？ それって、あたしが自分を女の子《ガール》と呼ぶようなものだ）は窓ぎわの床に置かれたステンレスのボウルの横でしっぽを揺らし、ミセス・ハーモンがフォークでキャットフードを出すのを待っていた。「さて、次はわたしたちの朝食ね」ミセス・ハーモンはフライパンを取り出し、リビングのソファを指さした。「ゆっくりしていて、マレン。飲み物はどう？ オレンジジュース？」

「じゃあオレンジジュースを、ありがとう」あたしはソファに座り、背もたれにかけてある青と赤のジグザグ模様のアフガン織りをなでた。これまでソファ用毛布を使ったことは一度もない――寒くなったらベッドから掛け布団を持ってきてかぶっていた。ソファ用毛布はテーブルマットや窓飾りと同じように必需品ではなかった。

ミセス・ハーモンがオレンジジュースの新しいパックを振って封を開け、ふたつのグラスに注ぐあいだ、サイドテーブルの上の写真を見た。結婚式のポートレートは水彩がほどこされ、ミセス・ハーモンの頰は綿菓子のようなピンク色で、新郎新婦を囲む庭が《オズの魔法使い》に出てくる〈エメラルドの都〉のように輝いている。歳をとると顔が変わり、若いころの面影がなくなる人もいるが、ミセス・ハーモンはさほど変わっていなかった。二人ともまるで映画スターのようだ。写真には茶色い飾り縁があり、下のほうに金色の文字でこう書いてあった。

ミスター&ミセス・ダグラス・ハーモン　一九三三年六月二日

「ご主人はとてもハンサムだったのね」ジュースのグラスを受け取りながら言った。

「ありがとう。五十二年間、一緒に暮らしたわ」そこでため息をつき、「いとしのダギー。彼のもとへ行くのももうじきよ」

「そんなこと言わないで」あたしは反射的に返した。

ミセス・ハーモンは肩をすくめてキッチンに戻ると、コンロの火をつけ、大きなバターの塊をフライパンに落とした。「わたしいくつだと思う、マレン？」

「年齢を当てるのは苦手で」

「歳をとればうまくなるわ。八十八歳と六カ月」

見た目よりも高齢だ。「あたしが八十八歳と六カ月のとき、あなたみたいだったらいいな」

「まあ、ありがとう！　それ以上の誉め言葉はないわ」ミセス・ハーモンは冷凍ハッシュドポテトをベーコンと炒め、あたしは室内を見まわした。穏やかな沈黙のなか、マントルピースの上の時計がチクタクと時を刻む音が心地よかった。「気にならない？」とミセス・ハーモン。

「何が？」

「時計の音。姪は音が大きすぎて気が散ると言うんだけど」ミセス・ハーモンは腰に片手を当て、ハッシュドポテトとベーコンを別の皿に移して卵に取りかかった。「わたしは安心できるの。結局のところ、この世で確かなものは時の流れだけだから」それからパンを二枚トースターに入れ、卵をコンロからはずして皿を並べた。

これまで食べたなかで最高の朝食だった。温かい食事――温かい、まっとうな食事――でお腹がいっぱいになると少しは前向きになれる、それがミセス・ハーモンと一緒ならなおさらだ。自分にはもう帰る家がないことを――少なくともしばらくのあいだ――忘れさせてくれた。ミセス・ハーモンがオレンジジュースを飲みながら笑いかけ、あたしははっとしたⅠⅠこの人はあたしを信頼してくれている。

二人ぶんの皿を流しに運び、フライパンと一緒に洗った。ミセス・ハーモンはありがとうとつぶやき、ソファにもたれて赤と青のアフガン織りの毛布を体にかけた。そこへ白猫がぴょんと跳びあがってお腹にのった。「あら、プス」ミセス・ハーモンは耳の後ろを掻いてやった。

ドア脇の肘掛け椅子に座ると、横のテーブルの白い籐カゴに目がとまった。淡いラズベリー色、桃色、ベビーブルー色の毛糸玉でいまにもあふれそうだ。「あなた、編み物する?」あたしは首を振った。「毛糸の袋が山ほどあるけれど、全部はとても使えそうにないわ。近ごろは針仕事もあまりできないのⅠⅠ関節炎のせいで」

「教えてくれませんか? その、あなたの手が痛くならない程度に」今まで編み物を覚えたいなんて思ったこともなかったが、なぜか急にやりたくなった。自分がすっぽり隠れるようなセーターを編んでみたい。

「喜んで。その前に少し休ませてちょうだい」あたしはすでに頭のなかで、死神がかぶるようなフードを編んでいた。それをかぶれば誰にも顔を見られない。

「あなたも疲れてるようね、マレン。空き部屋でお昼寝でもしたらどう?」〝空き部屋〟という言葉を聞くたびに『ナルニア国物語』を思い出す。遠い〈あき・へや〉という国の常夏の〈ようふ・くだんす〉という明るい街から来られたイヴの娘さん……。

「もう長いこと誰も泊まったことはないの」ミセス・ハーモンは言った。「空き部屋というものはできるだけ使ったほうがいい、でしょ？　キッチンを過ぎて右側の最初のドアよ。目が覚めたらケーキとお茶にしましょう。昨日キャロットケーキを焼いたの。そのあと編み物のやりかたを教えてあげるから、帰るときに毛糸の袋を持っていけばいいわ。すてきじゃない？」

打ち捨てられたキャデラックで一夜を過ごしたあとでは、まるで夢のようだ。

ミセス・ハーモンのまぶたが重くなった。「ゆっくり休んで、マレン」

「あなたも、ミセス・ハーモン」

そこでミセス・ハーモンは何かを思いついたようにはっと目を開け、「そうだ！　お母さんに電話しなくて大丈夫？」

あたしは首を振った。「帰りは遅いと思っているから」嘘はつきたくなかったが、そうだといいと思ってつく嘘は大きな嘘じゃない。

「ああ。それならいいわ」ミセス・ハーモンが目を閉じ、あたしは廊下を歩いて右側のドアを開けた。こんな豪勢なベッドはいままで見たことがなかった。笑う智天使《ケルビム》たちが彫りこまれた黒いマホガニー製の枕板――とても古く、ひどく場違いで、こんなふつうの家には豪華すぎる——に、黄と青の風車模様のパッチワークがされたベッドカバー。奥の壁には最上段に鏡のついた大きな整理ダンス。部屋の隅には赤いビロードのクッションが載った椅子。これまで見た〈あき・へや〉のなかでもとびきり上等だ。

ナイトテーブルの上には真鍮製の翼を広げたスフィンクスの古い彫像が置いてあった。手に取ると、思ったよりも重く、底がエメラルドグリーンのやわらかいフェルトでおおわれていて、刻まれた文からトロフィーだとわかった——

人間の意識の性質に関する卓越した評論を大いに讃え、
ここにルクレティア・カップを
ダグラス・ハーモンに授与する。
一九三〇年六月　ペンシルヴェニア大学　古典学会

クラスメイトがソフトボール大会で優勝してもらうような安っぽい置物ではなく、本物のトロフィーだ。スフィンクスの前足、翼、高慢で取り澄ました顔をなでていると、あたしも何かを手に入れたい気分になった——これからの人生で頼みにできるような美しい何かを。

トロフィーをテーブルに戻して寝具を折り返し、汚れた靴下を脱いで雪のような布団のあいだにもぐりこんだ。頰に当たる枕がひんやりと冷たい。洗濯せっけんのにおいにどうしてこんなにほっとするのかようやくわかった。こうしてシーツを洗う人がいるかぎり、世のなかにはまだ救いがあるということだから。

眠り、やがて目が覚め、猫のように伸びをした。家のなかは静かだ。リビングに戻り、ソファの脇に膝をついた。「ミセス・ハーモン?」なぜ名前を呼びつづけたのかわからないが、手に触れた瞬間、死んでいるのがわかった。

死んだ人を見るのは初めてだった——つまり、こんなふうに死んだ人は。触れた指から奇妙な感覚が伝わり、腕を這いのぼって全身に広がり、ソファの横に膝をついているのに床がばらばらと落ちてゆくような気がした。

身震いして立ちあがると、白猫が何ごともなかったように、暖炉脇の詰め物をした丸椅子の上で丸くなっていた。顔をあげ、あたしを見て目を閉じ、片方の前足で顔の横をこすった——〝だから何?〟とでも言うように。

猫缶の〈ファンシー・フィースト〉はもうもらえない、〝何〟っていうのはそういうことよ。ソファに戻り、アフガン毛布をミセス・ハーモンのあごまで——暖められるはずもないのに――引きあげた。またしても編み物カゴに目がとまり、毛糸玉を数個と木の編み針を一組取ってリュックにすべりこませ、「ありがとう、ミセス・ハーモン」とつぶやいた。

それから小さくて小ぎれいな家の部屋をあちこち、古い写真を見たり、手芸品に触ったりしながら歩きまわった――ダイニングテーブルの中央の小ナプキン、誰かの肩にかかっているかのように椅子の背にかけられた真珠ボタンのカーディガン、寝室の電灯スイッチの上に飾られた、**楽しい心はよい薬**と刺繍された格言を見るともなく見てまわると、〈あき・へや〉に戻ってベッドにもぐった――ほかにどうしようもなかった。ミセス・ハーモンをあのままにしておくのは忍びなかったが、誰に知らせればいいかわからなかったし、たとえわかっても自分がここにいる理由をどう説明すればいい？　あたしが何か悪いことをしたと思われるに違いない。

だからもういちど眠り、しばらくのあいだ何もなかったふりをすることに決めた。そうするしかなかった。

これでケーキも――編み物のレッスンも――なくなって、あたしを信用してくれる人もいなくなった。

家の別の場所から音がして、もういちど目が覚めた。夕方のようだ。ベッドのなかで耳をすましていると、すぐにまた音がした。誰かいる――まだ生きている誰かが。

扉を開けると、それは廊下の向こうからただよってきた――味わわれるのは一度きりであったはずの、酸っぱくなった食事のにおい。血のにおいもしたが、知ってるにおいとは違った。死んだ人間の血はにおいも味も違うのだろう。

廊下の暗がりの向こうで、人影がソファの前で膝をつき、身を乗り出していた。バスから見かけた老人だ。半分欠けた耳が見えた。頭をミセス・ハーモンの腹の奥までうずめ――絨毯にはブラウスの切れ端が散らばっていた――鼻から先に突っこんだ拍子に、厚板のように硬直したミセス・ハーモンの片腕が男の背中に落ちた。ミセス・ハーモンの頭はもうなかったが、ソファの肘掛けには分厚い銀髪の束が落ちていた。

あたしは口を開けたが、声は出なかった。どうして叫ぶことができただろう？　こんなにもなじみのある場面に遭遇して。

あたしがいるのに気づいたとしても、男はなんのそぶりも見せず、動揺したようにも見えなかった。顔は見えなくても、すまながってはいないのがわかった。男はぼりぼりと砕き、嚙み、呑みこんだ――淡々と、念入りなほどに。〝あたしもあのときはあんなふうに見えるの？　あんなに恐ろしい音を立てるの？〟

腹を食べおえると、男は身を起こして紫色の長い指をつかみ、ばりばりと砕きはじめた。しゃがんだまま、少しずつソファにそって移動しながら両脚を食べてゆく。目をそらしたくてもそらせなかった。

食べ終えると男は体を後ろにそらし、震度計も反応しそうなげっぷを洩らした。「失礼」そうつぶやいて、後ろポケットから汚れた黄色いハンカチを引き出して口をぬぐい、「心配するな」ポケットにハンカチを押しこんだ。「生きたのは食べない」そのあいだ、男は一度もこちらを振り返らなかったが、あたしがいるのはわかっていた。

男はあたりを手探りしてミセス・ハーモンの服の切れ端を集め、二人で家まで運んだ買い物袋のひとつに詰めこんだ。彼女の足があったところには茶色の革靴がきちんと、もうすぐまた出かけるとでもいうように並んでいた。男はあたしをちらっと見やり、花柄の蓋つきゴミ箱の後ろに手を伸ばして靴をすべりこませた。

ようやく喉から出た声は、誰かから借りた声のようだった。「自分だけだと思ってた」

男は肩をすくめ、「誰だってやってる」そう言うと、ソファのしわくちゃのアフガン毛布から何かを引っぱり出し、手のなかでジャラジャラ鳴らした。ミセス・ハーモンのからみ合った宝飾品だ——指につけていた指輪が数個と、首にかけていたクリーム色とピンク色のエナメルのロケットペンダント。男は汚れた手をコップのように丸めて宝飾品を載せると、骨をきしませて立ちあがり、ソファ横の肘掛け椅子に座りこんだ。その手をシャツのポケットに入れようとして、考えなおした。

「ほら」見知らぬ男はそう言って身を乗り出し、あたしは片手で宝飾品の小さな塊を受け取った。男はシャツのポケットから変色した小さな銀の酒瓶を取り出し、傾けた。あたしは酒を飲むたびに上下する喉ぼとけを見つめた。〝洗い流してる〟。ミセス・ハーモンと一緒にいたのはほんの一時間ほどだったが、その瞬間、生まれてからずっと知っていた人のように恋しくなった。

あたしはマントルピースに近づいて鎖から指輪をはずし、ミセス・ハーモンが夫を思い出すよすがにしていた古い写真の前にひとつずつ並べた。ソフトフォーカスのさっそうとしたダグラス・ハーモンが、あたしにはもったいないような善意に満ちた目で見返した。

「さて。そろそろ自己紹介といこうか。わたしはサリヴァン」男は立ちあがって片手を差し出した。もじゃもじゃの灰色眉毛。その下の淡いブルーの目。「短くはサリー」

あたしが拒む前にサリヴァンは自分の指を見おろし――とくに爪の甘皮のまわりが赤く染まっていた――その手を引っこめてキッチンへ行き、蛇口の下で洗いながら肩ごしに振り返った。「おや？　名前はないのか、嬢ちゃん？」

こんな話しかたをする人と会うのは初めてだ。おそらく南部出身だろう、どこか田舎のほうの、ウェストヴァージニアとか。「マレン」

「いい名前だ。初めて聞く」サリヴァンはミセス・ハーモンのふきんで手を拭いた。指はまだきれいとは言えなかったが、ウィスキーはリステリンより効果的かもしれない。

「どうしてわかったの？」

彼は白髪まじりの眉を片方吊りあげた。「どうしてきみのことがわかったかってことか？」あたしがうなずくと、サリーはどう答えたものかと決めかねるように間を置き、

「わかるものはわかる」

「今朝……バスであたしを見て……それでわかったの？　それだけで？」

「きみがそうだとわかった」

「さっきあなたは〝誰だってやってる〟って言った。ほかにもいるみたいに」

「なんだと、われわれがなかよく集《つど》うとでも？」サリーは笑いながら椅子を引き、数時間前にミセス・ハーモンが卵とベーコンを味わったキッチンテーブルの前に座ると、「木曜の夜に集まってポーカーでもするか？」と言ってまたしても笑った。目を閉じれば、ジンをあおりながら次々にタバコをふかすサンタクロースが思い浮かびそうな、大きくて楽しげな笑い声だ――もっともサリーはひどく痩せていて、シャツごしに骨が突き出ている。

「人はひとりで生きていく、これからもずっと。それがしかるべき道、だろ？」

あたしはドアの枠にもたれて腕を組んだ。「予言すれば実現する、みたいな口ぶりね」

「嬢ちゃん、きみはまだ世間を知らん。多くの人間にとってきみは危険人物かもしれんが、だからといってきみをひどい目にあわせる人間が多くないってわけじゃない。同類には近づかんこった、そのツラに傷を作りたくなけりゃ」

「あなたはどうなの?」

「わたしがなんだ?」

「たったいま、自分には近づかないほうがいいと言ったじゃない」

「ああ、でもわたしはきみとは違うし、きみもわたしとは違う。きみは若くて元気があり、わたしが十代だったのは十九世紀になる前だ。だからこうして座って夕食をともにできる、だろ?」

夕食と聞いてお腹が鳴ったが、さっきの言葉が引っかかっていた。「どうやってわかったの? あたしが……その、食べるのが……?」

「ほかに誰を食べるってんだ、きみぐらいの歳だと?」サリーはくっと笑い、あたしはほほえんだ。

「本当にそんなに年寄りなの?」

サリーは舌を鳴らし、「いろいろと見てきたが、百歳にはまだ少しばかり間がある」

「あたしたちみたいな人とたくさん会った？」

「あちらこちらでな」サリーは肩をすくめ、「だが、言ったように、友だちにはならんほうが身のためだ」

サリーに欠けているのは耳だけじゃない——左の人差し指もほとんどなかった。サリーはあたしの視線に気づいて左手を突き出し、婚約指輪を自慢する若い女性のように指を動かした。「バーでのケンカでなくした。きれいに嚙みちぎりやがった、あの野郎め。取り戻す前に呑みこんじまった」そう言うと椅子から立ちあがり、食器棚を開けてシチュー鍋を取り出した。「腹は減ってるか？　これから夕食を作る」

「まだお腹がすいてるの？」

「わたしはいつだって空腹だ」サリーはカウンターのボウルからタマネギとジャガイモをひとつかみ取り出し、まな板に載せた。「こっちに来て手を貸してくれ。放浪者シチューの作りかたを教えよう」

あたしはナイフを取ってタマネギをふたつに切りながら、「放浪者シチューには何が入ってるの？」我慢できずにたずねた。「放浪者？」

サリーは頭をのけぞらせ、文字どおり膝を叩いて笑い、「いやいや。そのときあるものをなんでも入れるってだけだ」冷蔵庫を開けて生鮮品室を探った。「牛ひき肉がなかったかな……おお、あった！　ニンジンもある」それからオーブンのスイッチを入れ――肩ごしに〝二百度〟と言いながら――素手でひき肉を包みから引き出した。甘皮にはまだ血がついていたが、そのことは考えないようにした。

サリーはキッチンを動きまわってベイクドビーンズの缶をふたつ取り出し、電動缶切りをいじっていたが、やがて肉と野菜を置いたままタッパーのケーキボックスに近寄って蓋を取り、顔を寄せてにおいを嗅いだ。「ふむ、これはなんだ？」

「キャロットケーキだと思う」

「フロスティングまで手作りだ。クリームチーズ。じつにうまそうだ」サリーは蓋を戻してあたしを見た。「で、きみはあの婦人と何をしてた？」

「何も。食料品を運ぶのを手伝ってと頼まれて、朝食に呼ばれただけ」

「そして疲れて、きみにゆっくりしていけと言ったんだな？」

なぜ急に強い罪悪感を覚えたのかわからない――それも彼が死体を食べるのを見たあとで。「ミセス・ハーモンはとてもやさしかった。あたしは何も悪いことはしていない」

サリーはなんの表情も読みとれない視線を向け、「何かしたなんてひとことも言っとらん」鍋に材料を入れて混ぜ、シュレッド・チェダーチーズを振りかけてオーブンにすべりこませた。

マントルピースの時計が六時を打つころ、サリーはリビングからリュックを持ってきて冷蔵庫に立てかけ、長いロープのようなものを取り出した。最初は本物のロープだと思ったが、ミセス・ハーモンの銀色の太い束髪《シニヨン》を取り出し、うやうやしい手つきでキャラコのテーブルマットに並べるのを見て、それが何でできているかがわかった。いろんな種類の髪を縒り合わせた髪のロープだ——赤、茶色、黒、銀色、巻き毛、ちぢれ毛、さらっとした直毛。これほどグロテスクで、しかも美しいものは見たことがなかった。

サリーはロープの端を膝に載せると、ミセス・ハーモンの髪をシニョンから束にしてそっと引き出し、まず二本、次に四本と偶数に分けていった。「もう何年もやってる」言いながら目をあげ、最初の束を編みはじめた。「そのがみがみ女みたいな顔はかわいくないな。これが、老サリーについてまず知っておくべきことだ——〝てめえに合わせておれのやりかたを変えるつもりはねえ〟」そう言って肩をすくめ、「まあ、言うなれば詩のようなもんだ」

「どういうこと?」

「終わり、消えゆくものから役に立つ何か、美しい何かを作る。百年前、人は死人の髪から腕輪を作ってた、聞いたことあるか?」

あたしは首を振った。

「未亡人は死ぬまで夫の髪を身につけた」サリーが髪の束を編みはじめると、ロープはぴくぴくとうごめいた。「美しい何かを」そっと、ひとりごとのように繰り返した。「死者を思い出すよすがになるような何かを」彼の手はごつごつしてふしくれだっていたが、髪束を編む手は器用だ。「手は動かしたほうがいい。〝何もしない手は余計なことをする〟──幼いころ日曜学校の説教師がよく言ってたな。それに、どこかの輩《やから》のように同じチェスの駒をなんども出すよりゃましだ」

「いいんじゃない、チェスをするのも」

あたしが言い返すと、サリーはふんと鼻で笑い、「自分相手にチェスをしろってのか？」

それからしばらく、サリーがすでにあるロープに銀髪を編みこむのを見ていた。「完成したらどうするの？」

サリーは肩をすくめた。「完成すると誰が言った？」

「でも、完成しなければやる意味がない」

「生きることも同じじゃないか？　ただ生きつづける、なんの理由もなく」

反論できなかった。ふいに、目の前に続く明日や来週や来月が昨日やおとといよりも色あせて見えた。

「さあ」サリーはリュックからさらに数十センチ、ロープを引き出し、差し出した。「ぐっと引っぱってくれ。人がぶらさがってもちぎれんくらい強いぞ」

あたしはたじろいだ。本心から触れたくないのもあったが、ロープが半分にちぎれでもしたらサリーが怒るのではないかと、それも怖かったからだ。「さあ、切れはせん」

両手でロープを握り、引っぱった。たしかにサリーの言うとおり、小学校の体育の授業で使ったロープのように天井までものぼれそうだ。「どこで覚えたの?」

「親父が縄職人だった」一瞬の間を置き、「それだけってわけじゃなかったがな」と小声でつけ加えた。サリーが手首をひねると、髪のロープは飛び跳ね、ヘビのようにうごめいた。あたしはびくっとし、サリーが声を立てて笑った。「さて、きみの最初のときを話してくれ」

あたしはミセス・ハーモンのキルトのテーブルマットをなでた。「ベビーシッター」

「おぼえてるか?」

あたしは首を横に振った。

サリーは酒瓶を取り出し、もういちどごくっと飲んだ。「ママが見つけたのか?」

あたしはうなずいた。「あなたは?」

サリーはくっと笑い、「葬儀屋を待ってるあいだに死んだ祖父《じい》さんを食った」唇をなめ、酒瓶の蓋を閉めながらあたしを見た。「おかげで親父は三百ドル近くを使わずにすんだ」しばらくしてサリーはきいた。「なんでひとり旅を？　ママが出ていったのか？」

「どうしてわかったの？」

サリーは肩をすくめ、「それでここに？」

あたしはうなずいた。

「当ててみようか」サリーはふうっと息を吐き、「きみはなんらかの話し合いをしようと思ってそこへ行った。でも、いざ着いたらどうしようもなくて、玄関のベルを鳴らせなかった」

この男に——まったく見知らぬ男に——すべてを見透かされたのがくやしかった。戻ってくるかもしれないと思えたなら、祖父母の庭を去るのももっと楽だっただろう、でもサリーの言うとおり。あたしは戻れない、戻れなかった。自分のやったことはどんなに謝っても赦《ゆる》されることじゃない。

「いいか。きみが感じたのはほかの人間がこれまでに百万回と感じてきたことにすぎん」サリーは何かを思い出したように眉を寄せ、「わたしは母にさよならを言いたかった。機会をうかがいながら、何週間も森で眠った」

あたしは深く息を吸い、母さんのことをすべて頭から追い出そうとした。「大変じゃなかった？　外で寝て、食べ物から何から自分で見つけるのは」

「いや。いちど銃の使いかたと食べ物の盗みかたと火の熾しかたを教わってればそうでもない。弓と矢があったから、それで夕食を手に入れた。ウサギ、リス。全部、祖父さんが教えてくれた」

「でも外で寝るのはつらくなかった？」

「ママは一度もキャンプに連れていってくれんかったようだな」サリーは笑い、「外では満天の星が輝いてるのに、なんで天井の下で寝なけりゃならん？」そう言いながら、キッチンの窓に向かって頭をくいっとそらした。

「いつも外で寝るの？」

「こんな建物のなかで寝ることはない。警官どもに見つかって、浮浪罪で訴えられるのがオチだ。何も盗んでなくても、野宿したのが公共の場であろうと。ここが森のなかなら、あの鍋は焚火で作るところだ」サリーはふっと息を吐き、「この世で薪の煙のにおいほどいいもんはない。ここが森のなかなら空き地を見つけて星座の見かたも教えてやれるんだがな」

　ジェイミー・ガッシュが頭をよぎり、あたしは身をちぢめた。

「ちょっと話がそれたな、嬢ちゃん。さっきの続きだ——わたしは家に戻り、キッチンの窓ごしにおふくろを見ていた。勇気を奮い立たせようとして。親父がいないまにやるつもりだった」

「やったの？」

サリーは首を振った。「機会はあったが、すべて逃した。おふくろがわたしを見たらウサギみたいにびくっとするのはわかってた。時がたてばたつほどますますおびえるようになった」サリーの目はテーブルマットに向けられていたが、あたしにはキッチンの窓枠のなかに母親の顔を見ているのがわかった。「そこがいちばんきついとこだ、自分の家族に怖がられるってのが」ようやくサリーはそう言って首を傾け、しばらくあたしを見た。「きみはいくつだ――十六か、十七か？」

「十六」

「若いな。だが、ひとりで生きていくのに若すぎることはない。わたしが家を出たのは十四歳だった」

「十四！」

サリーは肩をすくめ、「ほかにどうすりゃよかった？　親父にとってわたしはとうに目ざわりな存在だった」

「それはあなたが……」

「いや。親父はいつもわたしに〝おまえはまともじゃない〟と言ってたが、理由は本人も知らなかった。祖父さん以外、家のなかで食ったことは一度もない」

「最後まであなたがやったとは誰にもわからなかったの？」

サリーはうなずき、「わたしはずっと遺体の番をしてた――あのころ古い町ではそうするもんだった、部屋に死者をひとりにしておかんように――そしてちょっと小便に行くとまわりに告げ、戻ったら死体がなかったってわけだ。みなひどく動転したが、わたしを責める者はいなかった。〝まだ十歳だから無理もない〟と。おばは祖父さんが起きあがって家からさまよい出たと思いこんだ」サリーは笑いだし、低い、地響きのような含み笑いはやがて哄笑になった。「おばは何キロも通りを行ったり来たりして近所のドアを叩き、死んだ父親を見なかったかとたずねまわった」サリーの笑い声になぜか気分が軽くなり、人喰い《イーター》の話なのに自分たちが何者かを忘れ、あたしもつられて笑った。サリーは涙が出るほど笑い、やがて二人とも――サリーはこぶしで目を押さえながら――しばし心地よい沈黙のなかで座っていた。

そこでふと思った。「これまでにほかの女の人に会ったことある？　その……」

サリーはサンドペーパーを木に当てたような、やわらかい、こすれるような音を立てて無精ひげの生えた頰をさすった。「女にも何人か会った。はるか昔だがね」

「どんなふうにして？」

サリーは肩をすくめ、「きみのときのように」

「その人たちはどんな人を食べた？」

サリーは首を傾げ、目を細めた。「ん？」

「つまり、その人たちに親切だった人を食べたのか、意地悪だった人か、それとも…

…？」

「どちらもだ、たぶん」

あたしはもう一歩踏みこんだ。「その人たちがどうなったか知ってる？」

サリーはまたもや肩をすくめ、「言ったろう、嬢ちゃん、わたしはわたしの、彼らは彼らの道を行くと」

そこへ白猫がふらりとキッチンに現われた。すっかり忘れていた。あたしはミセス・ハーモンが食べられるところを見ていないことを祈った。プスは髪のロープに気づき、ちょこんと座って叩きはじめた。「しっ！」サリーが片手を振った。「こいつめ！　あっちへ行け！」プスは動じず、サリーにブーツで突かれてようやく脇にのいた。「猫を飼ったことは？」

「ペットは飼えないって、母さんが。引っ越しばかりしてたから」

「昔から猫は嫌いだ」サリーはふんと鼻を鳴らし、「自分のことしか考えん」

あたしは笑みを浮かべ、「たいていの人と同じようにね」

サリーは無言だった。プスは髪のロープに興味を失ったが、キッチンを出ていく様子はなく、リノリウムの床に座ってパタパタとしっぽを振り、会話に加わっているかのようにあたしからサリーへ視線を向けた。

「バカ猫め」サリーがつぶやいた。「しっしっ！」

「きっとお腹がすいてるんだ」立ちあがってキャットフードの缶を開け、スプーンで床のボウルに入れてやると、プスはあたしの脚に体をこすりつけた。

「ほれみろ。猫は自分のことだけだ」

満足したプスはまたふらりと出ていき、あたしはしばらくサリーが編むのを見ていた。ミセス・ハーモンは八十八歳にしては髪が豊かだった。「あなたが食べるのは本当に死んだ人だけ？」

サリーはうなずいた。「そのうち死期が近い人のにおいがわかるようになった、もしくは顔を見れば。どんなふうときかれても、どんなにおいで、どんな表情かは説明できん。ただわかるってだけだ」そう言って髪のロープを膝に落とすと、ミセス・ハーモンの果物鉢からリンゴを取り、赤いフランネルシャツの胸ポケットからアーミーナイフを取り出してしゅっと刃を出し、皮をくるくると長いひも状にしながらむきはじめた。「どこかの家の外でじっと待ってるとハゲワシになったような気がしてたが、いまはもう思わん」サリーは言いたいことをはっきりさせるように宙でナイフの先をあたしに向け、「自分が何者かは変えられん、嬢ちゃん。それが第一のルールだ」

サリーはむいたリンゴをくし形に切り、ナイフの先に刺して差し出した。サリーがミセス・ハーモンを食べたと思うと、まだ少し嫌悪を感じた——何人の死者の髪でできているのかわからないロープは言うまでもない——が、気を悪くされるのが怖くて受け取った。

「南太平洋の島に住む種族の話を聞いたことがあるか？」あたしはうなずいた。「そのなかには死者を食べる者たちがいる、しかも神聖な行為として。それで祝宴を催す」サリーはもうひと切れリンゴを切って口に放りこみ、噛みながら続けた。「死んだ男は祖父の肝臓を串から食べ、酢漬けした父親の舌を食べ、シチューにした母親の心臓を食べたはずだ、そして自分の番がやってきた。もし男の体がテーブルにすえられるほど残っていて口がきけたなら、これこそ自分の望みだと言うだろう。男は長い人生で多くを学んだ、そして彼の子どもたちは父親をバラバラにして食べれば自分たちも多くを学べると考える」

「どうしてそんなことするの？　生きてるあいだに自分の知ってることを子どもたちに教えればいいのに」

サリーは声を立てて笑った。「知恵は教えられるもんじゃない、嬢ちゃん」

「あなたがやってるのはそういうこと？　人を食べて何かを学ぼうとしてるの？」

「いんや」サリーはあざけるように言った。「ただ食うだけだ」

オーブンのタイマーが鳴るとサリーは立ちあがり、黄色いリノリウムの上に髪のロープを小さくきちんとぐるぐる巻きにしてから、オーブンから鍋を取り出した。あたしはテーブルを整え、サリーはテーブルのまんなかに湯気の立つ鍋を置き、スプーンで取り分けはじめた。チーズは表面がカリカリ、下はねっとりして申しぶんなかった。サリーは朝から何も食べていないかのようにがつがつ食べはじめ、あたしも二度、三度とおかわりした。それは、つぶしたチーズバーガーに煮溶けた野菜を混ぜこんだ塊のようだった。

「ああ。じつにうまい。二度と同じ味はできん」

あたしは満腹になって椅子にもたれた。

「満腹になったか？」あたしがうなずくと、サリーは鍋の皿の縁についたカリカリのチェダーチーズをこそげ取るまで食べつづけた。これほど底なしの食欲を見せる人は初めてだ。でもサリーの頬の下は、生まれてこのかたパンと水しか食べてないとでもいうようにこけていた。

サリーは立ちあがって皿を流しに運び、あたしが見ている前で洗いはじめた。「そう驚

くな、嬢ちゃん。つねに元どおりにしておく主義だ、たとえ彼女が違いに気づかなくても
な」

　皿洗いが終わると、サリーは食器棚からブドウジュース漬けの半割り洋ナシの缶を取り出し、しばらく電動缶切りに手こずりながら蓋を開けた。染みのあるふしくれだった指で、やわらかいナシをひと切れずつジュースから取り出し、小さな天板に並べてゆく。

「こんどは何を作ってるの？」オーブンのいちばん下のグリルに火をつけるサリーにたずねた。

「洋ナシのキャラメリゼだ」サリーはバターの塊をフライパンにすべり入れ、溶けたところにスプーンでブラウンシュガーを山盛り数杯入れた。「甘いものがふたつ食べられるのに、ひとつでやめる理由がどこにある？」

　好みの状態まで溶けたバターと砂糖を洋ナシの上に垂らし、シナモンとクローヴをまぶしてグリルに入れた。それからキャロットケーキをテーブルに運び、頭かと思うほど大きく切り分けた。「食べるか？」

　あたしは首を横に振った。本当は食べたかった。でも、ミセス・ハーモンと一緒に食べるはずだったものを食べるのは悪い気がした。サリーはケーキを平らげ、ミセス・ハーモンのバターミルクを紙パックから飲み、洋ナシがじゅうじゅう音を立てるあいだ、ロープ

編みに戻った。

あたしはミセス・ハーモンの毛糸と棒針をリュックから取り出し、カゴの底にベビー用カーディガンの編み図が入っているのを見つけた。裏には作り目のやりかたが書いてあり、しばらくにらんだあとであきらめ、サリーが銀色の髪束を輪にして引っぱり、結わえるのを見ていた。

「どの髪が誰のものだったかおぼえてる?」

サリーはロープの一部をかかげ、曲がった小指で指しながら、「ここの太いちぢれ毛が見えるか? 近ごろの若者がドレッドヘアと呼ぶやつだ。こいつを編むのはえらく時間がかかったが、なんとかやった」そこで首を振り、「このガキは自分のゲロのなかでおぼれ死んだ」あたしは身をちぢめた。「食べる前には大掃除が必要だった。それでも胃袋はからっぽのほうがうまい」

〝そんなの、知りたくもない〟。ドレッドヘアから数センチ下の、赤金色の髪が目を惹いた。あんなに美しい色を見るのは初めてだ。「それは?」

「あれは……」サリーは一瞬、口ごもり、「自殺した女だ」

その瞬間、サリーと自分の違いを痛感した。あたしは人を犠牲にしてきた。サリーは違う。

あたしは皿を流しに運び、すすいだ。「お祖父さんが亡くなったのは十歳のときって言った?」

サリーはうなずいた。「なぜ?」

「最初にしては遅いように思えただけ」

「死体はそう簡単には手に入らん」とサリー。「親父は葬儀屋じゃなかったからな」

「でも、お父さんはあなたがまともじゃないと言ってたんでしょ」

「なんでも食べてたからだ。母親がつむぐより速くカゴから羊毛を呑みこんだ。おふくろは、親父に見られたらわたしがこっぴどくなぐられると知ってたから、親父の目から隠した。そうやって何年か過ぎた。古い靴を嚙みちぎり、呑みこめるまで嚙みつづけるようになっていた。食ったのはやわらかいものばっかりだ。祖母《ばあ》さんが一九〇二年に縫ったというキルト布団を丸ごと食べたこともある。親父に気づかれそうなものは何ひとつ食べなかった」サリーは髪を編みながら、またしても遠くを見るような目になった――靄《もや》のなかで渦巻く過去のできごとがあたしの右肩の上あたりに浮かんでいるかのように。「おふくろが妹の髪を切ると、牡蠣《カキ》を拾うように床に落ちた髪をさっと呑みこんだ。妹のぬいぐるみ人形を呑みこんだときは泣きに泣かれた。わたしを怖がるあまり、妹は親父にも言いつけることができなかった」そこで言葉を切り、「あれは心からすまなかったと思ってる」そしてあたしを見た。「食べるべきじゃないもんを食べたことはあるか？」

あたしが見返すと、「それ以《い》外に」とサリーは言い、あたしは首を振った。「いまじゃ名前がある」サリーは続けた。「食べるべきではないもんをむさぼらずにはいられないときのしゃれた言葉だ。新聞、土、ガラス。果てはクソさえ。なのに、これに名前がないとは不思議じゃないか」そう言って椅子の背にもたれ、両手を腹にのせた。

あたしはふと思った。「お医者さんに行ったことはある？」

サリーは片眉を吊りあげた。「きみは月に行ったことがあるか？」

あたしは笑いながらぐるりと目をまわした。「そういうことじゃなくて……これは遺伝だと思う？」サリーはゆっくりと唇を曲げ、悦に入った笑みを浮かべた。あたしは身震いした。

「どう？」

サリーは椅子の背にもたれ、笑みを消して首の横を掻いた。「祖父さんがイーターだったかどうかはわからんが、そうだったかもしれんと考える理由はある」

好奇心がちくちくと肌を刺激した。「どんな？」

「森のなかを一緒に歩いたときのことを思い返すと……狩り、魚釣り、外で生きていくための知恵……記憶のいくつかは鮮明で、いくつかは靄のようにかすんでる。かすんでるのは、かすむ理由があったんだろう」

わかるような気がした。ペニー・ウィルソンの髪が白く見えるほどの金色で、鼻は長くてとがり、顔は細長く、青い目が目立ちすぎてきれいとは言えなかったということをあたしが知っているようなものだ。「実際におぼえているような感じ？　それとも自分で作りあげたような？」

「いや。作りあげた記憶じゃない」

「お父さんは？」

サリーが鋭く見返した。「親父がなんだ？」

あたしは肩をすくめ、「お祖父さんがイーターだったなら、たぶん……」

「それはない。わたしは親父と似たところはひとつもなかった、それは事実だ」サリーはきっぱり否定し、立ちあがってグリルからナシを取り出すと、スプーンでデザート皿に取り分け、残ったキャラメルソースを天板から直接かけた。

目の前に皿を出され、あたしは礼を言い、ナシを一口食べてため息をついた。クローヴとキャラメルの風味がナシとみごとにからみあっている。死んだ人の話はもうやめよう。

「これ、すごくおいしい」

「だろう」サリーはもぐもぐ口を動かし、ほんの数秒で自分のぶんを平らげた。「デザートは決してひとつでは終わらん。人生はあまりに短いからな」

デザートを食べおえると、サリーは「音楽でも聴こう」と言ってリビングへ行き、しゃがみこんで、表の窓の下にあるガラス張りのキャビネットのなかのレコードをながめはじめた。

「思ったより趣味がいいじゃねえか」サリーはマントルピースの上に置かれたダグラス・ハーモンの写真に向かって言った。「ロバート・ジョンソン。史上最高のギタリストの一人だ」ジャケットからレコードをするりと出してプレーヤーに載せた。「こんな逸話がある――ロバート・ジョンソンはある晩、アラバマの通りで悪魔に会い、悪魔がこう言った、〝誰よりもうまくブルースを弾く方法を教えよう、おまえの魂と引き換えに〟。ロバート・ジョンソンは悪魔と取引したんだ」

音楽が流れてきて、あたしは暖炉脇の肘掛け椅子に座った。ガリガリと雑音の入った録音で、ギターを爪弾《つまび》きながらのハミングで始まり、歌いだした声はどこか奔放で、豊かで、自由な響きがあった。〝ああ、愛する女は、親友から奪った女、どこかのバカ野郎が幸運にも、また女を奪っていった……〟

サリーはリュックからパイプとタバコの袋を取り出し、パイプ皿にひとつまみタバコを詰め、マッチをすって一服した。

〝女が面倒に巻きこまれると、誰もが放り出す。心の友を探しても、どこにも見つからな

い……〃

曲が終わるとあたしは言った。「悪魔なんかいない」

「ほう、悪魔はただのお話だと？」サリーは頭をのけぞらせて笑い、「おもしろい話をしてやろう。わたしはたまにバーに行ってみんなに酒をおごり、自分のことを何もかも話すって遊びをやってみる」——そこで、舞台上でささやくように丸くした手を口の横に添え——「誰もわたしの話とは知らない。男たちはこぞって、すごい想像力だと言う。わたしが、歩いて家に帰るときは背後に気をつけろ、ドアをロックし、ベッドの下をのぞいたほうがいいぞと言っても、やつらは笑いつづける」サリーはレコード針をはずし、B面に変えた。「それが物語の始まりだ。自分たちのことを事実じゃないように話す、なぜならそうするしか人にわれわれを信じさせる方法はない」

ふとある記憶がよみがえった。母さんのステーションワゴンからラジオが盗まれ、母さんと一緒に警察に届けに行ったときのことだ。あたしは十二歳くらいだった——胸に刻まれた名前のリストはまだそれほど長くはなかった——けど、警官に顔を見られたら最後、自分のやったことがばれるのではないかという恐怖にかられた。ドアの上には刺繍で**真実は汝《なんじ》を自由にする**と書かれたタペストリーの額がかけてあり、あたしがそれを見ているのに気づいたカウンターの奥の男が、〃なんとも皮肉なもんだ〃と声を立てて笑っていたのをおぼえている。

電話が鳴ったときも刺繍のことを考えていた。サリーは動かず、キッチンのカウンターの上で留守番電話が作動した。サリーはパイプを吹かしながら、二人で伝言に耳を傾けた。「こんにちは、リディおばさん、キャロルよ。とくに用事はないの。明日エドガータウンまで車で買い物に行くから一緒に昼食をどうかと思って。これを聞いたら電話くれる？ 愛をこめて、おしゃべりしましょ、じゃあ」

留守電が切れるとサリーはうなってパイプをはずした。「きみはこのあとどこへ行く？」

「ミネソタ」

サリーはイモムシのような眉を片方吊りあげ、「ミネソタになんの用だ？」

「父さんの故郷。わからないけど……まだそこにいるかもしれない」

「今まで何を聞いてた、嬢ちゃん？ 言ったろ、過去をほじくり返しても嘆くだけだと」

「わかったほうがいいんじゃない？」あたしは籐の編み物カゴから毛糸玉をひとつ取り出し、やわらかい羊毛に指をはわせた。「お祖父さんはたぶんイーターだったとあなたは言った。あたしの父さんもそうだと思う」はっきりと意識したのは初めてだった。まして口にしたことは一度もなく、自分で言って身震いした。「父さんがどんな生い立ちで、なぜあたしたちのもとを去ったのかを知りたいの」

サリーは首を振り、「父親が去った理由などどうでもいい、いなくなった、それだけだ」

涙がこみあげた。どうしようもなかった。「ほかにどこも行くところがないの」

「ああ、そうか」サリーはやさしい声で、「わたしは放浪の身だが、元気なうちは、一緒にいれば宿には困らんようにしてやる」

「友だちは作らないほうがいいんじゃなかった？」

「心変わりする男で有名だ」サリーは煙を立ちのぼらせ、それが消えてゆくのをしばし愛《め》でた。「どうだ？」

「ありがとう」あたしはサイドテーブルのボックスからティッシュをつまんで目に当て、「考えてみる」

時計の音がまたしても沈黙のなかに響き、サリーは新聞を拾いあげてからようやく言った。「そろそろ寝る時間だ。明日は早いぞ、姪っ子に見つかる前に」

あたしは立ちあがって毛糸玉をカゴに放り投げ、リュックを持ちあげた。「じゃあ、おやすみなさい、サリー」

サリーはパイプをくゆらしながら新聞をめくり、見出しに目を通した。「しっかり寝るんだぞ、嬢ちゃん」

パジャマに着替え、歯を磨き、〈あき・へや〉に入った。ドアを閉めかけたとき、ミセス・ハーモンの部屋から白猫が飛び出し、廊下を駆けてきてドアと脇柱のあいだに前足を突っこみ、入れてくれというようにミャオと鳴いた。「ごめんね、プス」あたしはしゃがんでそっと廊下に押しやった。これまで動物と一緒に寝たことがなかったから、気になって眠れないのが怖かった。

ドアにはカギをかけた。サリーがいい人だとしても、用心に越したことはない。

電気を消してベッドに入った。月明かりがナイトテーブルのスフィンクスと枕板に彫りこまれたケルビムの顔に反射し、ケルビムの小さな木の目がこちらを見ているかのように光った。あたしを見守っているかのように。ミセス・ハーモンが恋しかった。この客用ベッドで次に誰かが眠るのはいつだろう？　たぶんそんなときは永遠に来ない。

昼寝が長すぎたのか、なかなか眠れなかった。暗闇は重苦しく、静寂は要らない毛布のように体を包みこんだ。ようやくうとうとすると、目に見えない男と目に見えないナイフの夢を見、痛みが霧ごしに耳の奥まで届くのを感じた。〝ナイフ、ひねろ、ナイフ、ひねろ〟。見えない男があたしの口にナイフを突き刺した。

朝になると、またもやキッチンのテーブルに書き置きがあったが、今回の手紙には思わず笑みがこぼれた。

嬢ちゃん

どうやらきみは、父親を捜さないほうがいいというわたしの助言に耳を傾ける気はないようだ。だが、もし気が変わったら町に戻り、どこかで待っていればわたしから見つける。おいぼれサリーとの暮らしは決して退屈しない。サリヴァン

追伸　旅の途中で見つけた——きみが気に入ると思って。

書き置きの横に一冊のペーパーバックが置いてあった。手のひらサイズで、少なくとも五十年はたっていそうだ。深紅の表紙には銀色の文字で〈リングリング・ブラザーズ　記念本〉とスタンプされている。適当に開いてみると、文字はひとつもなく、宙に浮かんだ三人の小さな曲芸師が赤と黒の絵で描かれていた。二人は先がくるりと巻いた大きな口髭を生やし、もう一人はひもが膝まである赤いダンスシューズをはいている。さらにページをめくった。〝ああ、パラパラ絵本！〟パラパラめくると、空中ブランコに乗った男二人

が女の曲芸師をひとつのページから次のページに揺らし、また戻る場面が浮かびあがった。見ず知らずの人に自分の好きなものを当てられるのは、そう悪くないのかもしれない。

すばやく朝食を済ませ、この二十四時間で親しくなったものたちに別れを告げた——真鍮のスフィンクス、白猫、〈エメラルドの都〉で挙式したミセス・ハーモン。マントルピースに並べた、古くて美しい宝飾品の上でしばし指を止め、クリーム色とピンク色のエナメルロケットを手に取った。つまみを押すと、ぽんと蓋が開き、またしても彼が現われた。横向きでほほえむミスター・ハーモン。蓋を閉じて留め金をはずし、首にかけた。勝手に取ってはいけないとわかっていた——宝飾品はすべて、法的にはミセス・ハーモンの姪のものだ——けれど、何か思い出の品がほしかった。

数分後には路線バスに乗っていた。こんどは祖父母のシールズ夫妻の家とは反対方向に向かうバスだ。母さんには二度と会わない、ピクチャーウィンドウごしにすらも。

もはやエドガータウンにはなんの興味もなかった。バスの窓から外を見ることもなく、パラパラ絵本を楽しんだ。目を閉じて想像してみた——誰かが足首をつかんでくれるのを信じて、空を飛べるかのように宙を移動するのはどんな気分だろう?

グレイハウンドバスのターミナルに着いたのは午前十時少し前だった。カウンターに行くと、口紅をつけすぎた女性が座って爪にやすりをかけていた。「ミネソタ行きの次のバスはいつですか？　サンドホーンに行きたいんですけど」

「セント・ポールの近く？」

「違うと思います」

「行き先も知らない人に、どうやって教えろっていうの？」

思わず爪やすりをつかみ、鼻の穴に突っこんでやりたくなった。「最寄りのバス停を教えてもらえるかと思って」

「いい？　自分で地図を手に入れるか、そうでなければ一分半後にゲートを出るあのセント・ルイス行きのバスに乗るか。あたしがあんたならそうする。その次の西部行きバスは今夜八時までないよ」

　事務員は無愛想だったが、言うことはもっともだった。あたしはセント・ルイス行きの切符を買った。

4

ハイウェイはえんえんと続き、見知らぬ乗客のいびきと、本に没頭したくてもできない苛立ちと、自動販売機の食事が続いた。セント・ルイスまでは二日かかるから、サリーが話してくれた、奇妙で、すばらしいあれこれを考える時間はたっぷりあった。外で眠り、自分の夕食をしとめること、リュックひとつから完全な快適さを手に入れること、悪魔との取引、真実を作り話のように話すこと——これについては長いあいだ考えた。なぜならそれは、たとえほかの誰にもできなくても、自分には受け入れられるものだから。

父さんを見つけたあとの暮らしも想像してみた。それは、何年も大事にとっておいたペパーミントキャンディの包みを開けるような感じだった。父さんが出ていったのにはちゃんとした理由があったはずだ。母さんは一度も父さんの話をしなかったけど、ずっと愛していたから。そうでなきゃ結婚指輪をつけつづけるはずがない。

バスの窓から何時間も外を見ながら、父さんの顔や声や手を想像した。母さんよりも頭半分、背が高く、母さんと同じようにいまも結婚指輪をはめ、知っていることをすべてあたしに話すのを今か今かと心待ちにしている。一緒にイタリアンレストランへ行き、クレジットカードの伝票に〝フランシス・イヤリー〟とサインする場面まで思い浮かべた。父さんはあたしにこの世界で生きていくすべを教えてくれる、だから本当のあたしを誰も知らなくったってかまわない。サリーのような友だちがいればそれでいい。テーブルマットと額入りの絵のある家に住んで、日曜の朝はみんなが教会に行っているあいだ、二人で無料食堂のボランティアに行く。

ついにバスを降りたときは疲れと高揚感が同時に押し寄せ、自分で建てた天空の城に行く道がはっきりとわかったような、変な気分だった。次の切符を買おうと列に並んでからようやく、財布に十五ドルしかないのに気づいた。

なんてこと。あたしったらなんてバカなの？

母さんの目からすればもっともだった。シンシナティからサンドホーンに行くだけなら百ドルも必要なかった。なのにあたしは反対の方角に行くのにその大半を使ってしまった。リュックを引きずって汚れたトイレに入り、いちばん奥の個室に入ってカギをかけて泣いた。いまやほぼ文なしで、完全な宿なしだ。どうしてサリーの申し出を受けなかったんだろう？　どうして耳を貸さなかったんだろう？

泣き疲れ、目はヒリヒリしたが、トイレを出たときは新たな目的を見つけていた。サンドホーンにはどこの一文なしもやっている方法で行けばいい——親指を立てて。

通りに出て、いちばん感じのよさそうなタクシー運転手に、ミネソタまでヒッチハイクする最善の方法をたずねた。「おれなら通りをまっすぐ大学まで行くね」運転手は指さし、「乗っけてもらうにはいい時期だ、学生はみな夏休みで帰省するころだから」

二十分後、きちんと敷き詰められたレンガの歩道と開け放たれた門の向こうにまぶしい緑の芝が広がる大学キャンパスのはずれにやってきた。いたるところ学生だらけだ——建物から建物へ歩く者、公園のベンチで読書する者、フリスビーをする者。あたしはゴミ箱からダンボールの紙を探し出し、〈ミネソタまで乗せて〉と書いた。そして座って待った。本を読もうとしたが、文字は踊り、ページの上で勝手に並び変わって頭に入らなかった。結局、本を閉じて父さんのことを考え、最初の週末に二人で新しい寝室の壁を塗り替えるところを想像した。ラベンダー色？ それとも濃い青緑色？

一時間後、ひとつの影が膝を横切った。「ミネアポリスの家に車で帰るんだけど」女子学生が言った。「ガソリン代、出せる？」背が高く、日に焼け、〈ミズーリ州バレーボール連盟《リーグ》〉と書かれたTシャツを着ている。

あたしはうなずき、組んでいた脚をほどいて、少しよろけながら立ち上がった。

「話せるじゃん」彼女は言った。「あんたラッキーだね、あたしがちょうど帰るとこで」名前はサマンサで、親しくなる気はなさそうだが、それはそれでかまわなかった。前にも言ったように、これまで女の友だちがいたことは一度もない。

サマンサはアイオワ州のどこかのガソリンスタンドで停車し、車に戻ってきて言った。「二十ドルだった。十ドルくれない？」

「もう十五ドルしかないの」

「こんなこと言いたくないけど、どのみち十五ドルじゃそんなに遠くまで行けないよ。ミネアポリスに着いたあとはどうすんの？」

「サンドホーンまで乗せてくれる人を見つける」

サマンサは変な目であたしを見ると、エンジンをかけてハイウェイに戻った。あたしは五ドル紙幣を取り出し、サマンサがおつりを入れている灰皿に押しこんだが、サマンサは無言だった。最初にガソリン代を出せると言っておいて、言われただけ出さなかったあたしがいけなかった――サマンサの態度もあんまりだけど。

一時間後、トイレに行きたいと言うと、サマンサはむっとした。「なんでガソリンスタンドで行かなかったの？」

「あのときはまだ行きたくなかったから」

それから数キロのあいだ二人とも黙っていたが、ウォルマートの看板の前を通りすぎたところでサマンサはハイウェイをおり、駐車場に車を停めた。

「ありがとう」あたしはスーパーマーケットに駆けこんだ。

外に出ると、からっぽの駐車スペースにあたしのリュックが置いてあった。目を疑った。しばらくそこに立ちつくし、サマンサの車があった場所を見ていた。こんな何もない場所に置いていかれるのなら、ガソリン代なんて渡すんじゃなかった。

財布を取り出し、もういちどお金を数えた。十ドルと、十セント硬貨と二十五セント硬貨が数枚。また乗せてくれる車を見つける苦労を考えると、トイレにこもって二度と出たくない気分になった。

〝待って〟——これはあたしのせいじゃない。サマンサのしたことはあんまりだ。乗せてあげると言っておきながら放り出すなんて。

ひょっとしてにおいのせい？　学校でも女の子は誰もあたしを好きにならなかった。深呼吸し、次にどうするかを考えようとした。でも、何もしたくなかった。ここにいたくはない——でも、どこかに行きたくもなかった。

両こぶしで目を押さえ、しばらくのあいだ世界を忘れた。頭のなかがぐちゃぐちゃで、サリーと一緒に行けばよかったという考えすらも浮かばなかった。ティッシュもなく、T

シャツの袖で頬と鼻をふいているあたしの横を人々が通りすぎ、店に入ってゆく。目をそらす人、あたしに頭が三つあるとでもいうようにじろじろ見る人。見あげると、シカゴ・カブスのジャージを着た男が立っていた。男はシャツのロゴと同じくらい顔を赤くすると、あわてて自動ドアを通って店に入った。

ふいに母さんの姿が頭に浮かんだ。あたしが決してなかに入ることのないキッチンで、サラダボウルの上に突っ伏し、胸が張り裂けんばかりに泣いている母さん。あたしは立ちあがり、ジーンズのお尻の砂利を払って、リュックを抱えあげた。

自動ドアを抜けると冷房の風が吹きつけ、頬の涙もほとんど乾いた。ウォルマートはそれ自体が、近所であらゆるものを売っているひとつの街のようで、そのあいだを青いショッピングカートが車のように移動していた。寒々とした蛍光灯の下をどこまでも歩いていけそうな気がした——芝刈り機、塗料の色見本カード、ベビーベッド、ずらりと並んだ口紅。それを言うなら、小型クッションが山ほど積まれたベッドで寝ることだってできる。

カフェテリアの長いガラスカウンターの前に立って商品をながめた——ラップに包まれたツナサンド、ソーセージパテの載ったイングリッシュマフィン。熱源ランプの下では赤と白の紙皿に入ったマカロニ&チーズの表面が干からび、オレンジ色の皮のようになっていた。今夜の食事に手元の金の半分を使うとしても、ここでは使う気がしない。

甘いお菓子。せめてスニッカーズバーがひとつでもあれば、すべてを忘れられる。バーを食べる一分半のあいだは、ふつうの人間になれる。

菓子棚の角を曲がったところで足を止めた。下着姿の男が通路をよたよた歩いていた。ウォルマートにはあらゆる種類の人間がいる。夏には決まって、海水パンツとサンダルで冷凍食品コーナーに駆けこんでいく人を見かけるが、目の前の男はそれとはまったくタイプが違った。

海水パンツにカウボーイブーツだけでもすでにまともじゃないが、男はカウボーイブーツにステットソンのカウボーイハットをかぶり、ランニングシャツに、なかが透けて見えるほどくたびれた古いボクサーパンツをはいていた。シャツの腋の下のほうには、飲みすぎたビールが汗になって流れだしたかのように細長い茶色い染みができている。

これがべろべろに酔っ払った年寄りなら、哀れなだけですんだだろうが、男はまだ若く、そこまでべろべろでもなかったから、なおさら気味が悪かった。買い物カゴを揺らしながら歩き――あれを歩くと呼べるなら――なにやらぶつぶつつぶやいている。「こんなもん、やってられるかってんだ。ムカついてへとへとなのに、ぜんぶおれのせいだってのかよ、くそ女。おめえにわからせてやる、ああ、わからせてやるとも、くそ女」

酔った男がわめいていると、スピーカーから録音の声が聞こえてきた。「**ウォルマート**

本日のお買い得！　ファミリーサイズの洗濯洗剤〈タイド〉を一本買うと、もう一本タダ、今だけのタイムセール！」

〝この人こそ買っといたほうがいいんじゃないの〟。あたしがひそかに思っていると、後ろからショッピングカートを押した女性が通路に入ってきて、あたしの横を通りすぎた瞬間、酔いどれカウボーイの姿を見て凍りついた。〝しまった〟――女性の心の声が聞こえるようだった。〝でもいまさらあと戻りできない〟。すでに男はこちらに気づいていた。女性は間違ってもカートをぶつけてはならないと、おそるおそる、男をちらっと見ながら歩きはじめた。

でも、それで充分だった。「何見てんだよ？」男が声をかけた。まさか〝酔っ払いのバカ〟だとは言えず、女性は黙っている。男は頭をぐるりとめぐらせ、うつろな目で彼女を見つめた。「何見てんだってきいてんだよ――、このくそ女」

女性は身をこわばらせ、関節が白くなるほどカートの持ち手を握りしめて、あたしのほうを振り返り、あたしは気の毒そうな笑みを浮かべた。通路を見まわしたが、青いポロシャツの店員が駆けつけ、男を連れ出してくれるような気配はまったくない。スピーカーから退屈な音楽が流れる店内は、ウォルマートの従業員全員がいっせいに夕食休憩に入ったかのようにやけに静かだ。

「なんだ、聞こえねえのか？」男がどなった。「よく聞け、このあほ」

「おい！」そのとき後ろから誰かが通路に現われ、あたしの横を通りすぎてカートの女性の前に立ちはだかった。汚れてクシャクシャの金髪、緑色の野球のジャージシャツにジーンズ、ワークブーツ。「女性にその口のききかたはないだろ。どうかしてるよ、あんた《パル》」

「パル！」カウボーイはあざけるように言った。「おれはてめえの友だち《パル》じゃねえ」男の口の端には唾がたまっている。やっぱり。いっちゃってる。

後ろから見ると、緑のジャージの男はあたしより年上だった——十八か二十歳くらいだろう。彼は肩ごしに女性を見た。女性は声に出さず、口の動きだけで「ありがとう」と言ってカートの向きを変え、通路から出ていった。あたしも立ち去るべきだったけど、人前でひどい振る舞いをする人を見たら、あっさりとは立ち去れない。次に何が起こるかを見たくて、その場から動けなくなるものだ。

酔っ払いカウボーイは若い男に手を伸ばしたが、彼はさっと頭を引っこめた。「いいか、よく聞け、このいかれ頭のなよなよ男」カウボーイはわめき、またもや緑のジャージをつかもうとした。「てめえにあれこれ言われる筋合いはねえ」

金髪の彼が振り向き、あたしを見たとたん、奇妙な感覚が全身を駆けめぐった。彼も感じたとしても、そんなそぶりは見せなかった。酔っ払いに向きなおり、鳥肌が立つほど淡々とした口調で、「あんたの言うとおりだ。どっちにしても外に出よう」と言うと、あたしには見向きもせず、店の裏に向かって歩きだした。あたしは変に思ったが、カウボーイは、たとえしらふだったとしてもそこまで考えがおよばなかっただろう。床にカゴを落とし、よたよたと緑ジャージの男を追いかけたが、すぐに引き返してビールの六缶パックを拾い、よろけながら通路を出ていった。ひっくり返ったカゴをのぞくと、ビーフジャーキーとミルキー・ウェイ（チョコレートバー）の大袋が入っていて、ベイクドビーンズの缶が白いリノリウムの床に転げ出た。

さっきのできごとで動揺した気持ちを落ち着けようと、しばらく通路を歩きまわった——ガーデン用品、ペットフード、化粧品。いかれた酔っ払いカウボーイだけでなく、緑ジャージの男も頭を離れない。まだ変な気分だった——ミセス・ハーモンを見つけたとき、床がばらばらと落ちていくような気がしたときみたいに。

母と娘が熱心にメイベリン化粧品の陳列を見ていた。「ほら、これはどう？」母親は薄青色のアイシャドウのコンパクトを娘に渡し、「あなたの目に合いそうよ」娘はまだ化粧する年齢には見えなかったが、母親はそうは思ってないようだ。

缶詰棚の通路に戻り、ひよこ豆の缶を手に取って、また戻した。あたしは何を迷ってるの？ 何か食べたい、でもそれを決めるのに計算表は必要ない。残った十ドルを大事に持っていてなんになる？　せいぜいこの先、ハイウェイの軽食に何度かありつけるだけだ。でも、使わずにすむ方法がある。これまで万引きしたことは一度もなかったし、あとのことを考えると、つかのま食欲も失せた。そこまで落ちぶれたくはない。何より万引きをするほど空腹でもない。

〝それはそうだ〟――あたしは思った。〝でも、いずれそうなる〟

ひよこ豆の缶詰なんて盗むのもばからしい――たったの五十九セントだ――でも、これだけ安いものなら盗んでもそんなにかわまない気がした。通路には誰もいない。あたしはひよこ豆の缶をリュックに押しこみ、できるだけさりげなく缶詰コーナーを離れた。

すぐに店を出たらあやしまれると思い、無理して店内を見てまわった。通路を曲がって文具売り場に近づき、多目的ノートの棚をながめていると、場違いなものに気づいた――ラップに包まれたサンドイッチだ。白パンにツナサラダがはさんであり、色のないレタスの葉がはみ出ている。まるで、表面に赤い大きな文字で**どうせならわたしを取って**と書いてあるかのようだ。あたしはサンドイッチを取って、ひよこ豆の缶と一緒にリュックに突っこんだ。そんなサンドイッチなんてほしくもなかったが、お腹の足しにはなるし、どうせあんなものを買う人はいない。

気がつくと菓子売り場の通路に戻っていた。誰もおらず、酔っ払いカウボーイの買い物カゴがひっくり返って床に落ちたままだ。そこへまたもやウォルマート特売のお知らせが流れ、びくっとした。「メモリアルデーの祝日に新しいウェーバー社のグリルはいかが？今なら五十ドルオフ！　盛大にバーガーを焼こう！」

カフェテリアとレジの通路を抜け、芝刈り機と庭用家具が並ぶコーナーを過ぎて店の正面に向かった。酔っ払いカウボーイと緑ジャージの男のことを考えていた。ウォルマートには数えきれないほど来たが、どの店にも裏に出口はないはずだ。

自動ドアを通り抜け、ほっと息をついた。警報も鳴らなければ、あとを追ってくる人もいない。カート置き場の先の縁石に座ったが、サンドイッチは出さなかった。いざ食べ物が手に入ると、それほど空腹ではなくなった。

夕闇のなかで蛍光灯が点滅した。自動ドアが開いて閉じる音がして、膝の前を影が横切った。今日で二度目だ。見あげると、青いポロシャツの痩せた若い男が一メートルほど離れた縁石に立っていた。ここの従業員だ。「やあ」

「ハイ」〝うわ、ひどいにきび〟――あたしは自分のスニーカーに視線を戻した。どこか人と違う人を見ると、それが女だろうと男だろうと、そこだけしか見えなくなるのがあたしの悪い癖だ――五十キロくらい体重が重すぎるとか、斜視とかが、その人を知るためのたったひとつの重要なこととでもいうように。

彼はタバコの箱を取り出し、一本くわえた。「リュックに缶切りが入ってるの？」

心臓が早鐘《はやがね》を打ちはじめた。「なんのこと？」

「豆の缶詰」マッチをすってタバコに火をつけた瞬間、彼は大人びて見えた。でも、せいぜい十八くらいだ。これまで見た誰よりも喉ぼとけが大きい。あたしは黙っていた。「変なもの盗むんだね」彼は続けた。「ふつう女の子は口紅とかマニキュアとか」

「見てたの？」

「盗むところは見てない。あんたが出ていくとき、リュックから缶が見えてるのに気づいた」

「ごめんなさい。上司《ボス》に報告しなきゃならないのなら、そうして。このせいであなたが首になったら悪いから」

彼は肩をすくめ、「ボスなんて盗みの常習犯だ。それも家電売り場から。展示品はしばらくしたら送り返す決まりなのに、あいつはときどき、壊れたから預かっておくと本社に報告してる。今ごろ家には部屋ごとにテレビがあるんじゃないかな。バスルームにも」

「どうかしてるね」

「盗んで捕まらないやつなんて山ほどいる」彼はタバコを深々と吸いながらあたしの目を見た。「あんたが捕まる理由はない」

このさいツナサンドのことも白状してしまおう。「これも」あたしはリュックからサンドイッチを取り出した。

「どうせ賞味期限切れだ」彼はまたしても肩をすくめ、「ゴミ箱行きになれば盗んだうちには入らない」

「そうか」あたしはラップをむいてサンドイッチを半分、差し出し、そんなことをした自分がバカに思えた。

「いらない。でも、ありがとう。おれはアンディ。あんたは?」

「マレン」

「いい名前だ。初めて聞いた」

「うん」あたしはツナを食べながら答えた。「ふつうはカレンだよね」

「カレンよりずっといい」

「ありがとう」あたしはアンディがタバコを吸い、鼻から煙を出すのを見つめ、「吸わないほうがいいよ」言ったとたん、思わず吹き出した。このあたしが人の悪習をたしなめるなんて!

アンディは変な目で見返した。「まだお腹すいてる?」

あたしは首を振った。

「いや、すいてるだろ。最近ろくに食べてないような顔してる」

「あまり食べなければ、それだけ長くもつから」

「カネってこと?」

あたしがうなずくと、アンディはちょっと間を置き、「あのさ——あと一時間で仕事が終わるんだ。しばらくこの辺にいる?」

あたしはもういちどうなずいた。アンディは感じがいいし、ほかに行くところもない。ソファで寝かせてくれるかもしれない。頭のなかで小さな声が言った——〝気をつけて〟

アンディはタバコを踏み消し、あたしはあとについて店に戻った。ひよこ豆の缶でリュックに穴が空いてたなんて。よく誰にも気づかれなかったものだ。

アンディはシナモンガムを取り出し、一枚差し出した。「いらない」母さんはあたしに決してガムを嚙ませなかった。

「おれは搬入係だから、たいてい裏にいる。テレビ売り場の前で九時に、いい?」あたしはうなずき、アンディは両開きドアを通って倉庫へ消えた。

あたしは室内装飾売り場へ行って展示ベッドのひだ飾りの下にリュックを隠し、ひよこ豆の缶を戻しに缶詰コーナーに向かった。おもちゃ売り場の通路では子どもたちがポケモンカードやスパイスガールズ人形を親にねだっていた。「買ってーーーー」とせがむ幼い女の子たちの横を通っても、誰もあたしには目もくれない。透明人間になったみたいで、いい気分だった。

ぶらぶらと家電売り場に戻ると、夜のニュースの時間で、壁かけテレビのすべてにクリントン大統領の顔が映っていた。そのうちここにあるテレビは全部アンディのボスのものになるのだろう。アンディの仕事が終わるまでまだ三十分あったが、そのままテレビを見つづけた。自分に買えないものを見ながら通路を行ったり来たりするのはもううんざりだ。

テレビには、その年の初めに起こった告発事件の古い映像が流れていた。〝わたしは彼女と性的関係を持っていない〟と大統領が言った。

「嘘をつくのと」真横で誰かの声がした。「全国放送のテレビでつくのは別物だ」お菓子売り場にいたもうひとりの男——緑のジャージの彼だ。

「そうだね」（どうしてもっとましな返事ができなかったのだろう？）

「家はこの近く？」

「ううん。あなたは？」

「いや」それきり何も言わないので、あたしたちは無言のまましばらくその場につっ立って壁のテレビを見ていた。モニカ・ルインスキーが新しい弁護士を雇ったらしい。

ふと肩を叩かれ、振り向くと、アンディがビニール袋を持って立っていた。「行こうか」

「じゃあまた」あたしは緑ジャージの彼に言った。振り向いて見てほしかったが、あたしがアンディについて歩きはじめてもテレビの画面を見つめたままだ。わざと気にしないふりをしているように見えた。「また」彼は言った。

角を曲がって家電売り場を出ていきながら、何か引っかかっていた。あの帽子……さっきは帽子なんかかぶっていなかった。なのに、いまはステットソンのカウボーイハットをかぶっている。

店を出る前、寝具売り場にリュックを取りに戻り、アンディの数歩あとから駐車場の奥まで歩いた。金色のシボレー・ノヴァが停まっていた。バンパーステッカーがべたべた貼ってある。**追突するやつサイテー。一生かけて恩返し《グレイトフル》、一生かかっても死者《デッド》。おれが力を取り戻せば、おまえらみんなおれの前にひれ伏す。**

アンディは先に助手席のドアのロックを開け、ビニール袋を手渡した。「どこかに連れていくつもりはない。あんたが行きたければ別だけど。しばらく座って、なんか食べて、話がしたいだけだ」

あたしはリュックを後部座席に置いて助手席に座り、膝の上で買い物袋を開けた。オレオの小袋、バナナ一本、チェリーヨーグルト一パック（スプーンつき）、ラップに包まれたコーンマフィン。アンディは運転席に乗りこみ、ドアを閉めた。あたしは礼を言い、アンディはあたしが食べるのを見ていた。あたしはオレオを一枚差し出し、今夜だけで二度も、自分のものでもないのに勧めた自分がバカに思えた。

バナナを食べながら床にあった本を足で軽く突いて拾いあげた。『巨匠とマルガリータ』。表紙には拳銃を構えてにっと笑う猫が描いてある。本を開き、パラパラとめくってみた——〝すべてはうまくゆく〟。世界はその上に成り立っている〟。

ほかの人にとってはそうかもしれない。どう考えてもあたしにとってはそうじゃない。

「ロシア文学の授業で読んでるんだ」とアンディ。「すごくおもしろい。本は好き？」あたしはうなずいた。「どんな本？」

「好きな本はたくさんある。『マイロのふしぎな冒険』と『五次元世界のぼうけん』、それと『ナルニア国物語』のシリーズ」〝〈あき・へや〉〟の。あたしは身震いした。

「寒い？　ヒーターつけようか？」

「いいの。大丈夫」

「そんな本が好きなら、きっと『巨匠とマルガリータ』も気に入るよ。『ゴーメンガースト』のシリーズは読んだ？」あたしは首を振った。「それも好きな本だ。三部作で。次に会うとき、おれのをやるよ」

「すごくやさしいのね」あたしはヨーグルトを平らげ、ゴミをなかに入れてビニール袋の口を結び、アンディを見て、待った。

アンディは手を伸ばしてあたしの手を取り、指をからませ、座席のあいだのコンソールの上にのせた。「こうしてもいい？　平気？」

「それだけ？」アンディの息はフリトスとペプシとタバコのにおいがした。

アンディはうなずいた。彼の手は温かく、汗ばんでいたが、気持ちよかった。つかのま——ほんの一瞬だけ——安らぎを感じた。

「だめ」あたしは手を振りほどき、膝の裏に差しこんだ。「だめよ」

「いいんだ」アンディはハンドルのへこみに手を這わせ、「きみは何もしなくていい」

「あたしは何もしたくない」

「いいんだ。こうして座って、あんたの手を握ってたいだけ」

「でも、したいのはそれだけじゃないでしょ」

アンディは肩をすくめ、「男は誰だってそれ以上がしたいさ」そこでちょっと口ごもり、「でも、それだけじゃない」

「違うの？」

「言っとくけど、おれだって大変さは知ってる。おれもひとりで暮らしてる。去年、家を出た――そうするしかなかった。うちの親父は酔ったら手がつけられない。あいつに病院送りにされたあと家を出た」

「何をされたの？」アンディがシャツをめくり、あたしは息をのんだ。肋骨のあたりにピンク色の傷跡がうねうねと走っていた。「割れたビール瓶で」いったん言葉を切り、続けた。「母さんを引き離したいけど、離れようとしないんだ」

「心配ね」

「親がろくでなしなのは自分のせいじゃない」もし笑い声で鼓膜を切り裂けるとしたら、このときの笑いがそれに近かった。あたしの父さんは決してそんなことはしない。母さんが結婚したのはやさしい人だった。

アンディはため息をつき、「とにかく、アパートには予備の敷物《フトン》を準備してる、母さんの気が変わったときのために。よく言うだろ――知らない悪魔より知ってる悪魔のほうがましって。母さんはひとりで生きるってことにおびえてる。人生が今より悪くなるなんてありえないのに」

「お母さんはひとりじゃない。あなたがいるもの」

アンディが見返した――やさしい、あたしの気づかいに感謝するような、でも言いたいのはそこじゃないとはっきりさせるような目で。「いまやっていることをやめて、こう言いたくなるときない？　〝これが自分の人生か〟って」アンディはあたしを見つめた。あたしがいまにも泣きそうなのはわかったはずだ。それで答えとしては充分だった。

「おれはウィリストンのクソしけた地域短期大学《コミュニティカレッジ》に通って、この」——アンディは左肩ごしに光る青いウォルマートの看板を親指で指しながら——「反吐《へど》が出そうな店で働いて、いい、それからブレインズバーグの夜どおし開いてるコインランドリーの上のクソぼろアパートに帰る。うんざりだろ？　まじサイテーだ。そこにあんたが現われて、おれは思った——〝ああ。この子ならわかってくれる〟って」

あたしは胸の前でぎゅっと腕を組んだ。「あなたはあたしを知らない」

「誰かを知るのに必要なことは一瞬でわかる」

「あたしはひよこ豆の缶を盗んだ。万引き犯だよ、アンディ」

「そこだよ。あんたはおれよりもっと追いつめられてる」アンディはあたしを見つめたまま言った。「きれいだね」

「きれいじゃないよ」

「いや、ほんとにきれいだ。女の子は、雑誌の表紙に載ってるモデルみたいじゃないとかわいくないと思ってるけど。あんなの修正だらけだ。くだらない」

「わかってる。でもそういうことじゃない」

「だったらなんだ？　おれの話はした。こんどはあんたの話を聞かせてよ」

「お願い」あたしは首を振った。「お願いだからそんなにやさしくしないで」

アンディは手を差しのべてあたしの頬をなでた。「なんでやさしくしちゃだめなの？」

彼のにおい――コーンチップとシナモンガムとタバコの煙――に体がひきつった。ここから出なきゃ。ドアハンドルに手を伸ばすと、アンディがボタンをカチッと押し、四つのドアすべてがロックされた。

「どうしても行きたいんなら、いいよ、止めはしない。でも、どこにも行くところがないんだろ。だったら力にならせてくれよ」

「あなたはわかってない、アンディ。あたしはひどいことをしてきた、あたしを行かせてくれなかったら、あなたにも同じことをしてしまう」ロックに手をかけたが、アンディはあたしの肩をつかんで引き寄せた。

「お願いだ」アンディがささやいた。「抱きしめるだけでいいから」アンディはあたしの首にキスしながら指を膝まで這わせ、そっと開こうとした。

〝あなたのお母さん〟

〝気の毒に〟

〝これで二度と夫からは離れられない〟

アンディはあたしの負い目につけこむことができたかもしれない。あたしを望むままにできたかもしれない、でもそうしなかった。アンディは孤独で、あたしにも頼る人がいないと知っていた、だから彼にとっては車のなかで一緒にオレオを食べ、手を握り合うことは思いやりに満ちた、正しい考えに思えたのだろう。でも彼を食べながら、あたしのなかの小さな声はこうささやいた――〝誰だって孤独で、孤独だからという理由だけで何かができるわけじゃない〟。

車から出た拍子に舗道につまずき、膝をすりむいた。いったい何人に見られただろう――これまでルーク以外に外でやったことはなかった、ましてこんな公共の場では初めてだ――あたしはすぐ後ろから追われているかのように駐車場から闇のなかに駆けだした。すっかり気が動転して、本当に誰かが真後ろにいても聞こえなかっただろう。

ウォルマートはトウモロコシ畑のどまんなかにあり、逃げるとしたらハイウェイに戻るしかなかった。夜の十時ごろだったはずだが、まだ次々に車が通っていた。マック・トラックス社のトラックが猛スピードで走り抜け、熱風が額にかかる髪を吹きあげた。

父さんを捜し出すことなど、アンディのタバコの煙のように頭からすっかり消えていた。道路に一歩踏み出し、次のトラックの前に飛び出してこの世から消えるほど簡単なことがどこにある？　運転手はケガもせず、誰からも責められない。後ろからぶつかったのではないことはわかるはずだから。

すばらしい考えだ。単純で。理にかなってる。

ためらいはなかった。道路に踏み出し、ヘッドライトが目の前に押し寄せた。運転手が急ブレーキを踏み、クラクションを鳴らした。ライトに目がくらんだが、手で目を隠しもせず、次の瞬間、顔に車のフロントグリルの赤い熱を感じ――

トラックにひかれる感覚は予想とは違った。ふいに重力が消えたかのように横に引っぱられ、トラックが通りすぎると同時に激しく舗道に叩きつけられた。運転手はクラクションを鳴らしたまま、開けた窓から罵声を叫んでいた。

「正気？」その声に、一瞬、アンディかと思った。アンディは無事だった。あたしはやってなかった。

腕の下に手が差しこまれ、痛みに息をのんだ。「ごめん」誰かにそっと肘の内側をつかまれ、引きあげられた。「とっさだったから手加減できなかった」アンディじゃない。緑ジャージの男だ。あたしの肩から砂利を払い、「明日は痛むだろうけど、トラックにひかれるよりましだ」

明日を待つまでもなく全身が痛かった。そこで唇に手をやり、自分がどんな顔をしてるかを思い出した。口を隠し、横を向いたが、彼は肩にそっと手を乗せた。「もう大丈夫だ」

「大丈夫じゃない」指の隙間からつぶやいた。「少しも大丈夫じゃない」

彼はあたしの腰に腕をまわして金属フェンスまで連れていき、道路脇に座らせた。「あの男に何かしたんでしょ」話すと脇腹が痛んだが、きかずにはいられなかった。「ボクサーパンツで店に入ってきた、あのひどい酔っ払い」

「ああ」

「どこでその帽子を?」でも、どこで手に入れたかはきくまでもなかった。

彼は空いたほうの手で後ろポケットからジャラジャラ音のするものを取り出し、あたしの目の前で揺らした。「このカギを手に入れたのと同じ場所」

「あの男の帽子ね」

彼はカギをポケットに戻すと、片手をステットソンのカウボーイハットに——まだかぶっているのを確かめるかのように——のせた。「あいつにはもう必要ない」

土手の下におり、がらんとした駐車場を突っ切った。いくつもの考えが頭のなかをめぐっていたが、どれもつながらなかった。彼はあの男に何をしたの?

「心配いらない。きみがしたことを見たのはぼくだけで、絶対に誰にも言わないから。あの車にはまだ誰も気づいていない。ぼくたちは大丈夫だ」

〝ぼくたちは大丈夫〟

「あなた……」

足を止め、立ったまま見つめ合った時間が何年にも感じられた。「うん」ようやく彼は言った。「ぼくもだ」

彼が〝そうだ〟と打ちあけてくれるのを待っていたあとだったから、あたしは自分だけじゃないという安堵感に身をまかせた。この世のいいことすべてが目の前から消えたとたん、同じ種類の人間に二度も出会ったことが不思議でならなかった。「どうやって……？」

「男子トイレ。あとから入ってドアをロックした」

「何か変だと思ってた。あの男を出口とは逆のほうに連れていったから」あたしが言うと、彼は半笑いを浮かべた。

「本当にほかに見た人はいない？」

「本当だ。でもここからは出たほうがいい」

少しよろけながら急ぎ足でアンディの車に戻った。彼はあとからついてきて、あたしが後部座席のドアを開けてリュックを取ると、運転席のドアを開け、座席の下からしわくちゃの買い物袋を引き出し、アンディの服やほかのあれこれを集めはじめた。床にはアンディがロシア文学のクラスで読んでいた、拳銃を構えた猫の本が落ちたままで、本の途中には四百五十ミリリットルのペプシとチキンサンドイッチのレシートがしおり代わりにはさんであった。〝アンディが結末を知ることはもうない〟

本をリュックに突っこむ横で、彼は素手でゴミを――あたしのゴミを――袋に押しこみ、持ち手を二重にしばった。「それきみの本？」あたしは首を振った。「きみは物もらうんだ」

「うん」あたしはぼそりと、「後始末してくれてありがとう」

「そのうちこの恩は返してもらうよ」彼は口をゆがめて笑い、「どこか別の場所に捨てよう」ふくらんだ袋を人差し指に引っかけてドアをバタンと閉めると、店に背を向け、投光器の円形の光からはずれた場所に停まっている酔っ払いカウボーイの黒いピックアップトラックに向かって歩きだした。予想どおり、車はビールとタバコのにおいがした。あたしたちは前方座席に乗りこみ、彼がイグニッションにカギを差してまわした。マニュアル車の運転ができるようだ。

「どこに行くの？」

彼はダッシュボードに積まれた紙のなかから封筒を引き出し、あたしの膝に放り投げた。電気料金の請求書のようだ。宛名は〈バリー・クック。アイオワ州ピッツトン、ルート一

三、五二七八〉。しばらく無言のまま、車は出口を出てルート十三に入った。「それで、きみの名前は？」

「マレン。あなたは？」

「リー」

「どこから来たの、リー？」

リーはいぶかしげな視線を向けた。「それが何？」

あたしは肩をすくめ、「会話しようと思っただけ」

「ごめん。しばらく人としゃべってなかったから――あの酔いどれカウボーイ野郎は別にして。ちょっとさびついてるんだ」

「どうやってあのウォルマートまで来たの？　その、あなたの車は置いてきたの？」

「いや。ハイウェイを八キロ走ったところでクラッチが壊れた。きみと同じように立ち往生してた」

「どうしてあたしが立ち往生してたってわかるの？」

リーは笑みを浮かべ、「そうでなきゃいまごろきみの車に乗ってる」

車の窓をおろし、顔いっぱいに冷たい夜の風を浴びた。サリーのことが頭に浮かんだ。

「なんで今になって」あたしはひとりごとのようにつぶやいた。

「なんのこと？」

「生まれてからずっと、あたしみたいなのは自分だけだと思ってた。なのに、一週間もたたないあいだに似たような人に二人も会うなんて」

「ちょっと待って。もう一人って誰？」

「今は全部は話せない」あたしはつぶやいた。「頭が痛くて」

リーが肩をすくめるのがわかった。「気分がよくなったら話して」

「だって変だよ。いままで一人もいなかったのに、いきなり二人も」

「もっといるかも」

「本当？　あたしたちみたいなのがたくさんいると思う？」

リーはまたもや肩をすくめ、「なんでもそんなもんじゃないかな。話にも聞いたことがなかったのに、いったん現われるとどこにでも見える」

あたしは疑いの目を向けた。

「見つけたいと思えば見つかる。そういうこと」

「そうかも」あたしはいまから三つ前の、メイン州に住んでいたころ通った学校の歴史の先生を思い出していた。ミス・アンダーソンは若くてきれいでやさしかったのに、誰からも好かれていなかった。ある日、終業ベルが鳴ったあと、先生は机であたしのおさらいテストに目を通していた。肩ごしにのぞきこみ、先生が振り向いてほほえんだとき、あたしはたしかにその息に感じた——マウスウォッシュの下に隠れた、腐った古いペニー硬貨のようなにおいを。あたしは答案用紙をつかんで教室から駆けだした。翌日、先生は何ごともなかったように振る舞った。

そんな気がしただけだと自分に言い聞かせた。誰も先生のことは好きじゃなかったけど、あたしを避けるように先生を避けはしないし、先生は黒い服を着てもいなかった。あたしたちのような人間もみな違う、それが今わかった。

5

またも予想どおり、酔っ払いカウボーイはひとり暮らしだった。居間の奥にキッチン、左側にバスルームと寝室があるだけの狭い家で、家じゅうから、百年間、毎日ここでタバコを吹かし、ビールを飲む以外何もしていなかったようなにおいがした。

ソファに座り、室内を見まわした。居間はファイバーボードの羽目板張りで、テレビの後ろには床から天井まで届く、へこんだ金属フレームに入ったＫＩＳＳのポスター、コーヒーテーブルには〈パブスト・ブルー・リボン〉ビールの空き缶とマルボロの空き箱が散らばり、油染みのついたピザの紙箱が積んである。広げられた雑誌の見開きには、プラスチック製かと見まがうような、過酸化水素で髪を脱色した裸の金髪女性が並び、それぞれの写真に有料電話の番号が書いてあった。あたしは雑誌を閉じて、部屋の隅にある〈レイジーボーイ〉のリクライニングチェアの後ろに放り投げた。

リリーはキッチンでテーブルの郵便物の山をひっくり返し、カーテンを開けて横の窓から外を見ていた。ソファからでも流しの皿がカビにおおわれているのがわかった。リーは冷凍庫を開け、「エリオスの冷凍ピザがある。でもお腹はすいてないよね？」

あたしは首を振った。

「だよね。ぼくも」

あたしはリュックから洗面道具とパジャマを取り出し、バスルームのドアを指さした。

「使っても……？」

「いいよ。好きに使って」リーは自分の家とでもいうようにあれこれ指図していることに気づいてにっと笑い、あたしも小さく笑ってドアを閉めた。

たしかに、口のまわりとあごの下と歯の隙間に赤い染みがついていた。たとえリーが同類だとしても、こんなところは見られたくなかった。四回、歯を磨き、リステリンで何度もうがいをしたが、ミント味の下にはまだアンディの味が残っていた。

タイルの床にはボクサーパンツが数枚、バリー・クックが脱ぎ捨てた形のまましわくちゃで置かれ、バスマットは一度も洗っていないようだ。便器には小さい便がふたつとタバコの吸い殻が数本、浮かんでいた。あたしはTシャツとショーツを脱ぎ、固形せっけんをつけて蛇口の下でこすり、タオルハンガーにかけて乾かした。

鏡に映った体を見た。胸郭の下にそってあざができかけ、肩にもひとつあざがあり、額には切り傷ができていた。路上でなぐり合いのケンカをしたかのようだ。浴槽に入ってシャワーをひねった。熱い湯が気持ちよく、さらに温度をあげた——熱ければ熱いほど自分がしたことを洗い流せるような気がして。砂をせっけんで洗い流すと、膝がずきんとした。

ドアフックにかかる、いちばん清潔そうなタオルを見つくろって体をふき、もういちど鏡の自分を見た。アンディ以外の人にもきれいに見える？　今となってはそんなのお笑い種《ぐさ》もいいところだ。きれいだろうとなかろうと、それで何が違ったというの？

バスルームから出ると、リーがキッチンテーブルの椅子に座って棒状のビーフジャーキーをかじりながらバリー・クックの郵便物を読んでいた。「お腹はすいてないんじゃなかった？」

「つい癖で」リーは手紙に目を落としたまま肩をすくめ、「あいつの故郷はケンタッキーだ」ビーフジャーキーを噛みながら言った。「あのなまりはそのせいか。もう十年も両親のところには帰ってなかった」リーは首を振り、「母親からの手紙だ。父親ががんになったと書いてある。消印は四カ月前。封を開けてもいなかった」そしてまたジャーキーを噛んだ。

あたしはリモコンを見つけ、ソファにすとんと座ってテレビをつけた。二人の男が回転草《タンブルウィード》のなか、歩幅で距離を測り、同時に振り返って拳銃を発砲する場面が映っていた。

リーはリクライニングチェアに座り、絨毯に広げられたポルノ雑誌に気づいて手に取り、しばらくめくってからまた床に投げ捨てた。

テレビでは片方の男が地面に横たわり、身持ちのよくなさそうな女が男の亡骸におおいかぶさって泣いている。

「つけたのはきみだよ」「見てる？」

あたしはテレビを消し、リモコンをコーヒーテーブルに散乱するゴミのなかに落とした。

「それで、どうしてここに？」

「ほかに行くところがあった？」

あたしは鼻にしわを寄せた。「まさか今夜ここに泊まるなんて言わないで」

「無理にとは言わない。好きなようにすればいい」リーは椅子にどさりと座り、「でもさ、きみと知り合ってまだ一時間だけど、ぼくがここにひと晩以上泊まるつもりはないってことくらいわかるだろ」

あたしはリーを見た。

「あのさあ、自分が〈今月の優秀賞〉を取れるようなりっぱな人間とは言わないけど、少しは信用してくれない？　夜も遅いし、寝場所は必要だ」

「前にもやったことあるんだ」

「きみもね」

「どうしてわかるの？」

「わかるっていうか、そうしなきゃひとりでは生きていけない」

「言えてる」あたしはふうっと息を吐いた。「でも、こんなのは初めて。招かれたことはあるけど」

リーが片眉を吊りあげた。

「ほんとだよ」あたしは指の爪をつついた。「そのことはまた別の機会に」

「今だって時間はある」

「いつも……こうやって暮らしてるの？」

「いつもじゃない。でも、まあたまに」

リーはこちらを見ていなかったが、観察されているような気がした。「まあ、あなたはどうか知らないけど、あたしの一日はもう終わり」

そう言ってウォーターベッドの端に座って日記を取り出し、リストにアンディの名前を書き加えた。リーが戸口に現われ、助走をつけてマットレスに飛び乗ると、マットレスはうねり、ごぼっと音を立てた。「ウォーターベッドだ！」リーはごろりとあおむけになって頭の下で腕を組み、笑いかけた。「あとは天井に鏡があれば言うことないね」

頬がカッと熱くなった。もしあたしたちが違う人間——ふつうの人間——だったら、いま彼が言ったことは何かを意味してたはずだ。あたしは彼の横で寝ころんだ——近すぎても離れすぎてもいない距離で。リーのそばにいるとほっとした。たがいに安心できて、たがいを恐れることもない。あばらは痛いけど、これくらいなんでもない。

ついじっと見つめていたせいか、リーはベッドの端に少し体をずらした。「何？」

あたしはあくびをし、「あなたが幻想じゃないかと思って」

リーは答えず、あおむけになって天井を見ていた。ウォーターベッドが体の下で波打った。あたしは目を閉じ、海に浮かんでいるところを想像した。穏やかな海に浮かぶ揺りかごのように静かに揺れる船。はるか遠くに見える水平線。どこまでも続く青い海に青い空。岩に腰かけ、貝殻でできた櫛で銀色の髪を梳《と》かす人魚。

しばらくして目を開け、たずねた。「初めてのときのこと、おぼえてる？」

「うん。きみは？」

「とても小さかった。思い出せるような気もするけど、現実じゃないと思う」

「てことは誰かから聞いたの？　お母さん？」

あたしはうなずき、「少し大きくなってから、どうして母さんはほかのママみたいにお出かけしないのか、たずねたことがある。母さんは〝あなたを人にはあずけられない——

あんなことがあったあとでは〝って答えた」

「うん」リーが言った。「ぼくも最初はベビーシッターだった」


目覚めると、リーは横にはいなかった。居間のソファで大きく口を開け、小さくいびきをかいているのを見たとたん、自分でも変に思えるほどがっかりした。

キッチンへ行って冷蔵庫を開けたが、なかにはビールとケチャップしかなかった。冷凍庫から箱入りピザを取り出し、トースターのスイッチを入れ、金網に四角いピザを四つ並べた。

ほどなくドアを叩く音がした。心臓が口から飛び出しそうになり、汚れたリノリウムの床にしゃがみこんだ。やばい。

「バリー!」女のどなり声が聞こえた。「小切手はどこよ、バリー! 自分の娘が食べるものに困ってもいいわけ?」

ほっとため息をついた。あたしたちに天罰が下るのは今日じゃなさそうだ——それを言うならバリーにも。もしかしてリーがしたことでバリーは災難を逃れたのかもしれない。

誰かはわからないが、女が正面窓にかかるひだつきの赤いカーテンごしに目を細めていた。女からソファに寝ているリーは見えない、少なくともバリーじゃないとはわからないはずだ。女の乱れた黒髪と、あちこちすばやく動く目がちらっと見えた。

「家にいるのはわかってんだから、このあほんだら！」

リーは目を開け、あたしに目配せすると、ソファからそっと絨毯におりて近づいた。

女が玄関のドアを叩き、網戸の蝶番《ちょうつがい》がきしみをあげた。「開けなさいよ、このろくでなしのクソ野郎！」女がノブをがちゃがちゃまわし、あたしは前の晩にカギをかけていてよかったと心底思った。

「見て」リーが横の窓のカーテンを開け、車寄せに停められたスバルのハッチバックを指さした。「子どもが乗ってる。こりゃ驚いた《ジーザス》」

家のなかを思い返してみたが、おもちゃも絵本も、小さなTシャツもマジックテープつきの子ども靴もなかった。バリーの子がここに住んだことは一度もなかったようだ。

「どうする？」あたしはささやいた。キッチンの奥にもうひとつドアがあるが、裏庭には鉄のワイヤフェンスがめぐらしてあり、女に見られずに逃げることはできない。

「この大バカ野郎のぐうたら男！」女はドアを蹴り、最後にもういちど網戸をバタンと叩きつけた。「こんどこそただじゃすまさないからね、バリー。いまから警官を連れてくる！」

女が車に乗りこみ、走り去る音が聞こえるのを待って、あたしたちは荷物をまとめて外へ出た。「くそっ」リーが毒づいた。女にフロントタイヤの片方を切られていた。

「どうする？」

リーはピックアップトラックの荷台に飛び乗り、身をかがめてスペアタイヤを持ちあげた。「スペアを積んでおくだけの分別はあったようだ。あのバリーにしちゃ驚きだな」リーはにやりと笑い、「よかった、あの女、すっかり頭に血がのぼってスペアがあるのに気づかなくて。手を貸してくれる？」

リーはあたしにタイヤを渡し、工具箱を開けて必要な工具を探していたが、やがてジャッキとボックスレンチを手に荷台から飛び降りた。

「交換してるあいだにあの人が戻ってきたらどうするの？」

リーはアスファルトに工具を置いてホイールキャップをはずした。「このあたりはどこへ行くにも最低二十分はかかる。これくらい七分きっかりで替えられる」

「ほんとに？」

リーはあごを食いしばり、ジャッキを押しあげた。「嘘だと思うなら計ってみて」

「嘘とは思わないけど」計りはしなかったが、たしかに七分くらいだった。作業は手早く、すべての動きに余裕があった。お父さんが整備工だったのかもしれない。

「新品タイヤが必要だけど、ここを出るのが先だ。誰かにこの車に気づかれたらまずい」

リーは切られたタイヤを車寄せに残して車に乗りこみ、イグニッションにキーを差しこんでまわした。「家に帰らなきゃならないんだ」

「どこ?」

「ヴァージニアのティングレーってとこ。ケンタッキー州との境を越えたあたりだ。きみはどこに行きたいんだっけ?」

「ミネソタ」

「急ぐ?」

あたしは肩をすくめた。それで自分の望みをうまく隠したつもりだった。

「ぼくはどうしても帰らなきゃならない、たとえ数時間でも」リーが続けた。「それがすんだら、きみの行きたいとこまで送ってく。かなり遠いけど、きみがそれでよければ」

うれしくて指先までぞくっとした。こらえようもなく。「それって……あたしも一緒に行っていいってこと? ヴァージニアまで?」

「ほかに用事がなければ」リーはそっけなく言った。

あたしは手の甲で笑みを隠した。

「友だちとかいうつもりはない。ただ、きみの面倒をみる人間がいたらいいんじゃないかと思って」

「それが友だちってものじゃない？」

「わからない。いたことないから」

「そんなはずない」

「なんで？　じゃあきみは何人、友だちがいた？」

あたしは窓から外を見た。「友だちはできる。続けられないだけ」

リーの視線を感じた。〝そうだと思った〟と言うような目だ。

「しまった」そこであたしは思い出した。「トースターにピザを入れっぱなしだった」


それから数キロのあいだ、二人とも無言のまま車は走りつづけた。モミの木で丸く囲まれた牧場から鳥の一群が旋回しながら飛び立ち、リーがちらっと視線を向けた。「最後に人の家に泊まったときは招かれたって言ったよね」

「一部始終を聞きたい？」

「時間はたっぷりある」リーはあくびをした。長々と大あくびをするリーが一瞬、六歳の男の子のように見えた。「でも最初から順に話して。話が行ったり来たりしたら混乱するから」そこでちらっと横目で見た。「出身は？」

「生まれたのはウィスコンシン、でも、ずっとあちこち移動してた」

「ああ、わかる」

「母さんが出てったあとペンシルヴェニアに行った。きっと祖父母の家に行ったと思って」そこで言葉を切り、「祖父母には一度も会ったことがなかった。でも、母さんには誕生日カードやクリスマスカードが送られてきてて、そのときの封筒を取っておいたの」

「お母さん、いた？」

あたしはうなずいた。

「話した？」

「ううん」

リーは気の毒そうな目を向けた。「たぶんそれがいちばんいい」

朝食をとろうとハイウェイぞいの食堂に立ち寄り、卵とベーコンとフライドポテトを注文した。ウェイトレスはタバコでしゃがれた声で、あたしたちをしきりにあんたら《ハン》と呼んだ。たぶん実際の年齢は見た目の半分ほどだろう。リーがコーヒーを頼んだので、あたしも頼んだが、母さんになんど味見させてもらってもあの味は好きになれなかった。

マグカップが運ばれたところでミセス・ハーモンの話を始めた。スーパーマーケットで出会い、食料品を家まで運ぶのを手伝い、食事をごちそうになり、編み物を教えると約束してくれたこと。コーヒーはあの小さな白いカップ入りのミルククリームを入れても苦く、もうひとつ入れてかきまぜてから話を続けた。そのあと昼寝をして、起きてみたら彼女はいない、そんなふうで、もういちど目が覚めたらサリーがミセス・ハーモンにかがみこんでいた……。言葉には充分、気をつけた。ここは公共の場だ。リーは無言だったが、話を聞いているのはわかった――それも真剣に。リーが自分をどう呼ぼうと、彼はあたしの友だちだ。

朝食が運ばれ、リーは薄切りベーコンをむしゃむしゃ食べながら言った。「自分みたいな人と会うとは夢にも思わなかった。駐車場に出て、あの男の車のなかにいるきみを見たとき、どんなに驚いたことか」

あたしは視線を落とし、ペーパーナプキンをもみしぼった。「思い出させないで」

「車のなかでやったのはあれが初めて？」リーはもういちどベーコンに手を伸ばした。

「気にすることないよ。すぐに窓は全部くもって、何をしてるか外からは見えなかった。ぼくはたまたま最初を見ただけ」

また頬がほてった。リーとは昨日会ったばかりで、ほとんど何も知らないのに、たがいにこれまでやった〝悪いこと〟を遠まわしに話し、わかり合っていた。隣のブースで誰かが聞いていたら、あたしのことを車の後部座席で男とやるような女だと思っただろう。いっそそんな女ならよかった――一瞬そう思った。怪物よりあばずれのほうがまだましだ。

あたしは咳払いしてたずねた。「あなたは本当に誰にも会ったことがない？　その……」

「ない。きみが初めて」

「あなたも初めてのはずだった、サリーに会ってなかったら」

「それで、どんな人だった？　気が合った？」

「うん、とても」あたしはトーストで卵の黄身をぬぐい、「まともだった。変わってたけど、悪い人じゃなかった」

「ひとりで旅してれば変になるのも無理はない。どんなタイプの人喰い《イーター》？」

「それなんだけど」あたしはゆっくりとした口調で、「あたしたちとは違うの。死期が近い人はにおいでわかるんだって、それがわかると……そうするってわけ」

リーは片眉を吊りあげた。「それできみはその話を信じるの？」

「信じない理由はなかった」あたしは顔をしかめた。「ミセス・ハーモンのときは実際にそうだった。彼はその日の朝、バスに乗ってるあたしたちを見てわかったって」

リーは考えこむ表情でコーヒーをすすり、「たぶん、いろんな種類がいるんだな。いままでそんなことを一度も思わなかったのが不思議だ」そう言ってマグカップを置き、皿に指をすべらせてベーコンの残りかすを取った。「どうして別れたの？」

「一緒に来ないかって誘われたけど、まずは父さんを見つけたいから」

「ミネソタに行く理由はお父さん？」

あたしはうなずいた。

「お父さんもぼくらの仲間で、それで家族のもとを去ったと思ってる？」

もういちどうなずきながら、リーにそんなふうに言われると少し自分がバカみたいに思えた。説明としてはあまりに都合よすぎる。

「どうしてミネソタにいるってわかったの？」

「いるかどうかはわからない。そこの出身だってことだけ」

「だったら見つけ出すには少し時間がかかるかもね。仮に見つかるとして」

見つからないと考えたことは一度もなかった。そんなふうに考えるのは耐えられなかった、だから週末の朝、父さんがビートルズのレコードをかけながら、いま食べたより少しだけ豪華な朝食を作ってくれるところを想像した。あたしは小声で、ぼんやりと《エリナー・リグビー》を口ずさんだ。ウェイトレスが近づいてコーヒーのおかわりを注ぎ、リーがほほえみかけた。ウェイトレスが立ち去ると、リーは耐熱合成樹脂《フォーマイカ》のテーブルを見つめたままいっきにコーヒーを飲んだ。

「あなたはどうして家に帰るの？　家族を訪ねるだけ？」

「まあそんなとこ。試験前に、妹に運転のしかたを教えるって約束してるんだ」

「家にはよく帰る？」

「それほどでも」

「ひとり暮らしを始めてどれくらい？」

「家を出たのは十七」

「いま何歳？」

「十九」そこで言葉を切り、初めて見るようにあたしをまじまじと見た。「きみは――十五？　十六？」

「十六」あたしは硬い声で答えた。ひとり旅をしてるときに幼く見られるのはあまりいいことじゃない。「妹の名前は？」

「ケイラ。いい子だよ」リーが頭のなかでものごとの重要性を量《はか》り、ふたつの山に分けているのが見える気がした――あたしに話すことと話さないこと。「父親が違うんだ」しばらくしてリーは言った。「母さんは、なんていうか……そういう人」

「どうして家を出たの？」

「どうしてだと思う？」

あたしは身を乗り出して声をひそめ、「あなたが家族にとって危険だったようにはとても見えないけど」

「どう見えようと関係ない。自分が何者かはわかってる」リーはコーヒーを飲みほして眉を吊りあげ、頭で出口を指した。

代金を払い、小型トラックに乗りこんだ。リーはラジオのスイッチを入れてダイヤルをまわし、やがて運転のおともになりそうな曲を探し当てた。「シャナイア・トゥエインは好き？」

「もちろん」よく晴れた明るい朝だった。掘り返されたばかりの畑を次々と走り抜け、あたりにはトラクターののどかなうなりが満ちていた。世界がふたたび新しく見えた。バリー・クックの幼い娘のことを思った。どうかあの母親がいつもあんなに怒っていませんように。どうか彼女に別の人が見つかりますように——大酒飲みで、お菓子売り場で他人に悪態をつくような人ではない、もっとやさしい男が。

イリノイ州に入ると、リーは新しいタイヤに替えても大丈夫だと判断し、ガソリンスタンドに車を停めてなかに入っていった。

あたしはマルボロの空《から》のパックを蹴り、車内を見まわした。吐き気がしそうなのは言うまでもなかった。バリー・クックは〈ファーストフード・ドライブインの帝王〉というだけでなく、車とゴミ箱の区別もつかなかったようで、食事が終わるたびにテイクアウト用の袋を助手席側の床に放り投げていた。車内の不快なもののなかでバリー・クックのせいでないのは、運転席の下に突っこんだ青と白のウォルマートの袋だけだ。

これから数日はここで過ごすことになりそうだから、車内を片づけることにした。ビニール袋を拾い上げ、タバコの空き箱やマクドナルドのバーガーの包み紙、炭酸飲料の空《から》の紙コップを集めはじめた。車を降りて、アンディの服の残骸と一緒にゴミ箱に投げ入れたときには、ふくらんだ袋三つぶんになっていた。

リーが出てきて、整備を待つあいだ必要なものを買おうと言った。道路の向かいのホームセンターで四十リットルの水タンクを買うと、店主が裏のポンプの水を入れさせてくれた。すぐそばに端材であふれるゴミ箱があり、タンクに水がたまるあいだ、リーはなかをのぞいて大きなベニヤ板を引っぱり出した。

「なんに使うの？」

「荷台ベッド」

「え？」

「いまにわかる」

整備が終わると、リーがバリーの財布から代金を払い、小型トラックに戻った。

「ちょっと待って。ナンバープレート替えた？」

「追加料金で替えてもらった」リーは小さく笑い、「でなきゃこれには乗りつづけられない」

あたしが疑り深く片眉をあげると、リーはあたしを見て、もういちど笑った。「それで、いつからきみはそんなに作法にうるさい人間になったんだ？」

ケンタッキー州に入って二時間ほど走ったところに日が暮れた。「外で寝ようか？　ここからそう遠くないところに州立公園の入口がある。公園のなかなら安全だ。前にも寝たことがある」

「寒いときはどうするの？」

リーは笑みを浮かべ、「南へ向かう」

ハイウェイから州立公園に通じる脇道に出たが、キャンプ場の標識はどこにもなかった。リーは地元の動植物園の、掲示板の前の小さな待避所に車を寄せた。掲示板には動植物を楽しむためのいくつもの遊歩道にそって青い矢印が描いてあった。「テントはあるの？」

「テントはいらない。後ろで眠れる」

さっきリーが〝荷台ベッド〟と言ったときは、まさか文字どおりの意味だとは思わなかった。「誰かに見つかったらどうするの？」

「見つからないよ。夜明けとともに出発するから」

「でも、どうしてベニヤ板？」

「夏でも夜になると金属製の車はかなり冷える。ウレタンを買うのは意味がない――すぐにボロボロになるし、そもそもそんなに快適でもない」

「用意がいいんだね」あたしの言葉にリーは肩をすくめた。

「いちど、ひとりで何もない状態で野宿すれば、すぐに用意がよくなる」リーはあたしの目の前でリュックからありとあらゆる便利な道具を引っぱり出した――寝袋、予備の毛布、懐中電灯、ブリキのポット、片手いっぱいのビックのライター（〝記念の品だ〟とリーは例の唇をゆがめた顔で言った）、屋外用小型プロパンコンロ。「夕食に豆スープはどう？」

「完璧」リュックから魔法のようにブリキのカップ二個、スプーン二本、パック入りのスープの素が現われた。それでもまだリュックはぱんぱんだ。リーは、おそらくもう恋人どうしではない二人のイニシャルがいくつも刻まれた古いピクニックテーブルにすべてを並べた。森はセミの鳴き声が響いていた。しだいに濃くなる闇のなかで新しい友だちは料理をし、あたしは懐中電灯を持って日記を書いた。

「リー？」

「うん？」

「アイオワでは何をしてたの？」

「きみはいつもそんなに質問ばっかりするの？」

「かなりね」そこで言葉を切り、「もしあたしを置き去りにしたくなったら、そう言ってくれる？」

リーは首をかしげ、「どういうこと？」

〝置き去りになんかしないよ〟と言ってくれるのを期待しながら、あたしはサマンサの話をした。リーは「約束を破る人間は嫌いだ」としか言わなかったが、それは置き去りにしない約束と同じに思えた。

あたりが真っ暗になると荷台に移動し――リーはあたしに寝袋をくれ、自分はベニヤ板ベッドに予備の毛布をたたんで敷いた――しばらくのあいだ、いなくなった父親とも、ヒッチハイクの苦労とも、食べるべきではなかったもののこととも関係もない話をした。リーは指を立て、自分で作りだした星座――キリン座、気球座、チョコレートチップクッキー座――を宙でなぞってみせ、あたしはジェイミー・ガッシュを思い出し、そのせいで会話はぎこちない沈黙のなかに消えた。眠ったのはまたあたしのほうが先だったが、よく眠れたわけではなく、目が覚めるとやっぱりリーは隣にはいなかった。ひと晩じゅうベニヤ板に横たわっていたせいで、頭のなかで脳みそが音を立てた。

リーはピクニックテーブルの前に座り、屋外コンロでコーヒーの湯を沸かしていた。あたしに湯気の立つブリキのカップを渡し、二人とも黙って急いで飲み干すと、車に戻って出発した。しだいに明るくなる空を見あげ、父さんのことを思った。フランシス・イヤリーはどこかにいる——車があとにしてきたどこかに、でもすぐにまた戻ってくる。そのときあたしは確信した——父さんが去ったのは、そのほうがあたしにとって安全だと思ったからだ。「お父さんを捜したことある？」

「ない。捜したくてもすべがない」

「考えたことは？　もし捜す方法があったら——捜してみたい？」

「いや。会ったら向こうは死ぬだけだ」

あたしは笑い声をあげ、リーもつられたが、彼の笑いはしぼみ、考えこむように黙りこんだ。「お母さんはきみを恐れてたと思う？」

胃がきゅっとちぢみ、あたしは彼を見つめた。

「ごめん。きいちゃいけなかった」

次に給油で停まったとき、あたしは小型マーケットのトイレにこもった。床は座れないほど汚く、しかたなくしゃがんで膝のあいだに顔をうずめて泣いた。

真実とは口を開けて待ち構えている怪物のようなものだ、あたしがこれからどんな怪物になろうと、それよりも恐ろしい怪物。足もとで大きく口を開け、決して逃げられず、落ちたとたんバラバラに嚙みちぎられる。母さんがあたしを恐れているんじゃないか、とはもちろんなんとなくは思っていた、でもほかの誰かに言葉にされると、なおさらそう思えた。母さんは一度もあたしを愛していなかった。あたしに責任を感じていただけ――あたしがやったことはすべて、あたしをこの世に生み出した自分のせいだと。母さんが見せたやさしさはどれも愛ではなく、罪の意識から出たものだった。そのあいだずっと母さんはあたしが自力で生きていける年齢になるのをひたすら待っていた。

ドアをノックする音にびくっとした。「マレン？　大丈夫？」

「うん」トイレットペーパーを山ほどつかみ、「いま出る」何度か鼻をかんでペーパーの中身を見た。何が起ころうと、たとえ世界がバラバラに崩壊しようと、あたしはいつだって自分の鼻水を見ると元気が出る。

ドアを開けると、すぐ外にリーが立っていた。「もう出発する？」

「いや」リーは腕を組み、眉をひそめてあたしを見ていた。ハグしてくれるかと一瞬、思ったが、くるりと背を向け、すたすたと車に戻りはじめた。助手席のドアを開けると、缶コーラとアルミホイルに包まれたものが座席に置いてあった。「お腹がすいてると思って」リーはサンドイッチにかぶりつきながら言った。ローストビーフの。

「ありがとう」ろくに味もわからなかった。母さんはあたしに食べさせてくれたけど、そうしながらもあたしを檻に閉じこめたいと思っていた。母さんが毎晩作ってくれたのは夕食ではなく、あたしに捧げるいけにえだった。

「気にさわったならごめん。でも、いちいちご機嫌取りするつもりはないから」

あたしは肩をすくめ、窓の外を見た。

その日の夜遅くティングレーに着き、中流階級の体面にしがみついているような、狭い二階建ての家が並ぶ界隈の縁石に車を停めた。窓とドアに板が打ちつけられた家が一、二軒あり、通りの蛍光灯のうなりが聞こえるほどあたりはしんと静まり返っている。車を降り、リーのあとについて歩道を歩いていくと、家を何軒か過ぎたところでリーは車寄せに入った。進入路ぞいの花壇に雑草が高く生い茂る、見るからにもの寂しい家だ。

「誰の家?」あたしはささやいた。

「いまは誰の家でもない」リーは身をかがめ、風雨にさらされた玄関マットの下からカギを取り出しながら見あげた。「ああ、心配しないで。大叔母さんが住んでた。二カ月前に亡くなって、まだ買い手がつかない」

「ご愁傷さま」バカげたセリフに思えたけど、何も言わないのも悪い気がした。

「うん、まあ」リーは肩をすくめてカギをまわし、「今夜はここに泊まる。朝になったら妹に会って、そのあとミネソタに行く」

リーの大叔母の家はミセス・ハーモンの家ほど手入れが行きとどいてはいなかった。空気はよどみ、病《やまい》と、長く使われていないにおいがした。電灯のスイッチに手を伸ばしたとたん、リーが手をあげてさえぎった。「ここにいることを人に知られちゃまずい。何かにぶつからないよう気をつけて」

「でも何も見えないよ！」

「いまに慣れる」

そこは狭いキッチンだった。街灯の明かりで、右側の丸テーブルの上にガラスのランプ、左側の壁にそってL字型のカウンターと冷蔵庫があるのが見えた。ふいに食べ物のことが頭に浮かんだ。リーも同じだったようで、コンロの上の食器棚を開けてなかをのぞいた。

「あ、よかった。まだスープと豆が少し残ってる」

リーはカウンターに缶詰を並べ、別の引き出しから缶切りを取り出した。電子レンジで温めたスープを飲んだあと、あたしは日記と懐中電灯を取り出した。「いつもその本に何か書いてるね」

あたしは肩をすくめた。

「絵のコピーを見てもいい？」

あたしは日記を渡した。「文章は読まないで」

「わかった」

ページをめくるたび、コピーのまわりに貼ったスコッチテープがぱりぱりと音を立てた。リーは、あたしが『スコットランドの不思議伝説』という図書館の本で見つけた版画を見つめた。説明文にはこうあった——**警察がソニー・ビーンとその人喰い一族のねぐらを発見**。洞窟の隅には骨が山と積まれ、天井からは手肢がぶらさがり、暗がりから何十という顔が横目で見返し、ソニーの妻とおぼしき鬼婆《おにばば》が炎の明かりのなかで牙を剝き出し、泡立つ大鍋をかきまわしている。洞窟の入口に並ぶ制服の男たちは、何十年におよぶ殺戮の証拠を前にして、恐怖に口をぽかんと開け、ソニー本人は侵入者たちに向かって斧を振りあげていた。

昨日までは、自分があの洞窟のなかにいるところは想像できなかった。でも今は居心地がよさそうにさえ思える。

「吐き気がしそうだ」ようやくリーはそう言ってページをめくり、『我が子を食らうサトゥルヌス』のコピーのところに来ると、赤ん坊の頭があったはずの場所に指を置いた。

「この絵は本で見たことがある。彼もぼくたちの仲間かと思った」

「誰のこと？　ゴヤ？」

「それが作者の名前？」リーはノートを閉じてテーブルの向こうからすべらせた。「怪物の本みたいだ」

あたしは黒と白のマーブル模様の表紙をなでた。「これを見るとひとりぼっちじゃない気がするの」

リーは立ちあがり、皿をすすいだ。「ぼくは居間のカウチで寝る。きみは二階の右側の寝室を使うといい。そこのベッドがいちばんきれいだ。電気をつけたり窓を開けたりしないで。近所に気づかれる」

少しだけミセス・ハーモンの家に戻ったような気がしたが、招かれたのではないから、あのときほどほっとはできなかった。二階の寝室に行く途中、あらゆる壁や化粧だんすにかかる額入りの家族写真に懐中電灯を向けて見たが、リーが写ったのはひとつもなかった。

マットレスは古く、スプリングがあばらにこすれて痛かった。部屋の空気がグレムリンのように胸にのしかかってなかなか眠れず、ようやく寝入ると、ジグザクに折れ曲がった長くて暗い廊下を走っている夢を見た。壁には大きな、したたる字で言葉が描いてあった。父さんが描いたのはわかったが、読みかたはわからなかった。夢のなかではにおいがしない、でもあたしには彼らが夕食のにおいでおびき寄せようとしているのがわかった。

6

翌朝、下におりるとテーブルにメモがあった——自動車教習、すぐ戻る。誰かに見られるのが怖くて外には出られず、かといって家にいるのも不安だった。もし不動産業者が現われたらどうしよう?

だけど考えてもしかたない。あたしはミセス・ハーモンの毛糸と編み棒を取り出し、ふたたび作り目に挑戦した。編み物は——やってみるだけでも——ふつうの人間みたいな気分になれる。テレビをつけ、クイズ番組《ザ・プライス・イズ・ライト》を見た。ドアがバタンと閉まる音がしたので、テレビを消し、忍び足でキッチンへ行った。

まだ例のカウボーイハットをかぶったリーが、食器棚からありったけの缶詰をカウンターのプラスチックの牛乳カゴに移しかえていた。あたしを見てテーブルのマクドナルドの袋を指さした。「朝食を買ってきた」

礼を言ってエッグマックマフィンをむしゃむしゃ食べていると、女の子が自転車で通りを走ってきて、家の車寄せに入ってくるのが見えた。女の子は自転車から降り、サンダルのつま先でスタンドを立てた。「あの子、誰？」

リーは窓の外を見てため息をついた。「妹。ちょっと話してくる」そこでちょっと言葉を切り、「きみは出ないで」

「どうして？」

「悪く思うなよ、わかった？」

「でも……」

リーが網戸をバタンと閉めて出ていくと、妹はその腕に飛びこんだ。とてもきれいな子だ、よく日に焼け、リーによく似た緑色の目。あんなに化粧をしなければもっときれいだろうに。さらによく見ようとドアに忍び寄った。近所の目から隠れるのはもうたくさんだ。

「こんなとこで何してる？」リーの声が聞こえた。「今日はもう学校をさぼっちゃだめだ」

ケイラはにこっと笑い、「リーのせいだよ、週末に来なかったから」

「たしかに。もっとちゃんと計画を立てるべきだった。さあ、学校に戻れ」

「どっちにしたって今年の授業はだいたい終わってる」ギザギザの鮮やかなブルーの爪に光が反射した。マニキュアをしてから数週間はたっているようだ。「今朝はすごく楽しかった。リーが家にいるころに戻ったみたいで」

「おれも」

「家を出て、あたしに会えなくて淋しくないの？」

「おれが会いたいのは世界じゅうでおまえだけだって知ってるだろ」

ケイラは疑わしそうに見返した。

「その話はよせって。しても無駄だ」

「じゃあママは？」

「ママがなんだ？」

「リーのこと、すごく心配してる」

リーはポケットに両手を突っこみ、車寄せの小石を蹴った。「冗談だろ」

「わかった。あたしが心配してる」

「ごめんよ、ケイ。いられたらいいんだけど」

「いたらいいじゃん！」

「いや、家にはいられない。わかってるだろ」

「わかんないよ、リー。あたしには何も話してくれないくせに。どうせ次に会えるのは何カ月も先でしょ！」

「次はそんなに先じゃない、約束する」

「運転免許の試験に合格したら誰とお祝いすればいいの？」

リーはにっと笑い、「もし合格したら、だろ」

「合格しなかったらリーの教習が足りなかったってことだからね」そこでケイラはリーの肩ごしに、網戸の後ろに立つあたしに気づいた。「誰？」

リーが振り向き、冷たい視線を向けた。盗み聞きはよくないとわかっていたけど、あとで質問をはぐらかされるより腹を立てられるほうがましだ。あたしはケイラに笑いかけ、小さく手を振った。ケイラも笑い返したが、唇を曲げただけだ。〝あたしが嫌いなんだ。お兄ちゃんが自分とじゃなく、あたしと一緒にいるから〟

「ガールフレンド？　会ってもいい？」

「ただの友だち。会うのはまたこんどな」

リーはケイラをもういちどハグして言った。「長くはいられないんだ。おまえに会いに来ただけだ。元気にやってるかどうか確かめるために」

「リーが家に戻ってきたら、もっとずっと元気になるのに」

リーはケイラを離し、じゃあと片手をあげた。「ごめん、ケイ。ほんとにごめん」

ケイラは腕組みをして、顔をしかめた。「こんなの嫌だよ、リー。こんなことするリーなんか大嫌い」

「またすぐ会いに来るから、な？　家に寄って、映画かなんかで新しい免許証のお祝いをしよう」

「それとその帽子、大っ嫌い」ケイラが後ろから叫んだ。

「わかってる。嫌だ、嫌いはもう三回聞いた」

あたしは脇によけてリーをなかに入れた。ケイラは車寄せに立ってうなだれ、両のこぶしで目をこすっていた。あたしは網戸から離れた。

リーがリュックに最後の荷物を詰めながら言った。「きみの荷物はまとまった？」

ティングレーに向かったときよりもっと北側のルートを行けば、ミネソタまで三日で着くとリーは見積もった――ウェストヴァージニア州のアパラチア山脈を抜けてオハイオ州に入り、インディアナ州からシカゴを通ってウィスコンシン州を横断する。移動時間が長くなればなるほど、ざわざわした興奮がみぞおちからゆっくりと流れ出し、手脚と心臓のまわりに広がるのを感じた。走行距離計の数字が増えるごとに父さんに近づいていた。

その日の移動も終わりに近づき、そろそろケイラの話題を切り出してもいい気がした。

「それで、どうだった？」

「ん？」

「運転教習。うまくいった？」

「ああ、ばっちり。たぶん受かると思う」

「小型トラックで教えたの？」

「うん。これが操作できれば母さんのセダンなんかちょろいもんだ」

「試験に受かったら、ケイラは自分の車を買うの？」

答えまで間があり、あたしはまた質問攻めにしている自分に気づいた。「それはどうかな」ようやくリーは答えた。「アイスクリームショップで働いてるけど、それで車が買えるとは思えない。あいつには車を買ってやりたいんだけど」

ある考えが頭に浮かび、脇に押しやるまもなく言葉になった。〝その気になれば車ぐらい手に入るじゃない、しかもタダで〟

「ていうか、いざとなったら家を出られるようにしてやりたい。ちゃんと走る車さえあればいい、それさえあれば自由になれる。それを言うなら免許すらいらない」リーはため息をつき、「ケイラが母さんとあの家に縛られてるのがまじで嫌なんだ」

あたしは下まで窓をおろし、頭を突き出した。〝あんなことを考えるなんて、あたしは一文なしのひとりぼっちになって当然だ〟「ケイラを一緒に連れていこうと考えたことはないの？」

「ない。あの子にこんな生活はさせられない」リーは運転席で身を乗り出し、両手でハンドルを握りしめた。「あの子には大学に行ってほしい。まともな人生を送ってほしい。いい人生を」

「きっとそうなるよ」

リーはちらっと疑るような視線を向けた。

「できればだけど……もし時間があって、よさそうな場所があったら……あたしにも運転を教えてくれる？」

リーはいかにも驚いたふうにぐるりと目をまわしたが、顔は笑っていた。「驚いた。次はプロムの相手になってくれって頼まれそうだ」

あたしは赤くなった顔を見られないよう、また窓のほうを向いた。「やっぱりだめ？」

「いや、いいよ。暗くなって、店が全部閉まったあとのどこかの広い駐車場でなら」

「ウォルマート以外のね」あたしの言葉にリーはにっと笑った。

最初の教習場はオハイオ州のどこかのホームセンターの駐車場で、結果はさんざんだった。ギアを動かすときはクラッチを踏むという手順をなかなか覚えられず、金属と金属がこすれて不機嫌そうな音を立てるたびにびくっとした。

でもリーはいい先生だった。「大丈夫。ゆっくりやればいい。ローギアのままで。まずは運転席に慣れることだ」

一時間後、運転席と助手席を交替し、チーズとペパロニ増量のピザを買った。ショッピングセンターの敷地を出るあいだ、膝に載せた夕食が温かかった。サンドホーンまではおよそルート上にある州立公園で野宿する計画で、リーが角の折れた道路地図でどこを走るか指でなぞってくれた。

森のなかに停める場所を見つけたころには、ピザはもう冷めていたが、二人並んで荷台の後ろから脚をぶらぶらさせながらがつがつ食べた。リュックを背もたれにするあたしにリーがたずねた。「きみのリュック、どうしてそんなに大きいの？」

「あたしの全財産。だからどうしてもいっぱいになる」

リーは肩をすくめた。「旅はもっと身軽にできるのに」

「でもいろいろと必要でしょ。懐中電灯。地図。着替え。寝袋に料理道具」

「それにはそんなものまで入ってんの？」リーはあたしを見て、しばらく待ってから、「よし。何が入ってるか見せて」

口ひもをゆるめてリュックを開けると、リーがなかをのぞきこんだ。大半は本で、あとは服が数着。「きみの本じゃないよね」

「何冊かはあたしの」

「どれ？」

あたしは荷台の上で本をふたつの山に分けた——自分の本と彼らの本。自分のは『詳注つきアリス——完全決定版——』、誕生日に母さんがくれた、三冊が一冊になった『指輪物語』、同じく一冊にまとまった『ナルニア国物語』、そして〈リングリング・ブラザーズ〉のサーカス絵本。リーは絵本を手に取り、パラパラめくった。

次にもうひとつの山から最初の本を手に取った。『銀河ヒッチハイク・ガイド』だ。

「この持ち主のことを教えて」

あたしはため息をついて始めた。「それはケヴィン。一緒に歴史のテスト勉強をしようって、放課後あたしを自分の部屋に連れていった。両親は留守で。あたしがそこにいたことは今も誰も知らない」そこで言葉を切り、「たいていはそんなふうだった。放課後、男の子が何か理由をつけてあたしを家に呼んで……」

「ああ。わかるよ」リーが次に手にしたのは、『八十日間世界一周』。

「それはマーカス。二年前、バロン・フォールズであった聖パトリック・デーのパレードのあと、あたしの家までついてきた」

『アドベンチャーブック〈ユートピアからの脱出〉』――「ルーク。八歳のときのサマーキャンプで。彼が最初だった。というか、ペニーのあとでは」

「ペニーはきみのベビーシッター？」

「うん」あたしはリーから本を取り、表紙のイラストをなでた。男の子と女の子がジャングルのなか、すぐ後ろの大きく裂けた地面から逃げようとしていた。「ルークは森林警備隊員になりたがってた」

「そんなこと考えてもしかたない」

あたしは本を山に戻し、「言うのは簡単だけど」そう口にしたとたん、ルークが将来、何になりたがってたかなんてどうでもいいような奇妙な感覚に襲われた。

いや、どうでもよくはない。リーにとってはどうでもいいだけだ。彼が気にする必要はない。

リーは自分で積みあげた山のいちばん上に『巨匠とマルガリータ』を載せた。「この本は知ってる。アンディ、だろ？」

あたしはうなずいた。そうやってリーはリュックのなかの本にすべて目を通した。それから、ディミトリの蛍光コンパスで北の方角を探し、小さな茶色いケースを開けて鼈甲縁《べっこうぶち》のメガネを見つけた。「これは？」

「ジェイミー」

「たしかにメガネは残せないね。残ってたら、すぐに何か事件が起きたって気づかれる」

リーはぼそりと言い、重ねた本の上にメガネを載せた。「これで全員ぶん？」

あたしは首を振った。「最初のときのは何もない」

「女の人はベビーシッターだけ？」

あたしはうなずいた。

「どうしてだと思う？」

「わからない。学校の女の子は誰もあたしと友だちになりたがらなかった」

「おかげで助かったってわけだ」

あたしはしばらく膝のかさぶたをいじっていた。今の言葉に傷ついたなんて言えなかった。またしてもリーの言うとおりだ。

リーは本を集めてリュックに戻した。「ぼくはほとんど本を読まない」

「小さいころ寝る前にお母さんに読んでもらわなかった？」リーは首を振った。「一度も？」

「言ったろ、そんな母親じゃなかったって」

「だったら小説と友だちになったこともないんだ」

「その意味がわからない。学校でよく聞かされた——こういう本を読んで、こういうことをすればいかによりよい自分になれるか、みたいなこと。りっぱな本を読めばいい人間になれるみたいに」

「そういうことじゃなくて」

「意味ないよ。ぼくがよりよい自分になれるわけがない」

「本を読むのはそのためじゃないの。本を読むと別の誰かになれるからよ。その二、三百ページのあいだは、ふつうの人と同じ悩みを持てる——たとえそれが時間を旅したり、エイリアンと闘ったりする人でも」そう言って『巨匠とマルガリータ』をなでた。「あたしには本が必要なの。あたしが持てるのはそれだけだから」

リリーが気の毒そうに見返した。


あたしはリリーの妹や母親のこと、もう必要ない人のお金を取ること以外にどうやって稼いでいるのか、自分の故郷でこそこそしなければならないどんなできごとがあったのかをもっと知りたかった。まあ、だいたい想像はつくけど、ちゃんとした話が聞きたかった。

そこで答えやすそうな質問から始めた。「会う前は何をしてた？　どうやって生活費を稼ぐの？」

「たいていは農作業だ。一日、二日で終わることもあれば、もっと長く滞在することもある。農場と、ぼくに何ができるかしだいだ」

「冬のあいだはどうするの？」

「去年はフロリダに行った。前に持ってた古いシボレーカマロを運転して、ビーチの上に車を停めて、砂の上のテントで寝てた」リーは声をあげて笑った。「冬になると南に移動してくる人みたいにさ」

「そのときもひとりで？」

「ぼくはいつもひとりだ」あたしの視線に、彼は言い添えた。「きみを除いて」

つけたしでもないよりはいい。「あたしをサンドホーンまで送ったら、まっすぐティングレーに帰るの？」

「きみがそこで何を見つけるかによる」

心強い言葉だ。「ていうか、あたしの用事がすんでからってこと。父さんを見つけたあと。そのあとはどうする？」

「そうだね。帰るかな」

「あのこと、家の人は知ってるの？」

「誰のこと？　妹、それとも母さん？」

「どちらか。どちらも」

「母さんは知らない。妹は……何か感づいてはいるけど、全部は知らずにいてほしい」リーはちらっとこちらを見やり、「ぼくは運がいいのかも。隠してるほうが楽だから」

「何があったの？」

「いつか話す。でも今日じゃない」

「じゃあ別の質問をしてもいい？」

「質問によるけど」

「どうしてベビーシッターを食べたの？」

リーはふんと鼻で笑った。「サディスティックな女だったから。問題を出して、ぼくが答えられないとひどくつねった。〝ミシシッピ州の州都は？　どうして牛には胃袋が三つある？〟そんなくだらないこと。鬼婆《おにばば》ピンカーって呼んでた。名前はおぼえてないけど、たぶんピンカーだったんだろう。通りの奥に住んでた。ねたんでたんだと思う、自分には子どもがいなかったから。いなくてさいわいだ。

顔はよくおぼえてないけど、ひどく歯が長くて、作り笑いを浮かべたときに見えるその歯が嫌いだった。でも、においはおぼえてる。すえたような、酸っぱいにおい――何年も部屋にこもって汚い言葉だけをしゃべりつづけて一度も歯を磨いてないような」

あたしはちょっと呆気に取られていた。リーがこんなにいちどにたくさん話すのは初めてだ。「いくつのとき？」

「ミシシッピの州都も知らないほど小さかった。鬼婆ピンカーはいつも、ぼくが校庭で転んだり、雲梯《うんてい》に腕をぶつけたりしたように見える場所を選んでつねった。母さんは人生でバカなことをたくさんしてきたって言ったけど、そこまでバカじゃなかった。最後につねられたとき――ぼくが鬼婆を食べた日だ――母さんが出がけに膝をつき、ぼくの耳にささやいたのをおぼえてる――〝あの人と留守番するのはこれが最後よ、約束する。ほかに誰も見つからなかったの〟。母さんは赤ん坊だったケイラを病院に連れていかなきゃならなかった。どうしてぼくを一緒に連れていかなかったのかはわからない――世界でいちばん行儀のいい子どもじゃなかったけど、ぼくだって大事な用事だとわかれば静かにおとなしくしていられたのに。

とにかく、自分ではこれが最後になるとは思ってなかった――母さんはその気がなくてもそんなことを言う人だった――だからその日、自分のなかで何かがぷつっと音を立てて切れた」

「どんなふうだった？　最初のとき？」

リーは長くゆっくりと口笛を吹いた。「ぞくぞくした。いつだってやるときはぞくぞくする。人はそんなばかなと思うだろうけど、ずっと自分が、ちょっと変わった新しいスーパーヒーローになった気がしてた」

　短い沈黙のあと、あたしは言った。「もしこんなふうにしかなれないのなら、あなたみたいならよかった」

「そんなに違わないよ」

　あたしはリーをじっと見た。「まったく違うよ」

「彼らとは違う。でも、きみもぼくと同じように好きでやってることだろ」

　みぞおちに熱い怒りがこみあげ、「それは違う」と小声で言った。「そんなこと言うのはあなたがわかってないから。あなたは自分にとってどうかしか知らない」そう言いながらもあたしの一部はリーから離れ、暗闇のなかに逃げこんでいた。

　リーがちらっと見返した。「言ったろ、マレン。きみが聞きたいことだけ話すつもりはないって」

　あたしは手で目をおおった。したたる字で壁に描かれた文字は見たくなかった。「あなたにはわからない」

「わかるよ。知ってるくせに」リーはあたしが認めるのを待っていたが、やがてあきらめた。「わかった。きみの勝ちだ。じゃあこれで話は終わり、だろ?」

「待って」あたしは、ただこのことを何もかも忘れたくて言った。「続けて。鬼婆ピンカーの話」

「ああ。そうだ。最初のときから後始末はしたほうがいいとわかっていた。帰ってきた母さんはピンカーがぼくを置いて家に帰ったと思った。別の隣人がやってきて、ピンカーの行方がわからないと聞かされたときですら、ぼくが何かやったとは夢にも思わなかった。〝ろくでもないベビーシッターはそういうことになるのよ〟――母さんがそう言ったのをおぼえてる」

「会いたくない？」

「母さんに？　まさか。悪い人じゃないけど、母さんのやることを見てると頭が変になりそうなんだ。悪い連中と酒びたりになって、ぼくを産むために学校も中退して、やっと生活保護から抜け出しても見つけた仕事はどれもひどくて長続きしなかった。しかも付き合う相手は最低のやつらばかり。妻をなぐって刑務所に入った男だと街じゅうが知ってるようなやつと一緒になって、言ったセリフが――〝彼のことはよく知らなかった、でももういちどチャンスを与えなきゃと思って〟。ほかも似たようなろくでなしばっかりだった。ぼくは自分の父親が誰か知らないし、ケイラの父親が誰かも知らない」そこでふっとため息をつき、「たとえぼくがこんな人間じゃなくても、母さんのそばにはいられなかった。

一緒にいると、どうしようもなくいらつくんだ、わかるだろ？」

「うん」

「母さんにはいい人を見つけてほしいとずっと思ってた、いつもそばにいてくれるような。まわりの子たちにはお父さんがいた。ほら、子どもたちと一緒にあれこれしてくれる男たち。子どもたちのために。母さんがそんな男を見つけるのは、そう難しいことじゃないと思ってた」

「でも見つけられなかった」

リーは残念そうに首を振った。「きみの母さんはどんな感じ？」道路から視線をはずし、じっとあたしの目を見て答えを待った。会話をつないでいるだけじゃない。本当に答えを知りたがっていて、あたしが話したくないならそれでもいいと思っている目だ。

「一分間に九十語タイプが打てる」

リーは、すごいというように口笛を吹いた。「ほかには？」

「あまり料理はしなかった。夕食はたいていチーズホットサンドと缶詰のチキンヌードルスープ」

「チーズホットサンドと缶詰のチキンヌードルスープの夕食なんていいほうだ。ほかには？」

「浴槽の縁から身を乗り出して髪を染めてた」毛布をかぶってソファに丸くなり、《我が家の楽園》を観ていたとき、母さんのタオルの下で濡れた髪が跳ね、頭のまわりでくるくるねじれていたのを思い出した。「古い映画を観るのが好きだった。《雨に唄えば》、《ホワイト・クリスマス》、フランク・キャプラ監督の作品は全部」

「フランク・キャプラ？」

「《素晴らしき哉《かな》、人生！》を撮った人」

「観たことない」

「クリスマスにはいつもテレビでやってる。古典的名作」

「うちではそんなの誰も観なかった」リリーは口をゆがめて笑った。「ミュージカルとか大げさだって」

「いけない？　ミュージカルは最高のファンタジイよ。きれいな人たちがいきなり歌いだすのは、自分の気持ちを伝えるのに話すだけじゃ足りないから」

リリーは、あたしが金魚を吐き出したとでもいうような顔で見返した。あたしが頬を赤らめると、なだめるように言った。「続けて」

「よく本を読んでたけど、読み終わった本には執着しなかった。自分の荷物はすべてスーツケースひとつに収めてた」

「どなられたことある？」

「ない」

「怪物と言われたことは？」

「ない」

「きみがやってるのを見たことは？」

あたしは身震いした。「まさか──ない」

「でもきみは話した」

「しかたなかった。どうせいつかは気づかれる」

「でも、話した理由はそれじゃなかった」

「うん。違うと思う」

「お母さんにどうにかしてほしかった」

「小さいころはそういうものでしょ。お母さんがなんでもどうにかしてくれると思ってる」

リーはほほえみ、「ぼくの母さんは違った」

「うん。ごめん」

あたしは膝の上で地図をめくった。明日の朝はシカゴあたりを通るはずだ。

「そうだ、ここから公園まで運転してみない？　道路はすいてるし、右車線をまっすぐ走ればいいだけだ」

「できないよ。まだ無理」

リーは肩をすくめ、「〝大丈夫〟って口に出して言ってみれば大丈夫だって。ほんとにやってみたくない？」

ここで尻ごみしたら意気地なしと思われそうだ。それから一時間、あたしは〝ギアを動かす前にクラッチを踏む〟と声に出して言い聞かせながら、緊張してハンドルを握った。左車線を走り抜ける車に何度かクラクションを鳴らされた。「気にするな」とリー。「その調子」

事故にも遭わず、警官に路肩に停めさせられることもなかったから、まずまずだったと言えそうだ。

夕食のあとは二人で荷台に寝転がり、リーがトランジスタラジオをつけた。最初、AMでは野球中継と政治家がべらべらしゃべる番組しかやってなかったが、やがてこんな言葉が聞こえてきた——

「……つまり、われわれはみな兄弟姉妹なのです、たとえふだんはそのように振る舞わなくとも。スーパーマーケットのレジに並ぶ人、一緒に信号を待つ人、毎朝、職場へ向かう道ですれ違いざまに視線を向ける人、その誰もが……」。

　昔ながらの伝道者のような語り口だが、話の内容には説得力があった。熱っぽく、震えるような、すばらしい声の持ち主で、あたしは横になったまま、二人のあいだのベニヤ板に置いたラジオを見つめていた――これを聞くことに人生がかかっているかのように。

「誰に対しても、誰についても、やさしい言葉をかけられないような同僚――それがあなたの姉妹です。家に押し入り、あなたの宝石箱をからっぽにした泥棒――それがあなたの兄弟です。われわれは赦《ゆる》し合わなければならない！」演説者が目に浮かぶようだ。長身で痩せ型、長い鼻と突き出た喉ぼとけ。灰色のスーツに深紅のボウタイをつけ、見るからに熱意にあふれている。

　合わさった声がいっせいに「アーメン！　話を、導師よ！」と唱えて初めて、それが実況だと気づいた（かすかにしか聞こえなかったのはマイクから遠かったせいだ）。

　牧師は続けた――「しかるにわれわれは、われわれ自身を赦すまで赦し合うことができない」牧師は六〇年代の男性がかけていたような分厚い黒縁メガネごしに聴衆を見つめた。片方の眉の上には、六歳のとき、姉のアイススケートの刃で切った小さな傷跡がある。

　聴衆が温かい、とどろくような声で応えた。「ハレルヤ！　赦し、そして赦し合おうではないか、兄弟よ！」聴衆は長い距離を運転し、今夜ここまでやってきた、すでに何度も彼を見ていようと関係なく。そこは、人々の罪を背負って死んだ一人の男（それが実際になんのためになったのか、あたしはいまもってわからない）を讃え、人々がうねり、震え、声をあげる教会だった。

「だからこそわれわれはここにいるのではないか？　赦しを求めて。そのためにわれわれはここにいる、そうだろう、兄弟よ？」

「いかにも、尊師よ」遠い声が応じた。

目を閉じると、群衆の最前列にいる自分が見えた。深紅のボウタイの男が振り向き、迎え入れるように片手を差し出した。「そしてきみは、姉妹よ。なぜここにいる？」

あたしは口を開いたが、誰かがラジオの金属質の声で代わりに答えた——「赦し、そして赦されるために」

リーがあくびをした。「この国ではどこへ行っても、ラジオでしゃべるのは熱狂的キリ《ジーザス・》スト教信者《フリーク》ばっかりだ」

「この人はどこにでもいるジーザス・フリークとは違うよ。好感が持てる」

「それそれ。彼らは愛とか受容とか、いかにも耳に心地いい言葉で誘いこんで、いったん取りこんだら、もっと金が必要だとか、キリストはいざというときに頼れない友人を必要としないとか言いはじめる」

「……主《しゅ》は言われた、〝悪人に平安なし〟と。われわれはみな平安がほしいのではないか？　いかにも――いかにも、聞くがよい！　この世でもっとも悪しき者も平安を求め……」

リーがラジオのダイヤルに手を伸ばしたので、あたしはむっとして払いのけた。「いい、いい、でしょ？」

リーは天をあおぎ、「赦したまえ、シスター・マレン」

あたしはリーのぼやきをかき消すようにボリュームをあげた。「あなたがたに伝えたい。全米でこの〈真夜中の伝道《ミッション》〉を長くやってきて、さまざまな人々の声を聞いた。彼らは自分たちに罪を犯し、たがいに罪を犯してきた。彼らは立ちあがって言う――〝尊師よ、よき人であることはときにあまりにも難しい〟と」

リーがふんと鼻を鳴らした。「そこだけは賛同できる」

「わたしは彼らに言う――〝主を受け入れよ。主を受け入れよ、そうすれば主がよき人とは何かを示されるであろう〟」

聴衆が喝采と敬虔なる感動に沸き返ったところでアナウンサーの声が入った。「ナザレン自由教会の尊師トマス・フィグトゥリーは六月七日、日曜日、午後十時からプラムヴィルのハーモニーホールで〈真夜中のミッション〉を執りおこないます。明日の夜です、みなさん」

「なんでこんなものを聞きたいわけ？」自動車保険のコマーシャルに変わると同時にリーが言った。「説教のどこがぼくたちに当てはまるって言うんだ」

「どうして当てはまらないってわかる？」

「当てはまらないからさ。彼らの描く世界にぼくらの居場所はない。ぼくたちがどんな人間かを知ったら、地獄さえ生ぬるい宣告だと思うに決まってる」リーは即席ベッドに寝転がって、つぶれたキャンプ用枕をふくらませ、荷台の壁に向かって言った。「それに、キリストは最高にいいときのぼくでも求めはしない、最悪のときはなおさらだ」しばらくして、あたしがロードマップをめくる音に振り向いた。「何してんの？」

「プラムヴィルはどれだけ遠いんだろうと思って」

「ちょっとマレン、まさか本気であんなものに行きたい、なんて言うんじゃないよね」リーはラジオのスイッチに手を伸ばし、あたしも今度はそのまま消させた。「教えてやろうか。去年、妹が〝友人〟とやらに似たような集会に連れていかれた。何か話してほしいと言われて、ケイラは立ちあがり、自分は神を信じられない、なぜなら世界では恐ろしいことが次々に起こっているからと言ったらどうなったと思う？　当ててみて」

あたしは肩をすくめた。

「連中はケイラをなじって部屋から追い出した、そんなもんだ。手もとに腐ったトマトがあったら投げつけてただろうね、あの子はクモ一匹殺したことないのに」

「尊師フィグトゥリーはトマトなんか投げない」

リーはため息をつき、「こうしよう。きみが明日の夜そのホールへ行って、敬虔なる尊師フィグトゥリーに自分が何者で、何をしてきたかをありのまま話すと約束するなら喜んでついて行くよ」そう言って鋭く見返した。「そうする気？」

あたしは寝袋のなかで丸くなり、答えなかった。自分がしたことを隠したまま誰かに赦しをあたえてもらおうなんて、考えるだけでもバカげていた。

「きみは真実を探してるつもりかもしれないけど、マレン」ベニヤ板の上でできるだけ楽な場所を探して寝返りを打つあたしにリーは言った。「きみがどこかの牧師の言う、太陽の光と確信に満ちた小さな泡のなかで生きたいのなら、その本当の姿をわかっておいたほうがいい」

眠りに落ちると、暗闇からいくつもの場面が泉のように湧きあがってきた。言うまでもなくあたしは〈真夜中のミッション〉の場にいた。ホールではなく教会だ。ステンドグラスの窓が上へ上へと天井の梁の暗がりのなかまで続き、窓の内側では殉教者たちがすさまじい死を迎えていた。ライオン、ドラゴン、金色と真紅のかがり火。視界の隅に、窓の下の石壁に描かれた言葉が見えた。でも読めないとわかっていたから、わざわざ顔を向けはしなかった。信徒たちがぐるりとまわりを囲み、現実にはない言語で讃美歌を歌っていた。側廊を歩いてゆくと、通りすぎるたびに人々があたしの腕に触れ、あたしをシスターと呼んだ。〝ひざまずくがいい〟――尊師が言った。その目がぎらりと光り、あたしは怖くなった。

膝をつくと、〝ひざまずき、祈りを捧げよ、シスター・マレン〟

尊師は頭上に身を乗り出し、両手をあたしの頭頂部にのせた。顔が熱くなり、とにかくここを出て、車の荷台に戻りたかった――決してあたしを傷つけない友人のいる場所に。群衆のあいだに笑いの波が起こり、千人もの見知らぬ人々が手で口を隠し、うすら笑いを浮かべるのを感じた。赦しとは、架空の言語にしかない言葉で、目覚めるとすぐに消えてしまうものだった。

7

翌日の午後、ウィスコンシン州フレンドシップの標識を通りすぎた。「あたしが生まれた場所。皮肉なことに」

「明日のいまごろにはサンドホーンに着く。着いたらどうする？」

サンドホーンのことは考えたくなかった。父さんを見つけたいのはやまやまだが、いまはまだいい――それがリーにさよならを言うことになるなら。「まずは電話帳かな」

フレンドシップに通じる脇道に入って三キロほど走ったころ、**マザー・オブ・ピース資金集め移動遊園地**《カーニバル》**。乗り物、ゲーム、おいしい食べ物と賞品あり。開園時間は六月七日から十三日の毎晩、午後五時から十一時。十六キロ先、ギルダー方面四十七番出口**と書かれた掲示板の前を通りすぎた。

あたしたちは視線を交わしてにっと笑い、あたしは何もかも忘れた――悪夢も、自分がほかの人たちからこんなカーニバルの夜を奪ったことも。その胸躍る一瞬だけは彼らの名前すら。

四十七番出口を出ると、いよいよのどかな農業地帯が広がり、狭い丘陵の頂《いただき》に骨董品店と診療所が数軒並ぶ、通りがひとつしかないギルダーの町に入った。さらに一キロ半ほど行くと、仮設のお祭り広場が見えてきた。観覧車がまわり、ガレオン船が、純白の尖塔を戴くレンガ造りの教会の横の野原で前後に揺れていた。リーは道路の向かいにあるサッカー場の端に車を停め、座席にステットソンのカウボーイハットを置いた。

道路を渡り、雑踏のなかにまぎれこむと、幼い子どもに返った気分になった。ガラス張りのブースのなかで女性がピンク色と青色の綿菓子の渦を長い木の棒にからめ取り、それが魔法の国の通行証とでもいうように子どもたちに渡していた。マドンナの《祈りのように《ライク・ア・プレイヤー》》がステレオから流れ、ガレオン船の列に並ぶ十二歳くらいの少女たちが曲に合わせて踊っている。揚げ生地と粉砂糖のにおいが、タバコの煙とがちゃりと回転する歯車の機械油のにおいと混じりあった。女の道化がスキップしながら近づき、抽選券を買わないかと声をかけた。「特賞は大型テレビだよ！」フリルつきの白手袋をはめた手のひらから緑色の券がアコーディオンのようにこぼれ出た。

リーは笑みを浮かべて「けっこう」と断り、あたしの手を取って人ごみのなかに引っぱった。とたんにまわりのすべてが少しぼやけた。見えるのは、カーニバル会場を囲む木々のあいだからきらきらと射しこむ光と、回転ブランコが乗客を空へ放るたびに斑点のように見える白やカラフルなテニスシューズだけで、あたしは自分の手のなかにあるリーの手の温もりのことしか考えられなかった。

リーの声がして、はっとわれに返った。リーがお化け屋敷を指さし、いたずらっぽい顔で肩ごしにこっちを見ていた。あたしが行きたくても行きたくなくても、入ることになるのはわかっていた。

母親たちが、もっとアイスクリームがほしいとねだる声をはねのけながら子どもたちにチケットを渡し、乗り物から乗り物へと連れまわっていた。ゴーカートの横を過ぎた先には大きな青いテントがあり、ジーンズに野球帽をかぶった父親たちがプラスチックのコップで水っぽいビールをぐびぐび飲んでいる。あたしの父さんはあんなんじゃない。アイスクリームとカーニバルの乗り物は好きだけど、父さんはビールは飲まないし、スポーツにも興味がないはずだ。

ハンバーガー・スタンドの列に並び、リーがバリー・クックの財布を取り出した。あたしは二人ぶんのバーガーとフライドポテトと炭酸飲料を載せたトレイを抱え、ゲームブース近くのテントの下に空いたピクニックテーブルを見つけた。そうして二人で食べながら、通りすぎる人や、ゲームに負けて泣き叫んだり疲れてぐずったりしている子どもたちをながめるリーを見ていた。ビールを手にした男たちが行き交い、女たちはそぞろ歩く男たちをベビーカーでかき分けながら夫の顔を探している。《タイタニック》の主題歌《マイ・ハート・ウィル・ゴー・オン》の出だしの旋律がスピーカーから流れてきて母さんを思い出したが、もうなんの感慨もなかった。

リーがもうひとくちバーガーにかぶりつき、思案げな顔で嚙みながら言った。「やっぱり落ち着かない？」

言いたいことはわかった——ふつうのふりをするのが、という意味だ。あたしはうなずいた。「出たいわけじゃないでしょ？」

「まさか。あれに乗るまではどこにも行かない」リーがあたしの肩ごしに指さした。座ったまま振り返ると、ななめに傾いたオレンジ色の乗り物が木の梢からぱっと現われ、すぐにまた沈んだ。観覧車とジェットコースターを掛け合わせたようなマシンだ。

「ジッパーだ」

「食べるのはあとにしたほうがよかったかも」

リーはナプキンで手を拭きながらにっと笑った。「さあ、どっちが先？　ジッパー、それともお化け屋敷？」

あたしはお化け屋敷を選び——またもやバリー・クックのおごりで——回数券を買って

すぐに乗りこんだ。リーは安全バーを引きおろし、うれしそうに息を吐いて腰を落ち着けた。「怖いふりする？」

「ふりをしなくても怖いかも」

「おかしいよね、きみが怖がり屋だなんて」カートがガくんと動き、角を曲がって真っ暗闇のなかに入った。両開きのドアが開くと、ぶーんと音を立てて点滅する青い蛍光灯に照らされた部屋が現われた。手術台に横たわる患者の内臓が汚れたリノリウムの床にこぼれ落ち、患者の向こう側で悪魔めいた女看護師が両手に血まみれのメスを持って振りまわしていた。女はこっちを横目で見やり、リーにウィンクした。

「助けてくれ！」手術台の男が叫んだ。「後生だから！」

「なかなかだ」リーがつぶやいた。「チケット八枚ぶんの価値はある」

恐怖の病院を過ぎるとふたたび暗くなり、クモの巣を模したカーテンを抜けると同時にホラー映画《ハロウィン》のテーマが流れてきた。次の角に霊柩車が停まっていた。後部ドアが開き、棺《ひつぎ》の蓋も開いていて、車の脇に虫食いだらけのスーツを着た男が立って片手を伸ばし、棺のなかにおいでと手招いている。青白いスポットライトのなかで男の歯が紫色に光った。あたしは肩に手を感じた。「やめて」

「ぼくじゃないよ」とリー。たしかに、耳もとでしゅっという音がしたからリーの手ではなかったようだ。カートはガタンと揺れて次の部屋へ向かった。

ホラー映画のテーマ曲がしだいに小さくなり、コオロギの鳴き声とフクロウのホーホーという声に変わった。墓場の場面で、棺の上方に蛍光塗料で描かれた三日月がかかっている。こんどの棺は閉じていたが、少し手前に傾き、半分しか埋まっていないのがわかった。棺の横の盛り土にショベルが二本、墓掘り人が仕事の途中でどこかへ消えたかのように突き刺さっている。短い静寂のあと、棺のなかから蓋を叩く音がし、蝶番《ちょうつがい》がぎしぎしきしんだ。あきらかに録音でないとわかる女の悲鳴と助けを求める声が聞こえた。

カートは暗い廊下をゴトゴトと進んだ。耳もとで低い、脅すような笑い声が響き、リーがあたしに腕をまわした。本当にそうだった？　肩にまわしたというより、背もたれにまわした感じだ。次の部屋に入ると同時にあたしはリーから少し体を離した。

髪を乱し、目に狂気を浮かべた男が腕まくりしてシャツの襟にナプキンをはさみ、片手に肉用フォーク、反対の手に切断された腕を持ってテーブルの椅子に座っていた。テーブルの大皿には、ぐちゃぐちゃで男か女かもわからないような人の頭が載せられ、もうひとつの、赤いふきんをかぶせた皿からは手の指と足の指が突き出ている。ガラスの水差しは血に見せかけた液体で満たされ、青白い眼球がふたつ、空《から》のグラスの底からこちらを見つめていた。

は血文字が書きなぐられていたが、読むまもなくカートは最後の角をまわった。

「ヒヒヒヒヒ」スピーカーから甲高い声が聞こえた。「次はおまえだ」男の頭上の壁紙に

夕方の光のなかに戻ると、リーは絶好調だった。「次はジッパーだ!」

「観覧車よ。ジッパーはそのあと」あの怖そうなマシンから逃れられないとしても、せめて食べたものを完全に消化してからにしたかった。

カーニバルには一度か二度しか来たことがないが、いちばんのお気に入りはいつだって観覧車だった。木々のてっぺんより高くのぼるのが好きで、動きがゆっくりだから、下りてゆくときもあたりが見渡せ、足の下で人が動きまわるのが見える。

観覧車がてっぺんまで来たとき、ふとリーが下を見て眉をひそめ、くだりはじめてからも、何を見つけたのかしきりに首を曲げて見ている。「どうしたの?」

「あの男」リーは首を伸ばし、「ぼくたちに手を振ってるみたいだ」

リーが伸ばした指先を目で追うと、たしかにいた。初めて会った日と同じように——まわりのすべてが楽しげに急ぎ足で行きすぎるなかでじっとたたずみ、笑みをたたえて手を振っている。「サリー!」思わず叫んで手を振り返した。〝どうしてここに? どうやってあたしを見つけたの?〟と小さな声がささやいたけれど。

リーは顔をしかめ、「こんなとこで何してるんだ？」

観覧車がふたたびのぼりはじめ、あたしは肩をすくめた。「いまにわかるわ」

サリーが青く渦巻く綿菓子を手に、観覧車の出口で待っていた。「やあ、嬢ちゃん！」

「サリー！」サリーはあたしの手を握り、綿菓子をつまんで差し出した。「こんなところで会うなんて！　どうしてここにいるとわかったの？」

「きみが父さんを探しに行くならこの道を通るはずだし、もしうまくいかなかったら話し相手がほしいだろうと思ってな」サリーはリーをあごで示し、「だが、考えてみりゃ、きみみたいなかわいい娘《こ》が新しい友だちを作るのに苦労するわけがない」

「なんて偶然だ」リーはサリーの手を握り、「マレンから聞いた、遠く離れたペンシルヴェニアで会ったって」

サリーは肩をすくめ、「きみたちが取りそうなルートはかぎられてる。たまたまわたしもこっちに来る用事があってな」

リーは腕を組み、左右の足に交互に体重をかけながら言った。「へえ、ほんとに？」

「ああ、本当だとも。湖のそばにキャビンがある。静かでいいとこだぞ。ここから車で一時間ほどだ」サリーはあたしの肩ごしにホットドッグ・スタンドを見やり、「きみたち、何か食べるか？」

「うん、ちょうどバーガーを食べたところ」

リーがあたしのほうを向いた。「そろそろジッパーに行こう」

あたしはチケットを渡し、「ひとりで行ってくれない？　あたしはここでサリーと話しながら待ってるから」

リーは疑わしそうに見返した。「どこにいる？」

ちょうど男の子の一団が立ちあがろうとしている最寄りのベンチを指さすと、リーはもういちどサリーを警戒するように見た。「勝手に消えるなよ、わかった？」

あたしは笑みをこらえた。「わかった」

リーが人ごみにまぎれ、あたしはサリーとベンチに座った。「綿菓子をどうだ？」

「では遠慮なく」あたしはひとつまみちぎった。

サリーは目を輝かせ、「彼氏ができたようだな」

あたしはふっと息を吐いた。「彼氏じゃないの」

サリーは綿菓子をひとくちかじり、「やつはそうは思ってないようだぞ」

「あ、そうだ」そこでふと女曲芸師を思い出し、「サーカス絵本をありがとう」

サリーはにっと笑い、「たまに掘り出し物が見つかる、それが誰のものになるかわからなくてもな」

あたしは笑い返した。「申し出はうれしかったけど、あたしはどうしても父さんを見つけなきゃならないの」

「見つけなきゃならないと思ってるってことだ」あたしの言葉を言いなおしたサリーの舌は鮮やかな青色に染まっていた。「手紙を書いた時点できみが来ないのはわかってなきゃいけなかったがな」ふたたびジッパーが木々の影から飛び出した。「どうやって出会ったんだ、あの、なんて名前だったか？」

「リー。セント・ルイスから女子学生の車に乗せてもらったんだけど、アイオワのウォルマートで置き去りにされて……」

「セント・ルイス！　嬢ちゃん、最後に会ってからずいぶんあちこち行ったようだな！」

あたしはほほえみ、「とにかく、ウォルマートでちょっとしたトラブルに巻きこまれて、リーがちょうどいいところに現われてくれたの」そこで言葉を切り、「彼も人喰い《イーター》よ」

「ああ。だと思った」

「会ったのはあなたがまだ二人目だって——あたしのあとでは」

「そうか？　さてと」リーは食べ尽くした綿菓子の棒をゴミ箱に投げ入れ、べたつく手を舐めた。「ところで、今夜泊まる場所はあるのか？」

あたしは首を横に振り、「ずっとキャンプしてる」

「どうだ、清潔なベッドがふたつある、もしよければ」

「あなたのキャビンに？　本当？」

「ああ。コンロでは浮浪者シチューも待ってる」

溶けたチーズのかかったミートパティの味を想像したとたん、お腹が鳴った。そのとき膝を影がよぎり、あたしは目をあげた。「どうだった？」

リーがまた腕組みして立っていた。「かなりすごかった。でも、きみの言うとおりだった。せっかく食べたバーガーが無駄になってたかもしれない」

「いまサリーが、今夜キャビンに泊まらないかって。遅い夕食から何からそろってるって」

あれほど疑わしそうにしていたから、リーが口を開いてひとつ息を吸い、「いいよ。ありがとう」と言ったときは驚いた。

「よし」サリーは立ちあがり、欠けた指で欠けた耳を掻きながら、「しばらく二人で乗り物やゲームを楽しむといい、閉園時間に会おう」

「ねえ」サリーがガレオン船の角を曲がり、見えなくなってからあたしは言った。「あなたが彼を嫌いなのははっきりわかるけど、あそこまではっきりさせなきゃだめ？」

「ちょっと待てよ。あの男がきみの心の支えになるために国の半分を横断してきてくれたって言いたいの？」

「もっとありそうもない話だってあるでしょ。たとえば、えっと……鉄道橋の下で赤ん坊を食べるトロールとか。酔っ払った南部の労働者で作るトマトソースとか」

リーはこぶしを両ポケットに突っこみ、草に落ちていたタバコの吸い殻を蹴った。「冗談で言ってるんじゃないよ、マレン」

「わかった。じゃあ、まじめに。もしサリーが何かたくらんでるとしたら、初めて会ったときにやってたはず。じゃない？」

リーはなおも疑わしげな目で首をかしげた。簡単に引きさがる気はなさそうだ。「これは偶然じゃない。どうみてもやつは怪しいよ、マレン。きみのことを知ってるみたいだ」

あたしは肩をすくめた。「知ってて当然よ。何時間も話したんだから」

「そういうことじゃなくて。きみがここに来るってどうしてわかったわけ？」

あたしはうんざりして目をまわした。「だから知らなかったって言ってたじゃない、リー。お願い。そろそろ手料理とやわらかいベッドが恋しいの、いいでしょ？」言葉にしたとたん、自分がどれだけそれを欲していたかに気づいた。「寝室にはカギをかけるから。大丈夫、あたしが保証する。さあ、次は何にする？」

リーは観念したようにため息をついた。「かき氷はどう？」

「キャビンに行きたくないのに、どうしてうんと言ったの？」かき氷スタンドの列に並びながらたずねた。

「相談する時間をかせごうと思って」

あたしはリーの疑りぶかさに目をまわした。

「それだけじゃないよ、マレン。あの嚙みちぎられた耳と指のない手はなんなの？」

「指が一本欠けてるだけじゃない。それとも、どこかが欠けてたら、それだけでどんな人かわかるって言いたいの？」

「どうしてそうなったかが問題だろ？」リーは鋭く見返し、「農作業中の事故でなくしたのか？」

すぐ前に並んでいた少年が振り向き、コーラ瓶のような分厚いメガネの奥の大きな目に子どもらしい好奇心を浮かべて見あげた。切断した指の話に少年が聞き耳を立てないはずがない。あたしは作り笑いを浮かべたが、歯が痛いような顔になっていただろう。「話題を変えたほうがいいみたい」

あたしたちはゲームブースの横でルートビア味のかき氷を食べ、子どもたちが風船割りダーツや、チップを置いた番号に止まったためしがないルーレットに親のお金を浪費するのを見ていた。少し離れた場所に〈ラッキー・トス〉のブースがあった。野球ボールを碁盤状に並べた牛乳缶の縁から跳ねないように投げ入れるゲームで、ブースのまわりにはぐるりと棚があったが、もらえそうなのはE.T.のぬいぐるみ人形くらいだ。

誰も遊んでおらず、丸椅子に座って雑誌を読んでいる係の若い女は暇すぎて怒っているように見えた。かき氷の列の前にいたメガネの少年が紙容器をゴミ箱に投げ入れ、〈ラッキー・トス〉に勇んで近づいた。

「チケット三枚で三回。今日はラッキーな気がする、ぱっちりお目々くん?」ブース係はせいぜい十六歳くらいにしか見えないが、その顔には年齢に似合わぬ経験が色濃く刻まれていた。アイライナーのせいじゃない。誰かにひどい目にあわされ――それも一度ではなく長いあいだ――いまその恩を返そうとしているかのような。

少年は答えず、ジーンズのポケットからチケットを三枚取り出してカウンターに置いた。「いくら?」

「カネの無駄だよ」ブース係はそう言って最初のボールを少年に投げた。ボールは彼の指先をかすめて飛んでいき、少年はあわてて舗道を走って追いかけた。

すぐにリーが転がるボールの下につま先を突っこみ、少年が受け取れるよう、やさしく宙に放った。少年はリーに目でありがとうと言い――あたしのほうもちらっと見て――駆け足でブースに戻った。

一投目は失敗し、二投目もはずれた。隣でリーがじりじりしてるのがわかった。あの子に勝たせたがってる。〝さあ、行け。きみならやれる〟

少年は三投目で作戦を変え、アンダーハンドで放った。ボールはブースの天井につきそうなほど高くあがり、やがて碁盤中央の缶の底にごとっと心地よい音を立てて入った。少年は飛び跳ね、歓声をあげて手を叩いた。「やった！　入った！」

ブース係は腕組みして少年をじろりとにらんだ。「賞品はやれないよ」

「でもボールは缶に入ったよ、ほら？」係の女がルールを守るとなおも信じて疑わない少年の言葉を聞いていると、胸がちくっと痛んだ。「命中した。ぼくの勝ちだ」

「だめだよ」〈ラッキー・トス〉係はせせら笑い、「自分のお鼻に触って、なくなってないか確かめてみたら？」

少年の顔に、学校で毎日こんなふうにからかわれ、そのたびに傷ついているような表情が浮かんだ。少年は脇の低い棚からE.T.人形をつかみ、しっかと胸に抱いた。「ちゃんと入ったんだから、ぼくのだ」

「だめだって」ブース係は少年の手から人形をひったくり、彼の頭より高い棚に置いた。

「さっきのはずるだ」

「ずるじゃない！」

ブース係は少年に顔をしかめて背を向け、牛乳缶をのぞきこんで勝利のボールを取り出し、バケツに戻した。「で、どうすんの？　ゲームはこれでおしまい。さっさとママのところに行って泣きつけば？」彼女の言葉に、少年はブースから駆けだした。これからあの子の代わりにリーはゴミ箱にかき氷の紙容器を投げ入れ、「あの子を見てて。ブース係がリーににこっと笑いかけると、胃がきゅっとなった。そう言ってカウンターに近づいた。ブース係はあたしたちが見ていたことに気づいていなかった。もし気づいてたら、あの少年にどんな態度で接しただろう？

少年はうなだれ、ファネルケーキ（遊園地やカーニバルで売られる揚げたパンケーキ）のスタンドに並ぶ母親らしき女性に近づいた。母親は息子の肩に腕をまわし、少年は母親の目を見あげ、何があったかを話している。〝その子のために闘って〟――あたしは思った。〝ブース係に何か言ってやって〟

「ガールフレンドにあげる賞品がほしいの？」〈ラッキー・トス〉係があたしをあごで示しながら言った。

「彼女はただの友だち」たいした意味はないとわかっていても、リーがそう言うのを聞くとやっぱり気分が落ちこんだ。

気がつくと少年は涙を浮かべていた。母親は列を出てカーニバルの喧噪を離れ、息子の手を引いて公園のベンチに連れていくと、やわらかそうなピンクのブラウスに少年の顔を押しつけた。こちらにやってくるようすはない。〝小さな落胆は大きな落胆を乗り越える糧《かて》になる〟——やさしい顔をしているが、そう諭《さと》すようなタイプの母親だ。母さんも同じようにしただろう。

リーは少年と同じようにアンダーハンドでボールを投げた。一投目ははずれたが、二投目は成功した。「三回目も入ったら、ふたつもらえる?」

「本当はだめだけど、どうせ誰も見てないし」(あたしがあきれて目を丸くしたのも誰も見ていなかったが)ブース係は三個目のボールを——リーの指にからめるようにして——渡し、それもみごと缶の底に入った。

「ねえ」リーはE. T. 人形をふたつ受け取りながら、「このつまらないカーニバルのほかに、このあたりで何かおもしろいことない?」

「仕事は十一時に終わるんだ」

あたしは嫌気が差して顔をそむけた。つかのま、視界を横切る人が色とりどりの染みのようにぼやけ、カーニバルの音楽とざわめきが遠いうなりのように小さくなった。ふと耳に何かやわらかいものが当たった。「E. T.・オウチ・デンワ」リーの声がした。「いや、E. T. は気が変わった——きみと一緒に行きたい」リーはあたしの手に人形を押しつけ、あたりを見まわした。「あの子を見てて言ったよね、マレン。どこに行った?」

あたしはファネルケーキ・スタンドの後ろの公園のベンチを指さした。「お母さんとあそこにいる」

リーの勝利に勢いづいた男の子の一団が〈ラッキー・トス〉のカウンターに押し寄せ、ブース係はリーがベンチの少年に向かって歩いていくのに気づかなかった。あたしはルートビアで冷たくべたくつ指にE.T.の人形を持ったまま、数歩あとからついていった。

「失礼」リーの声が聞こえた。「これ、きみのじゃない?」

少年はぱっと顔を輝かせて両手を伸ばした。母親は一瞬リーを値踏みするように見てから顔を赤らめた。自分がしようとも思わなかったことを他人がしてくれたからだ。

リーは手を伸ばして少年の髪をくしゃくしゃにし、「いまにやり返せるくらい大きくなる、そうなったら誰からもバカにされない、だろ?」

少年は力強くうなずいた。「あなた、お名前は?」母親がたずねた。

「リー」

「ありがとう、リー」母親はリーの肩ごしにあたしに気づいて笑みを浮かべ、「見て、ジョシュ――リーはガールフレンドにもE.T.を取ったみたいよ」そう言って息子の両頰をおおい、親指で涙をぬぐって自分の鼻をこすりつけた。「今夜はリーもあなたも勝った、そうでしょ？」

カーニバル会場が閉まるのを小型トラックで待った。リーはジョシュにE．T．人形を渡してすぐ〈ラッキー・トス〉のブースに戻り、会場から道路をへだてた公園でブース係と会う約束をした。

ようやく十一時になり、乗り物アトラクションのまぶしいライトがいっせいに消えるのが車から見えた。「きみは旧友サリーに会いに行けばいい。ここでまた会おう」リーはカギを取って車から飛び降り、誰もいないサッカー場をすたすたと歩きだした。

やっぱりそうだ。しばらく待ってから車を降りてあとをつけた。運動場には金網フェンスがめぐらしてあり、あたしは門の脇の〈ギルダー地区公園〉と書かれた表示板の後ろに隠れた。道路向こうのカーニバル会場は暗く静まり返り、尖塔が月の光で青色に変わっていた。

〈ラッキー・トス〉のブース係がこちらに背を向けてブランコに座っていた。カーニバルの赤い制服から、ラインストーンがびっしりついた二サイズほど小さい服に着替えている。

リーが隣のブランコに座った。

「まだ名前聞いてなかった」彼女の声が聞こえた。〝なによ、いかにも重要なことみたいに〟

「マイク。きみは？」

「ローレン。で、一緒にいた子は？」

「言ったろ、ただの友だちだって」

「今どこにいるの？」

「家に帰った」

「で、ここには遊びに来たんだ？」

「うん。それで、きみが言ってた楽しい場所ってどこ？」

ブース係が運動場のいちばん奥の豪華なジャングルジムを指さすのが見えた。木製で、お城のような形をしていて、塔がロープで吊られた通路でつながっている。「あの塔の下にタイヤブランコがある。そこなら誰にも見られない」そうしてブース係はリーの手を取り、みずから破滅へと向かっていった。心のどこかに、あとをつけてリーがするのを見たい自分がいた。

背後で草を踏むやわらかい足音が聞こえ、振り向くと、サリーがポケットに両手を入れて立っていた。暗くて顔は見えなかったが、話しかけた声はやさしかった。「離れたほうがいい、嬢ちゃん」あたしは立ちあがり、サリーと一緒にサッカー場を突っ切って戻りはじめた。

あたしたちの車の横にもう一台、ピックアップトラックが停まっていた。古くて、赤い車体は半分サビつき、バックミラーからフラガールのミニチュア人形が踊っている。助手席の窓からなかをのぞくと、シートにはレモンとライムがプリントされた紺色のビニールクロスがかけてあった。あたしは笑みを浮かべた。「あなたのトラック?」

「わがトラックもしくはわが城だな、見かたによっては」サリーはくっと笑った。

それからしばらくサリーは自分の動く城をあれこれ見せてくれた。ダッシュボードにしまったビーフジャーキー、ハワイふうプリントのカーテン、座席の下に隠したパイプタバコの入った青い陶器壺――たぶんあたしの気をそらせようとしたのだろう――でもリーがいそれにかかった時間は、あたしよりずっと短かった。ほどなくリーはジャングルジムの下の暗闇から現われ、サッカー場の向こうから大股で歩いてきた。水のボトルとブース係の服の切れ端を詰めこんだ買い物袋を持ち、ビニールからは片方の靴のかかとが突き出ている。リーは袋をゴミ箱に投げ入れ、足を止めて水を飲んだ。うがいをし、ごくりと飲むのが見えた。それからリーは手の甲を唇に押し当て、彼女の最後の痕跡をぬぐい取った。

そうしてようやく目の前に現われた。「じゃあ行こうか」サリーが言った。「キャビンはここから北に一時間足らずだ」

「ああ」リーが答えた。「あとについていく」

サリーは自分の車に飛び乗り、イグニッションキーをまわしてあたしに手を振った。

「じゃあ、あとで」

道路に戻った瞬間、リーが反対方向に走りだすのをなかば期待したが、そうはしなかった。夏の夜の生温かい空気のなか、サリーの車の開いた窓からブルーグラス（アメリカ南部生まれのカントリーミュージック）の旋律が流れてきた。「あなたを好きな女の子のときはどうやるの？」

「どういう意味？」

「最初にキスするの？」

「それが重要？」

「彼女にとっては重要じゃない？ すくなくともその一秒か二秒のあいだは」

リーはからかうような視線を向け、「もしかして妬《や》いてる？」

あたしはあきれて目をまわした。「バカ言わないで」

しばらく二人とも黙りこみ、あたしはいま抱いている感情を粉々にしようとした。あの胸くそ悪い〈ラッキー・トス〉のローレンにどうしたら嫉妬するって言うの？

嫉妬じゃない。正確には。ただリーの関心を引きたかった――ずっとが無理なら、せめて彼があたしを食べるのにかかるであろう、七分半のあいだだけでも。

「すごく手際がいいんだね」あたしは言った。前回のバリー・クックのときは楽だった——やったのはトイレのなかだったのだから。

「そうでもないよ。自分のシャツは脱いで芝生に投げた。それから彼女の服で顔をぬぐった」そこで言葉を切り、「女の子はあまり食べたことがない」

あたしは片眉を吊りあげた。

「なんでそんなに驚くの？　女性はそれほど憎む理由がない。男より正直だ。いつもじゃないけど、たいていは」

ウォルマートの駐車場にあたしを置き去りにしたサマンサと〈ラッキー・トス〉のローレンが頭に浮かんだ。それから母さんのことも。「それはどうかな」

「わかった、ぼくは例外を食べるってわけだ」リーはいったん口をつぐみ、「お母さんはきみに嘘をついた？」

あたしは膝のE.T.人形の上で手を組んだ。「つかなかったと思う。はっきりとは。でもあたしに隠しごとをしてた。それって嘘をつくのと同じじゃない？」リーは肩をすくめた。「何？」

「きみが賛成してほしいからって賛成するつもりはない」

「だからって、あえて反対しなくてもいいでしょ」

リーはちらっと笑みを浮かべ、車は木がうっそうと茂る土の道に入った。真夜中の静寂のなか、サリーのブルーグラスがまだ聞こえていた。あたしは話題を変えたくなって、「これまでぬいぐるみはひとつも持ってたことがないの」

「ひとつも？　女の子は誰でも山ほど持ってると思ってた」

「あたしは違った。母さんが絶対に買ってくれなかった——ひとつあったらもっとほしくなる、そうなったら荷物に収まらなくなるからって」捨て荷。重量を軽くするために船から海に投げる荷物をこう呼ぶ。

キャビンは古いが頑丈そうで、裏口をすぐ出たところに井戸と鋳鉄製の手動ポンプがあった。サリーは薪ストーブと編みこみラグのある居間に案内した。壁にはシカの頭が三つ四つ飾られ、雄ジカの角は天井をかすめそうなほど大きい。

「さあ入って、食事の前に荷物をおろすといい」サリーが寝室の明かりをつけた。ツインベッドが並び、どちらも赤と青のパッチワークキルトがかかっている。「きみたちは相部屋でいいか？　寝室はふたつだけで、もうひとつはわたしのだ、だからカウチがよければそれでもいい、どうだ、リー？」

「ここでいいよ、どうも」リーはリュックをおろすと、「シャワーをいいかな」そう言って脇をすり抜け、すぐに部屋から出ていった。

　サリーとあたしは外へ出た。サリーは焚火台に身を乗り出し、長い棒で夕食をつつきながら、「長く寝かせるほどおいしくなる」と言って取っ手の短い鋤《すき》を取り、灰のなかからホイルに包んだものをゆっくり取り出した。「手伝ってくれ、嬢ちゃん、キッチンに碗とスプーンがある」

　食器を持って戻ると、サリーはふたつの碗に湯気の立つ野菜とやわらかい肉をスプーンで山盛り取り分け、「おおお」最初のひとくちを口に運びながらひとりごとのようにつぶやいた。「さあ、これがわたしの言う〝真夜中のごちそう〟だ」

　くすぶる焚火のまわりに置かれた古い木の椅子に座り、満ち足りた沈黙のなかで食べた。ポーチライトのまわりに蛾が集まり、バチバチと音を立てた。森はセミの声でにぎやかだが、その声に長く耳を澄ましていると不安になってきた。森はどこまでも続いている。ほかに何がひそんでいても不思議はない。

　リーが濡れた髪ときれいなTシャツで現われた。サリーが焚火台に戻り、もうひとつの碗を満たそうとすると、リーは言った。「ぼくはほんの少しで」

「家は近くか？」

　リーはシチューを口に運びながら、「いや」

「出身はヴァージニアだって」あたしが答えた。

「この嬢ちゃんを送り届けたら帰るのか？」

「状況によるけど」リリーは金属の碗を脇に置き、膝に肘をついて身を乗り出した。

「なんできくの？」

サリーはあたしのほうを向き、「初めて会った夜、きみになんと言ったかはおぼえてる――〝友だちなんぞ作らないのがいちばんだ〟と。だが、あれからずっと考えた。どうせ長く孤独な道なら、今より長く孤独にしなくてもいいんじゃないかとな」

リリーはげっぷを抑えながら応じた。「言えてる」皮肉なのかどうか、あたしにはわからなかった。

「まあ要するに、われわれのような人間はわれわれ独自のファミリーを作ったほうがいいってことだ」

本物のおじいちゃんが頭に浮かんだ。夕食に赤ワインを飲み、紺色のキャデラックに乗り、たぶんあたしが生まれてこなきゃよかったと思っているおじいちゃん。あたしに料理を作ろうともしなければ、泊まっていくよう誘いもしないおじいちゃん。「ありがとう、サリー」おかわりの碗を渡しながら言った。「おいしい夕食と――あたしを気にかけてくれたこと」リリーがあきれて白目を剝き、そこに焚火が反射して光った。

あの髪のロープは出てこなかった。サリーが出さなかったのはたんにリーがいたからだろうか？　いずれにせよかなり遅い時刻だったから、焚火は短い時間で切りあげた。あたしがキッチンで碗を洗うあいだ、サリーは薪ストーブの火を掻いた。初夏の夜とはいえ、このあたりはまだかなり冷える。

リーはソファに座ってあたりを見まわした。「それで、これはあんたのキャビンなの、サリー？」

「ああ、わたしのだ」サリーは肩をすくめた。「たまに厄介な状況になると、こうしていつもの場所に帰る、誰にも邪魔されない場所にな。これは老サリーからのアドバイスだ――こんな場所を持つといい、持てるようになったらすぐに」

「厄介な状況になると、か」リーは当てつけがましく繰り返すと、「なるほどね」そう言って座ったままシカの頭がいくつも飾られた板張りの壁を向いた。「ずいぶん狩猟好きなんだね」

「その狩猟記念物はわたしのじゃないが、雄ジカを追うのは好きだ、たまにな」

「ここにはしょっちゅう来るの？」

「たまにだ。一年でも今の季節がいい。夏は誰もおらん。みな湖へ行くからな」

リーは立ちあがり、ひょいと部屋を出ると、道路地図を手に戻ってきてサリーにたずねた。「ここがどこか、地図上で正確に教えてくれないかな。明日の午後にはサンドホーンに着きたい。時間を無駄にしたくないんだ」

二人がキッチンテーブルで話すあいだ、あたしはミセス・ハーモンの毛糸と針を取り出し、生皮のランプシェイドの下のソファで丸くなった。なんとか作り目は二十個できたが、次の段になったらどうしようもなくからまり、結局あきらめて針を置き、小テーブルを調べはじめた。引き出しのなかにはトランプが一組、言葉の穴埋め遊びの本『マッド・リブス』、『中西部バードウォッチングガイド』、片手いっぱいの小銭。すぐ下の戸棚を開けると、ミセス・ハーモンのによく似たカゴのなかに、かぎ針を差した鮮やかな赤色のアクリル毛糸がひとかせ入っていた。

やがてサリーがおやすみと言い、あたしは長々とシャワーを浴びて寝る準備をした。リーがドアを閉めてカギをかけた。

「それで？　放浪者シチューはどうだった？」

「放浪者は消化に悪い」

「ははは」

「サリーは三人ぶんの食べ物を料理していた、それも余るほど。どうして今夜、客があるってわかったんだ？」

あたしはパッチワークキルトを肩に引きあげ、E.T.人形をあごの下にはさんだ。

「ますます疑心暗鬼になってるみたいね」

「自分ではものすごく礼儀正しかったと思うけど」

「それを言うなら、あなたはものすごく……」

「ものすごく、何？」

「ものすごく詮索好き」

リーはあたしを鋭い目で見やり、ベッド脇のランプを消した。「きみから学んだんだ。きみは相手を質問攻めにするまで、その人を信用できない」


朝になると、サリーの小型トラックはなかった。


嬢ちゃん――

　冷蔵庫に卵とベーコンがあるからご自由に。父さんを見つけたら戻ってきてはどうだ？　魚釣りのしかたを教えてやろう。

じゃあまた。サリヴァン

リーが肩ごしに読みながら言った。「なんであいつはいつもきみを〝嬢ちゃん〟って呼ぶの？」

あたしはにっと笑った。「マレンの愛称」

またしてもリーはあたしを鋭く見返した。「そんなわけないだろ」

正面ポーチのロッキングチェアに座り、森のきしみとざわめきに浸りながら朝食を食べ、コーヒーを飲んだ。キャビンからはでこぼこの土に轍《わだち》が続き、パンくずの跡のように遠くの木々のなかに消えていた。

8

父さんの故郷へ着くまでの時間は、二人で過ごしたなかでいちばん静かだった。リーが話したがっていないような、あたしを遠ざけているような気がした、だって明日のいまごろは別々の方角に向かってるかもしれないのだから。父さんを見つけるにはしばらくかかるだろう、でも見つかったあとも、やっぱりリーにはそばにいてほしかった。

サンドホーンはスペリオル湖からさほど遠くなく、途中の道路ぞいには夏場の貸しボートや静かな湖の風景が見える休暇用キャビンを宣伝する店がいくつも並んでいた。ここもまた目抜き通りがひとつあるだけの小さな町で、手入れされた緑の芝生の端に白い教会が建っていた。リーは電話ボックス脇の縁石に車を停めた。「決着のときだ」

そのひとつには違いない。あたしはノートと小銭入れを持って車を降り、電話ボックスに入ると、震える手で電話帳の後ろのほうをめくった。その苗字は一件しかなかった。

〝イヤリー、バーバラ〟。

住所、電話番号。あまりにも簡単だった。

父さんの母親は手紙を出そうとしていた。灰色の襟つきカーディガンにしゃれた裏起毛のスリッポンシューズという格好で車寄せを下りきったところに立ち、白く細長い手で郵便受けの蓋をあげていた。近づくと、カーディガンの襟を首のまわりにぎゅっと引き寄せ、あたしが嵐雲《あらしぐも》を運んできたとでもいうように身震いした。美しく晴れた午後なのに、その人は十一月のような格好をしていた。

挨拶しようと口を開くと、彼女は背を向け、シューズでアスファルトをこすりながら足早に車寄せを戻りはじめた。「待って」あたしは呼びかけた。「ミセス・イヤリー？　マレンと言います。お話があって来ました」

バーバラ・イヤリーは手すりに手をかけて立ちどまり、のぼり段のいちばん上で、急ぎ足で近づくあたしを振り返った。そしてあたしをしげしげと見つめ、もしやと思う人物とほぼ年齢が合っていそうだと納得したように言った。「どうしてここがわかったの？」

出生証明書を広げて差し出すと、彼女は目を凝らしてあたしの名前を読み、眉を吊りあげた。「同じ姓なのね」

〝ほかにどの姓を名乗ると言うの？〟　そう思いながらも、できるだけ淡々と言った。

「両親は結婚していました」

「ええ」バーバラ・イヤリーは出生証明書を返しながら、「ええ、知ってるわ。わたしにききたいことがあるんでしょう。なかへ入って」

バーバラ・イヤリーは粗い灰色の石造りの暖炉があるリビングルームに案内した。どの窓もカーテンが閉めきられ、ブラインドの隙間から射しこむ細い光の条《すじ》だけが毛足の長い茶色い絨毯に届いていた。薄暗い部屋の隅には小さなバーカウンターと革張りの丸椅子がふたつあり、伏せたシェリーグラスが並ぶ棚はうっすらとほこりにおおわれていた。おじいちゃんはいるのだろうか、それともまだ仕事だろうか。

キッチンに入ってゆくバーバラ・イヤリーからむっとするような、かすかに脂っぽい――何週間も髪を洗っていないような――においがした。白髪まじりの黒髪を白くて細長いうなじできつくひっつめ、おくれ毛が何本か襟のなかに垂れ落ちている。

「ミネソタには初めて来ました。冬はひどく寒いんでしょうね。雪もたくさん降るんですか？」

「ここは年じゅう寒いわ」

〝いつも冬なのにクリスマスがない〟（『ナルニア国物語』のなかの一節）あたしは身震いした。

バーバラ・イヤリーは手を広げてテーブルの椅子を勧め、あたしが腰をおろすのを待って切り出した。「正直、こんなことは予想もしていなかった」

彼女の顔をよく見たが、自分に似たところはひとつもなかった。「父さんに子どもがいたのはごぞんじなかったんですか？」

バーバラは〝知らなかった〟と首を振った。「あなたのお父さんから最後に聞いたときは、ジャネットと結婚するという話だった。たしかそんな名前だったと思うけど、あなたのお母さんね？」

あたしはうなずいた。「ジャネールです」

バーバラは肩をすくめ、「あまり関心はなかった。どうせ長くは続かないだろうと思っていたから。夏のロマンスなんてそんなもの。冷たい言いかたに聞こえるかもしれないけど、はっきりさせておいたほうがあなたも手間がはぶけるわ」

あたしは咳払いし、「驚かせてすみません」できるだけ善い人に見せようとしている自分を意識しながらテーブルの上で手を組んだ。「事前に電話をするのが怖かったんです」

「怖かった？　なぜ？」

あたしは肩をすくめた。「あたしに会いたくないんじゃないかって」

答えるかわりにバーバラは蛇口のほうを向き、ふたつのグラスに水を注いで、片方をあたしの肘の横に置いた。礼を言うと、ミセス・イヤリーはテーブルの正面に座ってそっとひとくち水を飲み、あたしたちをへだてる無地のフォーマイカの表面を見つめ、待っていた。

「あなたが父さんの……お母さん？」〝おばあちゃん〟とは言えなかった。その勇気はなかった。

ミセス・イヤリーは手を組み、あたしの目を見た。「あの子が六歳のころ引き取ったの」そこであたしの表情に気づき、たずねた。「お母さんから聞かなかった？」

聞いていないしるしに、あたしは首を振った。

「お母さんはどこ？　お母さんに連れてきてもらったの？」

「いいえ」

「あなたがここに来たことは知ってるの？」

「たぶん」

ミセス・イヤリーが鋭く見返した。「どういうこと？」

「母は一緒じゃありません。ペンシルヴェニアにいます」

「家を出てきたってこと？」

あたしは首を振り、「母はあたしがもうひとりで生きていける歳になったと思ったんです」

バーバラ・イヤリーがぽかんと口を開けたときのあごのきしみが聞こえるような気がした。答えを探しあぐねて喉の筋肉が動くのがわかった。やがて彼女は落ち着きを取り戻し、もうひとくち水を飲んだ。「あなたがお父さんと暮らすことを考えているのなら、こんなことを言うのは気の毒だけど、それは無理よ。フランクはもう長く施設に入っているの」

そんなふうにしてあたしは天空の城への道を失った。膝に置いた両手を見つめながら、〝泣いちゃいけない泣いちゃいけない何があっても泣いちゃいけない〟と考えていた時間がとても長く感じられた。

バーバラ・イヤリーが咳払いし、あたしは思いなおした――〝父さんはそんなにひどい病気じゃないかもしれない。あたしが会いに行ったら喜んで、元気になって、父さんがベーコンを焼く横で一緒に《リボルバー》を聴けるかもしれない〟あたしは深く息を吸い、違う方向から切り出した。「答えがほしくて来ました。それだけです」

「お母さんからは何を聞いてる？」

「何も。出生証明書があるだけです。母は……父さんのことを話したくなかったんじゃないかと」

バーバラ・イヤリーの目に苛立ちが浮かんだ。「あなたのお母さんに会ったことはないの。フランクが写真を送ってきて、結婚式にも招かれたけれど出席できなかった。ダンの具合が悪くて」

夫はどこにいるのだろう？　家のなかは冷え冷えとして、ひとけがなく、たずねるまでもなかった。「ミスター・イヤリーは……？」

「九年ほど前に亡くなったわ。のどにがんができて。そのときにはもうあなたのお父さんは施設にいた」ミセス・イヤリーは深く震える息を吸い、「それでも、いまダンとトムが一緒にいると思うととても慰められるの」

「トム？」

「幼くして亡くなったわたしたちの子ども」バーバラは電灯のスイッチの上にかかる白黒写真を指さした。「これがそう。三歳の誕生日に写真館で撮った写真」

無地の背景の前で幼い子どもが三輪車にまたがっていた。桃色の頰とくびれのついた手首。亡くなった理由をたずねる勇気はなかった。「どんなに悲しまれたことか」

「それはもう想像を絶するほど」

「父さんを引き取ったのは、トムのことがあったあと……？」

バーバラはあごをつんとあげ、うなずいた。「あの子が謎めいた状況で見つかったのは知っていた、でもいま思うと、わたしたち夫婦はそれが目に入らないくらい思い詰めていた」

急にいまいる場所が現実に寒くなり、鳥肌がぞくっと両腕を這いのぼった。「どういうことですか、〝謎めいた状況〟って？」

「それを話しても意味がないわ。実際に何があったのかは誰にもわからないのだから」

「わかっていることだけでも話してもらえませんか？　あたしにとっては重要なんです」

「あの子はダルース郊外の三十五号線ぞいの休憩所で保護されたの」バーバラはため息をついて話しはじめた。「ここから百数十キロほどの場所で。休憩所内のガソリンスタンドにいた二人の目撃者によると、奇妙な風貌の男が少年を長距離バスから降ろして、建物の裏に連れていった。しばらくしてガソリンスタンドの二人は心配になり、トイレのドアのカギを開けると、さっきの子が血まみれで意識を失い、男の姿はどこにもなかった。ガソリンスタンドの店主が警察を呼び、すぐに病院に連れていったけれど、その子の両親も、その子に危害を加えた男も見つからなかった。

少年は病院に運ばれる前のことは何もおぼえていなかった。養子縁組あっせん所から電話があって、わたしたちは彼に会いに行き、うちに来るかとたずね……」バーバラはまたしても灰色のカーディガンの襟を首に掻き寄せ、「そのときからわたしたちの子になった。ダンの父親の名前をもらってフランシスと名づけて。たぶん……」そこでふっと息を吐いた。「たぶん、あの子を養子にしたのは判断が甘かったのね。トムにとても似ていたという理由だけだった。まるで本当の兄弟のように」バーバラは水の入ったグラスの縁をとてもやさしく、赤ん坊の耳の渦巻きをなでるかのようになで、「生きていれば今年で四十歳」あたしにというより、ひとりごとのように言った。

「どんなにおつらかったことか」あたしはもういちど慰めの言葉を口にしながら、どうしたら父さんの話をもっと聞きだせるだろうと考えをめぐらせた。「フランシスは……どんなふうでしたか、小さいころは？」

「何が言いたいの？」

〝何が言いたいの？〟って、どういうこと？　「何をするのが好きだったとか、一緒に何をしたかとか。どんな本が好きだったかとか。父さんはいい生徒だったんですか？」〝ここに住んでいるあいだに人を食べた？　あなたはフランシスが何者か知っていた？〟

「いいえ」バーバラ・イヤリーは言った。「あまりいい生徒ではなかった」

バーバラはテーブルを指でトントンたたき、窓からアイスクリーム販売車が通るのを見つめた。あたしはじっと待った。販売車が遠くの縁石に停まり、子どもたちの一団が小銭を握りしめて芝生を駆けてゆく。ついにしびれを切らしてたずねた。「写真があれば見せてもらえませんか？」

バーバラは首を振った。「ごめんなさい。悪いけど何も残ってないの」

「何も？　写真の一枚も？」

バーバラ・イヤリーは胸の前でぎゅっと腕を組み、「意地悪するつもりはないの、だから悪く思わないで。苗字は同じでも、あなたはわたしにとってどうみても他人でしかない。あなたのお父さんがずっとそうだったように」

「父さんは他人ではなかったはずです」自分の声に怒りの響きを感じたが、ここで怒ったら追い返されるだけだとわかっていた。「父さんはあなたの息子でした。あなたが選んだんです」そうは言っても、この世界に——この冷たくてからっぽの家のなかに——愛情と呼べるようなものは何もなく、それが過去にあったとも思えなかった。

「わたしには本当の息子がいた。息子の代わりになると思ったのが間違いだった」バーバラ・イヤリーはあたしをちらっと見て、ふたたび窓の外に目をやった。カエデの木の根もとに一匹の黒猫が座り、灰色の小鳥が低い枝で跳ねるのを見ていた。アイスクリーム販売車が音を立てて遠ざかり、ふたたびコマーシャルソングが始まった。「すべてわたしのせいよ。ダンはわたしにまかせると言った、すべてわたしが決めていいと。夫は、子を失った本当の悲しみは母親にしかわからないと知っていた」

母さんのことが頭に浮かんだが、やっぱりなんとも思わなかった。母さんはあたしを愛さなかったけど、あたしも母さんは必要じゃなかった。「父さんがいる病院の住所を教えてもらえますか?」

バーバラ・イヤリーは椅子から立ちあがり、カウンターの上の小物入れから色あせた花柄のアドレス帳を取り出した。そして同じ柄のメモ用紙に住所を書き写して渡した。「夕食に誘えなくて悪いわね。夫が亡くなってから料理はしてないの」

ミセス・イヤリーにドアまで送られながら、あらためてリビングルームを見まわした。黒っぽい板張りの壁にはさまざまな大きさの額がかかっていたが、海の絵や雪の田園風景や色あせたテクニカラーの日没の写真はひとつもなく、刺繍された格言やラファエロの聖母像もなかった。あるのはトムの写真だけだ。

バーバラは、触ったか触ってないかほとんど気づかないほど短くあたしの手を握って放した。〝わかっていたはずなのに〟――あたしは思った。〝こんなことくらいわかっていた、ここに来てもたいして何も得られないことぐらい〟

「幸運を」バーバラ・イヤリーは最後にそう言い、あたしは青白い顔が薄暗い家のなかに消えてすぐに玄関のドアが閉まり、静かにカギがかかるのを見ていた。

リーとはその晩、サンドホーン公共図書館で会う約束をしていたが、着いたときはまだおらず、あたしは図書館員に地元の高校の卒業アルバムがある場所をたずねた。ミセス・

イヤリーの住所を見つけるよりも父さんの写真を見つけるのに時間がかかるなんて変な話だ。

それを言うなら、父さんがクラスのほかの男子生徒と少しも違わないように見えたのも変だった――ネクタイをはめ、ぼさぼさ髪で、級友たちと同じように驚いたように眉をあげ、少しはにかんだ笑みを浮かべている。でも、あたしが母さんに似ていない――あたしの目は薄青いのに母さんは茶色、あたしは丸顔なのに母さんは細長い――のはなぜか、その答えのすべてが写真のなかにあった。

ポートレートの下に書かれた〝フランシス・イヤリー〟の文字を初めて見る名前であるかのようになぞった。この男の子があたしの父さんになる、でも写真の若者はこれから世のなかに出ていき、何かを成しとげようとするふつうの十八歳にしか見えなかった。〝現実を見て、マレン。父さんが部屋の壁を塗り、朝食を作ってくれる望みがどれだけあると思う？〟

疑問の悪いところは、ひとつ浮かぶと必ず次の疑問を呼び起こすことだ。だったらあたしは二十年後どこにいる？　ずっと誰かの家で、自分の家のようなふりをして暮らさなきゃならないの？　誰と旅をするの？――それともずっとひとり旅しかできないとしたら？

――それどころか旅すらできないとしたら？

こんな自分のまま、これまでに犯してきた罪を抱えて、どうして安穏と暮らせると思う？　どうしてそんなことができる？

それを考えるだけでも疲れるのに——そんな人生を生きるなんてとても考えられなかった。あたしはアルバムを棚に戻し、ノートを取り出して書きはじめた。

リーが現われたのは七時四十五分ごろだった。「どうだった？」

あたしは目で答えた。

「そんなにだめだった？」

あたしはうなずいた。

「住所は教えてくれた？」

ポケットからメモ用紙を引っぱり出して机の上をすべらせた。〝フランシス・イヤリー〟（名前を忘れるはずもないのに）、〝ウィスコンシン州タールブリッジ、カウンティ・ハイウェイF、一九〇四六番地、ブライドウェル病院〟

リーが眉をひそめた。「病院？」

「精神科の」

リーが見返した。悲しげな、でも少しも驚いていない目で。「ああ、マレン。気の毒に」

あたしは黙って見返し、小さく肩をすくめた。この一時間で二十年も歳をとったかのように老いと疲れを感じていた。

スピーカーから図書館員の声が聞こえた。閉館まであと十分だ。

「それでも会いたい？」

あたしはうなずいた。

「じゃあウィスコンシンに戻ろう。さいわいここからはそう遠くない」リーが目の前の机に重ねたコピー印刷を指さした。「何それ？」

コピーを一枚手渡し、リーは目を通した。

わたしはマレン・イヤリー、十六歳。これからお話しすることは趣味の悪い冗談に聞こえるかもしれませんが、下に書いた名前と日付が行方不明者の記録と合致するのを見れば、わたしがひどいユーモアのセンスの持ち主でもなく、暇を持て余している人間でもないとわかるはずです。

「冗談だろ。本気でこんなもの誰かに送るつもりじゃないよね」

「いけない？」〝**真実は汝《なんじ》を自由にする**〟

「誰も信じないよ」

信じようと信じまいと関係ないと言いたかった。でも考えてみたらリーには理解できないかもしれない。だからこう言った──「信じる人もいるかもしれない」リーが来るのを待つあいだ、あたしはコンピューターでこれまで自分が〝悪いこと〟をした町の警察署の住所を調べあげた。そしてノートに告白文を書き、九部コピーした。どこで警察を待てばいいかわからなかったが、それはあとで調べて書き加えればいい。

書いたことで心のどこかはほっとしていた。でも別のどこかはいまも暗闇のなかを走っていた。

「さあ、行こう。なにも今夜送らなくていいだろ。できるだけ急いでタールブリッジまで行って、ゆっくり眠れる場所を見つけよう」

ウィスコンシン州に戻り、道路の両側に畑が広がりはじめた。日の光が消えかかるころ、ひとつの影が左手の丘を勢いよく駆けおりた。リーと旅を始めてからたくさんのシカを見たが、キャビンの壁に飾られたものか、路肩で倒れて動かない(傷はないが死んでいる)ものだけだった。「待って」あたしの声にリーがブレーキを踏んだ。シカが道路をぴょんと横切り、有刺鉄線のフェンス脇の草の縁ぞいを走っていった。

夕闇のなか、有刺鉄線の上空で綿の玉のようなしっぽがまぶしく光り、その瞬間、世界が止まったような気がした。シカは後ろ脚でフェンスを――いとも軽々と――飛び越え、またたくまに別の丘の頂《いただき》を越えて消えた。いままで生きてきて、あれほど優雅なものを見たのは初めてだった。

タールブリッジに着いたのは午後十一時をとうに過ぎていて、そのまま町を抜け、ブライドウェル病院に通じる脇道を過ぎてオッティニュワコ州立公園に向かった。と、いきなりリーはUターンし、車のなかのものすべてが右から左に傾いた。「さっきの標識、見た？」

「どの標識？」

「新開発地区方向。〝デザイナー住宅展示会場〟。つまりモデルハウスができてるってことだ」二日続けて本物のベッドで眠れるかもしれない、なかに入れさえすれば。

通りはできたばかりで、まだ街灯もついていなかった。建設中の――木造の骨組みだけで壁のない――家の前に車を停め、舗装されていない道路を開発地区のてっぺんにある家まで歩いてのぼった。みごとな緑の芝生、きれいに刈られた生垣、玄関ドアにはマツカサとピンク色のリボンのリース。天井が聖堂ふうの玄関に、車二台が入るガレージ。

リーは身をかがめて家の横にまわり、あたしはあとをついていった。別の芝生の一画を見渡す広い木製デッキがあり、土地の境界が囲い柵で区切られている。リーは階段をのぼり、身を乗り出してスライド式ガラスドアのカギを調べ、後ろポケットから何か――小さな金属棒――を取り出してカギ穴に差しこんだ。

「カギ開けなんかどこで習ったの？」

「職業訓練の時間」穴に差しこんだ棒を動かしながらリーは思い出し笑いをした。「先生が病気で休みだった日にクラスメートが授業してくれた」

かちっという音がしてリーは立ちあがり、ドアを開けた。「お先にどうぞ」そう言ってあたしのあとからキッチンに入った。丸いダイニングテーブルがあり、プラスチックのレモンが山と積まれた赤い陶器の鉢が置いてあった。片側にはバーふうの丸椅子が並ぶアイランドキッチンと、ステンレスの巨大な冷蔵庫に、六口のコンロ。

さっそく靴を脱いで探検を始めた。冷蔵庫を開けると、あとは焼くだけのクッキー生地が六個の容器のなかに入っていた。「オープンハウス直前に焼くつもりだな」リーがあたしの肩ごしにのぞいて手を伸ばし、容器をひとつ取り出した。「家じゅうを家庭的なにおいで満たすために。お腹すいてる？」

あたしがうなずくと、リーはオーブンから天板を引き出し、温度を百八十度に設定して容器を開けた。キッチンの流しで手を洗い、しばらくのあいだ幸せな気分で生地を一枚ずつ引きはがして天板に並べた。

クッキーをオーブンに入れてからダイニングルームへ移動した。テーブルはディナーパーティ用にセッティングされていた——枝つきのバラ模様で縁取られた磁器の皿、真紅のナプキンをはさんだエナメル仕上げのナプキンホルダー、重そうな銀食器、クリスタルガラスのワインゴブレット、その他あれこれ。

奥のリビングルームはもっと重厚な雰囲気だ。木彫りの肘掛けのついた青いビロードのソファがふたつに、タッセルつきの重い錦織りのカーテン、そして壁のほぼ一面を占める骨董ふうの大きな飾り棚。リーが脇を通って部屋に入り、花瓶を手に取ってはまた置いて言った。「モデルハウスなんてばからしいよな。この家をなかみごとそっくり買う人がいたとしても、ここに座る人は誰もいないんだから。まるで美術館だ」

「でもすてきじゃない。母さんがこんなふうに家を飾ったことは一度もなかった。そんなことをするほど長く一カ所にいたことなかったから」

「うちはずっと同じ場所だ」リーはクリスタルボウルに身をかがめ、なかのポプリのにおいを嗅いだ。「ぼくの母さんはどう言いわけできる？」

玄関のドアの脇には郵便物を置くテーブルがあり、さまざまな種類のパンフレットと小さなプラスチックトレイに入った名刺が置かれていた。この家を、家族が本当に住んでいるみたいに見せようと作った人たちの名刺だ。そんな仕事があると思うと、なんだかおかしかった。

シュガークッキーの焼ける香りが部屋じゅうに立ちこめ、二階にもただよってきた。二階にはまず空き部屋があり――もともとが空き家だから〈あき・へや〉はない――ツインベッドが並ぶ子ども部屋があった。部屋の隅にはロッキングチェア、両ベッドのあいだのナイトテーブルには青いラバランプが置かれ、ベッドは小さな虹がパターンプリントされたおそろいの掛け布団で整えられている。さらに廊下の奥には四柱式ベッドのある主寝室があり、金色で縁取られた小型クッションがうずたかく積んであった。

「同じこと考えてる？」戸口に並んで立つリーがきいた。

「うん」あたしたちは分厚いベージュの絨毯で助走をつけ、小さい子どものようにくすくす笑いながらジャンプし、手作りキルトふうの掛け布団の上にどさっと着地した。

オーブンのタイマーが鳴り、一階におりて夕食にクッキーを食べた。

家のなかに電子機器はひとつもなかった。それに気づいたのは、リーが大画面テレビを期待して家族部屋の〝エンターテインメント・スペース〟の上の大きな戸棚を開けたときだった。レンガ造りの広い暖炉の両側には本棚があった。何冊かは本物の本で、それ以外はとても長い木片に刻みを入れて金と真紅で色を塗り、革綴じのように見せかけた――映画のセットにあるような――偽物だ。正面の芝生と、土ぼこりの舞うできたての通りを見渡せる窓ぎわのテーブルにはプレイヤーを待つようにチェスボードが置いてあったが、二人ともやりかたを知らなかったので、勝手にルールを決めた。チェスの駒は重い乳白色の石でできていた。あたしは手のひらでクイーンの重みをたしかめ、リーのマス目の黒いキングを突き倒してからボードに戻した。

そろそろ寝る時間だ。子ども部屋に入ると、リーがついてきた。「四柱式のベッドで寝たくないの？」

「あのクッションを全部もとに戻すのは大変そうだ」リーは虹模様の掛け布団を引きはがして、なかにもぐりこんだ。

あたしはラバランプのスイッチに手を載せた。「つけてもいい？」リーが窓のカーテンが閉まっているのを見てうなずいてから、スイッチを入れた。青い不気味な光が部屋を満たし、ランプが温まると小球が次々に浮かびあがり、上に向かって動く奇妙な影を壁に投げかけた。あたしはドア側のベッドにもぐった。シーツはごわごわしてプラスチックのにおいがした。いちども洗ってないのだから当然だ。

「リー？」

「ん？」

「ガールフレンドがいたことある？」

「うん、前に一度」

心臓がどきどきしはじめ、音がリーに聞こえるのではないかと不安になった。「なんて名前？」

「レイチェル」

「かわいい名前だね」

「うん」一瞬の間のあとリーは言った。「きみを見てると、ときどき彼女を思い出す」

あたしはリーの顔が見えるように片肘をついた。「本当？」

リーはちらっと見返し、「うん。よく本を読んでた。ジェイン・オースティンとか、そんなやつ」

「何が……」言いかけて怖気づきそうになった。「何があったの？」

「話せば長い」

あたしは無理に笑みを浮かべ、「時間はひと晩じゅうある、でしょ？」

「わかった」リーは記憶を正しく並べなおすかのように少し考えてから話しはじめた。

「ある晩――レイチェルをうちに連れてきた。ケイラが会いたがって、ぼくも二人なら女の子どうしの話ができると思った、ケイラには相談相手が必要だと前から思ってたから――

—母さんは冷蔵庫に食べ物を入れておくのもやっとの人間だから、何かを相談するなんてとうてい無理だった——それで三人で楽しく過ごしてた、ルートビアを飲んで、くだらない冗談に笑って。そこにやつが現われた」リーは虹模様の掛け布団の上で片手を握りしめた。「母さんの男の一人だ。あいつらはどれもみんな同じ、わかるだろ？　学校から帰ると、そいつがカウチにだらっと寝そべってた。サイドテーブルにはビールの空き缶が二ダース、そいつのむくんだ毛深い手にも開けた缶が一本、テレビではよくも近所から苦情が来ないものだと思うくらいの大音量でカーレースの中継をやってた。冷蔵庫からもう一本ビールを取ってこいと言われて、ぼくは召使じゃないと答えると、〝そろそろ母ちゃんに追い出されるころだ〟と言いながら、自分のほうがよっぽどふさわしいような憎まれ口でぼくを呼びはじめた。だから言ってやった——〝いや、そろそろあんたが追い出されるころだ〟って」リーはため息をついた。「ビール代はいつも母さんが払ってた。そのときにはもう、やつはカウチから立ちあがって目の前に立っていて、この一週間にやってきた吐き気のするようなあれこれのにおいを発していた。路地で小便して、ゴミ箱に吐いたにおいだ。やつがののしりながら部屋じゅうつけまわすあいだ、ぼくはドアにカギをかけてブラインドをおろした」リーは冷ややかにくっと笑い、「あの野郎、あんなことになろうとは夢にも思ってなかった。やつらはいつだって飲んだくれて、何も考えちゃいない。

ただ、あのときはケイラとレイチェルが家にいた。二人をケイラの部屋に行かせてドアにカギをかけた、そして……ぼくは……レイチェルは音を聞いたんじゃない。見たんだ」

リーはごくりと息を呑み、「それでぼくは家を出るしかなくなった」

「何があったの？」思わずベッドの上で正座した。「その……レイチェルはどうしたの？」

リーは天井を見ながら続けた。「レイチェルは悲鳴をあげなかった――最初は。ただ口をぽかんと開けて、すごく長いあいだぼくを見つめていた。近づく前に――つまり、彼女を落ち着かせようと思って――洗い流したかったけど、バスルームにたどり着く前に逃げ出すんじゃないかと心配になって、その場に立ったまま、わかってもらおうと話しかけた。

〝きみのことは絶対に傷つけない、ぼくが襲うのは誰かを傷つける人だけで、そうせずにはいられないんだ〟と。でもレイチェルは戸口で彫刻の像のように立ちすくむだけだった」リーは深く息を吸った。リーが泣いてるのが、でなければいまにも泣きそうになっているのがわかって、あたしはベッドのあいだの床に座り、彼の手をそっと叩いた。

「ケイラが寝室のドアを開けてぼくの名前を呼び、出てもいいかときく声がして、レイチェルはわれに返った。家から飛び出していったけど、あとを追うことはできなかった、そんなことしたらぼくに追われてると思うだろ？　後始末をして、しばらく待ってから――

永遠のように長く感じた――ケイラにちょっと出てくると告げた。何があったのか、レイチェルとケンカしたのかとしつこくきかれたけど、ケイラには何も言わなかった」リーはあたしの手を取り、ぎゅっと握って放し、そのあとあたしは手の置き場に困った。

「レイチェルの家に車を飛ばすと、父親がドアまで出てきた。もともとぼくのことが嫌いで、それが顔に出ていた――そら見たことか、っていうようなさ？　やっぱり思っていたとおりだ、みたいな。ぼくが入れないように入口の網戸のカギをかけ、肉付きのいい腕を用心棒みたいに胸の前で組んで言った――娘は帰ってきたとたん吐き戻し、誰かが食べられたとか、わけのわからないことを口走っている、と。両親がレイチェルの言葉を文字どおりの意味だとは思わず、こう思ったのはあきらかだった――ぼくが彼女を酔わせ、そして……」リーは息を吐き、両目に指を押し当てた。「とにかく彼女の父親にはこう言った――レイチェルには指一本触れてないし、傷つけたこともないと。でも信じるはずもなかった。レイチェルが二階で叫び、わめき、母親がなだめようとしている声が聞こえた」そこで目から指をはずし、「レイチェルのことは誰よりも愛してたけど、安心させてやることも、わかってもらうこともできなかった。父親はぼくの目の前でドアをバタンと閉める前に言った……」リーは低い、脅すような口調で、「〝今後、娘には二度と近づくな、わかったか？〟」そこでふっと口をつぐみ、「ケイラがいなかったらぼくは自殺してたと思う」

　こんな話を聞くまでは〝胸が張り裂けそう〟なんて、ただの言いまわしにすぎないと思っていた。リーを慰めたかった――手をそっと叩き、かわいそうにと言葉をかけるだけじゃなく、実際になんとかしてやりたかった。怪物であることから逃れられないのなら、どうしてあたしにはこの状況をどうにかする魔力みたいなものが備わってないんだろう？

「それからどうなったの？　翌日、学校へ行った？」

「そんなことがあったあとでどうして行けると思う？　あったことは隠せない。噂になる。ぼくが何かひどいこと、赦《ゆる》されないことをしたと誰もが思った。実際に何をしたかは知らなくても、それだけで充分だった」

「それでレイチェルは？」

　リーは首を振り、「二年間、会ってない。あの夜から」

「あなたに会いたいと思わなかったの？」

「会いたくても会える状況じゃなかった。ぼくは彼女の人生を台無しにしたんだ、マレン。レイチェルは病院に行かなきゃならなくなった。学校もやめさせられた。連絡を取る手段もない。話もできないし、説明もできない。精神に異常をきたした人たちと一緒にあんな場所に閉じこめられて、クレヨンで絵を描いて、スプーンでマッシュポテトを食べてる、そんな彼女の話を信じる人は誰もいない」

〝精神に異常をきたした人たちと一緒にあんな場所に閉じこめられて〟――あたしの父さんみたいな人たちのことだ。

リーは泣きだし、こんどは隠そうともしなかった。あたしがベッドの横に座ると、リーは上体を起こしてあたしの肩をつかみ、額を首のくぼみに乗せた。「今までこのことは誰にも話したことがなかった」リーの声は不気味なほど冷静で、彼の言葉が自分の体のなかでうなるのを感じた。「どうしてケイラに話せる？　ぼくがいい人だと今でも信じてる、世界でたった一人の人間に」

「あたしもあなたがいい人だと思ってる」

リーは力なく笑った。「きみはまだぼくのことを知らない」

「あたしたちのどちらかはいい人でいなくちゃ。そしてそれは絶対にあたしじゃない」

「レイチェルを家に連れてきたのが間違いだった。どうして二人をアイスクリームか何か買ってきてと外に出さなかったんだろう？」体を離したリーの目は真っ赤だった。「こんな話、聞かないほうがよかったと思ってるだろ？」

「しょっちゅう家に帰るのは、そのためでもあるのね？　レイチェルに会えるんじゃないかって」

リーはベッドに横になって目を閉じ、あたしは自分のベッドに戻った。慰める時間は終わった。「駐車場に車を停めて、座ったまま、どの部屋だろうと建物を見あげるだけだ。何度か入ろうとしたけど、ぼくのことは彼女の両親から病院に伝わってる。レイチェルに会わせてもいい人のリストがあって、それに名前がなければ入れない。やったことは取り返しがつかないけど、せめて彼女に話をすることができれば、少しは違うかもしれない」

「今も……愛してる？」

「うん」リーはゆっくりと答えた。「うん、もちろん。前とは……違うけど——この意味わかる？　ぼくたちはもう終わった、でも、このままじゃあんまりだ——レイチェルにはもっといい人生があったはずなのに」

精神科病棟にいる女の子に嫉妬するなんて思ってもみなかった。でも……もしレイチェルと代われるとしたら代わりたかった。そうしたら問題は解決する——レイチェルとあたしのどちらも。父さんとあたしは隣どうしの部屋で、チェッカーをして、白いパジャマを着て芝生を行ったり来たりできる。一緒に《リボルバー》だって聴けるかもしれない。

リーが目を開けた。「緊張してる？」最初はなんのことかわからなかった。父さんのことだ、もちろん。フランシスのこと。「どう思う？」

「ぼくがきみだったら？　うん、するだろうね」

やがてリーは顔に涙の跡をつけたまま寝入った。あたしは横向きに寝転び、青い小球が形になって浮かぶのを見ていた。

翌朝のリーはよそよそしく、目覚めると、カーテンを開けて夜明けの淡い光を部屋に入れていた。「ショールームの業者がいつやって来るかわからない。キッチンも片づけなきゃならないし」不動産業者はクッキー生地の容器がひとつ減っていることに気づくだろうか？ そんなのどうでもいいけど。

キッチンにコーヒーメーカーがあったので、ちゃんと淹《い》れたコーヒーを飲んだ。クリームは容器に入った粉末しかなく、会話もなかった。あたしが近づくたびに――マグカップをつかんだり、リーが粉末クリームをかきまぜるのに使ったスプーンを借りたりするたびに――リーは手や肘がちょっとでも触れたらとんでもないことになるとでもいうように身を離した。

最初は黙っていた。リーから話しかけてほしかった。でも、ついにしびれを切らしてたずねた。「なんなの、その態度？ レイチェルのことを話さなきゃよかったと思ってるの？」

リーはため息をついてマグカップをすすぎ、水滴を振り落として食器棚に戻した。「まあ、そんなふうに言われたら……」

「あたしのせいじゃない」

「きみのせいだなんて言ってない」

「あなたの人生についてたずねただけ。友だちってそういうものでしょ」

リーは答えなかった。あたしたちは昨晩、通って来た道をたどって車に戻り、未完成の開発地をあとにした。ブライドウェルまではあとわずか八キロかそこらだ。いざ着いたらどうなるの?

運転席のリーは相変わらず石のように黙りこんでいた。頭のなかであらゆる可能性を考えた——あたしが言えることと、リーが返しそうな答えを。〝あたしをタールブリッジで降ろしたら、あなたはヴァージニアに戻って、もう二度と会うことはないよね?〟ときいて、リーが〝そうだね〟と答えたら、もうリーのことを〝たまたま知り合った人〟みたいに思ってるふりはできない。あたしは泣いて、リーはあたしの気持ちに気づくだろう。

だから、最初から自分はそのつもりだったみたいなふりをしなければならない。「ここで終わりだね」ブライドウェル病院に通じる脇道に入ったところであたしは言った。

「どういうこと?」

「ここであたしを降ろして、あなたはヴァージニアに帰る」

「なんだって?」リーが運転席からこっちを向いた。「いったい何をするつもり? 自分も入院する気?」

病棟は丘のはじにそびえていた。三階建てのレンガ造りで、窓には格子がめぐらしてある。駐車場と高い錬鉄フェンスのあいだにある守衛小屋の前で車を停めた。守衛は、上腕部に〈ブライドウェル病院警備〉のパッチがついた濃紺の制服を着ていた。「面会ですか?」

リーがうなずいた。

「わかりました。車のナンバーだけ書き留めます、どうぞなかへ」

駐車場はがら空きだったが、リーは正面玄関からできるだけ遠い場所に車を停めた。

「答えろよ、マレン。何をする気?」

「なんだっていいでしょ」

リーは怒ったようにふっと息を吐き、車から飛び降りた。

「なんでいきなり心配してくれてるような態度を取るの?」運転席からぐるっとまわって助手席のドアを開けるリーにあたしは言った。「友だちを作りたくないって言ったのはそっちよ」

「まともな計画もないまま、きみをここに置いてはいけない」

「まともなって言ったんだ、マレン。あの男は得体が知れない、わかってるだろ」

「サリーが寝てるあいだにあなたを刺した？　シチューに毒を入れた？」

「やめろよ。何バカなこと言ってんだ」

「これから父さんに会いにいく、そのあと何が起ころうとあなたには関係ない」

リーは本当に傷ついたように見えた。「本気？」

「うん」と答えたけれど、彼の目を見られるはずもなかった。「本気よ」

「もし気が変わったら？」

「変わらない」

「変わるよ。ぼくにはわかる。でも、きみが戻ってくるのをいつまでもぶらぶらして待ってるわけにはいかない、マレン」

あたしはリュックサックを肩にかけ、助手席のドアをバタンと閉めた。「だったら待たないで」

9

フランシス・イヤリーに面会したいと告げると、受付の女性は眉毛テンプレートで描いた眉をあげた。「ドクター・ワースにきいてみます、しばらくお待ちを」正面の壁にはツイードのジャケットを着た白髪の男性の実物より大きな写真がかけてあり、重そうな金色の額の下にあるプレートにこう書かれていた――

医学博士ジョージ・ブライドウェル
いかなる診断や処方をしようとも、
医者の最善の道具は慈悲心である。

「ドクター・ワースが院長室でお会いいたします」受付係が言った。「どうぞこちらへ」あとについてデスク脇のドアを通り、灰色の長い廊下を進んだ。受付係がドアを開けて手招きしたが、院長室には誰もいなかった。「ここでしばらくお待ちください」受付係はそう言って出ていった。

デスクの上にはカエルの形をしたガラスのペーパーウェイトが押さえる紙もなく置かれ、奥の壁ぞいの本棚には医学書が並んでいた。整然とした部屋だが、天井には大きな水染み《みずじみ》ができていた。二階で誰かが大量の紅茶をこぼしたかのような、濃さの違ういくつもの茶色い染み。窓からは駐車場が見渡せ、遠くに黒い小型トラックが見えたとたん、うれしさで胸がいっぱいになった。

ドクターが入ってきた。短く切った赤毛にメタルフレームの分厚いメガネをかけた女性の医師は母さんより少し年上に見えた「おはようございます」デスクの椅子に座りながらきびきびした口調で言った。「ブライドウェル病院院長のドクター・ワースです。フランシス・イヤリーに面会したいと？」

あたしはうなずき、「娘である証明が必要なら、ここに出生証明書があります」折り曲げた青い紙をデスクごしにすべらせたが、ドクター・ワースは見もせず、持ってきたファイルフォルダーを開いた。

「残念ながらミスター・イヤリーの病状はよくありません」ドクターはフォルダーのなかの書類を見ながら説明を始めた。「心配なのは、何年も面会がなかった患者には刺激が強すぎるかもしれないということです、そしてあなたにも」

「これまで一度も見舞い客がなかったってことですか？」

ドクター・ワースはまたもや書類にざっと目を通し、「そうです」

「それは面会が許されなかったから？　それとも……誰ひとり来なかったってことですか？」

ドクターは職業的な思いやりの仮面の下に表情を収めた。

「どこにいるか知らなかったんです。知ってたら、もっと早く来てたはずで」

「その点についてはご心配なく。実のところ、良識的観点からすれば今の病状の患者に未成年を会わせるべきではないのです」ドクターはフォルダーを閉じて出生証明書を開いた。

「あなたはまだ十六歳。お母さんはどちらに？　あなたがここにいることを知っているの？」

くねくねした天井の染みの輪郭を目で追っていると、大きな茶色い染みが失われた大陸の地図のように見えてきた。「母は来られなくて、でも……あたしがここに来たのは知ってます」

「本来なら、お母さんと一緒でなければ病室に入れることはできません」

あたしは身を乗り出し、ドクター・ワースのデスクの縁をつかんだ。文字どおりしがみついていた。「父の具合が悪いのは知っています、ドクター。あたしがこうして会いに来たことを知ってほしいだけなんです」

「お母さんとは一緒に住んでいるの？」

「今は違います」

「じゃあ、今はどこに？」

あたしはごくりと唾を呑み、「友だち、と？」

ドクター・ワースは老眼鏡の上から見おろし、「ああ、そういうこと」

「父に会わせてもらえますか？」

ドクターはため息をつき、「会っても、はたしてあなただとわかるかどうか。どうしても会いたい気持ちはわかるけれど、こんなことは、正直なところ誰も予想していませんでした」

「はい。わかります」

ドクター・ワースは身を乗り出し、電話のインターコムボタンを押した。「デニーズ、トラヴィスをわたしの部屋まで呼び出してくれる？」

待っているあいだ窓の外を見やった。小型トラックはいなくなっていた。目を閉じて深く息を吸った。〝もう二度と彼には会えない〟

　しばらくしてドアが開き、灰色の医療用スクラブを着た男が入ってきた。長身で、やや太り気味で、伸びすぎた髪。とても柔和な、テディベアのような雰囲気で、見た瞬間から親切な人だとわかった。

「トラヴィス、ミスター・イヤリーは起きている？」

　トラヴィスと呼ばれた看護助手はあたしに笑いかけ、挨拶してから答えた。「はい、ドクター」

「それで今日の具合は？」

「かなりいいといいのあいだくらいです。意識は清明。朝食もほとんど食べました」

　ドクター・ワースはうなずき、あたしに向きなおった。「お父さんに十分間、会わせましょう。あなたの安全のため、面会のあいだはトラヴィスが付き添います」

〝あたしの安全のため？〟

　精神病棟の内部がどんなものかは知っていると思うかもしれない。でも、それはたぶん間違っている。そこには鉄格子のあいだから手を伸ばしてつかみかかろうとする錯乱した人もいなければ、暴れて泣いたり、鎮静剤を打たれたり、拘束服を着せられたりするような人もいない――すくなくともあたしは一人も見なかった。談話室にはクラシック専門局に合わせたラジオが流れ、さまざまな年齢の人たちがチェッカーやソリティアをしたり、手紙を書いたり、水彩画を描いたりしていた。パジャマの人もいれば、きちんと服を着た人もいるが、ひとりごとを言う人も、たがいに話す人もいなかった。

だぼっとした灰色のセーターを着た、淡い色の髪の少女が老女のように膝の上で手を組み、病院の裏の森が見渡せる窓ぎわの椅子に座っていた。その顔には、夜中に妖精たちがやってきて救い出してくれるまで時間をつぶしているだけのような、ひたむきな、渇望ともとれる表情が浮かんでいた。レイチェルのことが頭をよぎった。

高齢の患者のなかには車椅子の人もいた。横を通るときに彼らが目をあげたら、そこに好奇心のひらめきが浮かぶのではないかと思ったが、ひと目であたしが食事や薬を持ってきたのではないとわかると、それきりなんの反応もなかった。彼らの目的からすれば、あたしは存在しないも同然だった。

車椅子の女性が先のとがっていないプラスチックの編み棒で襟巻を編んでいた。襟巻は何メートルも続いているようで、色を変えながら膝の上で折り返されて山になり、すぐ脇の床に置いた大きな花柄のハンドバッグのなかに消えていた。手慣れた、無気力な動きで針を見もせず編んでいる。巨人のための襟巻か、そうでなければ誰のためのものでもないのだろう。

前を行くトラヴィスは両開きドアをいくつも通って長い廊下を進み、突きあたりのドアの前に来ると、ベルトから鍵束の輪をはずした。父さんは三重ものカギの奥に閉じこめれている。そう思うと胸が苦しくなった。

男がドアに背を向け、クッションをきかせた小さな台のところに座っていた。あたしたちが入っても振り向きもしない。顔を見る前にベッドのほうを見た——白い枕、白いシーツ、両脇の手すりからぶらさがる、昼寝時間のための革の拘束具。あたしは一歩近づくごとに椅子に座る男の横顔を見ながら、思いきって部屋の奥に進んだ。

「きみにお客さんだ、フランク」トラヴィスが大げさなくらいやさしい口調で呼びかけた、まるで幼い子どもに言うように。「きみがずっと待っていた人だよ、とてもとても長いあいだ、そうだろう？」

卒業アルバムの青年はどこにもいなかった。父さんは薄青い潤んだ目であたしを見あげ、灰色の無精ひげの生えたあごと首の筋肉をこわばらせた。でも、笑いもしなければ、声を発しもしない。

「こんにちは」あたしはささやいた。「こんにちは、父さん」

〝父さん〟——これもまたあの架空の言語の言葉みたいに思えた。あたしの声に父さんの目は見開かれ、涙が両頬にこぼれ落ち、さらに懸命にあごを動かした。唇が動いたが、何を言いたいのかはわからない。胸がぎゅっと締めつけられた。〝父さんが二人ぶんの朝食を作りながら歌うことは決してない〟

「父は……父さんはしゃべれないの？」

「薬のせいでね」背後からトラヴィスが椅子を持って近づき、やさしく言った。「さあ。座って」あたしが腰をおろすと、トラヴィスは片手を父さんの手にのせた。反対の右手はクッション台の下にある。「大丈夫だ、フランク。落ち着いて。大丈夫だから」そしてあたしに向かって、「最初のころ、フランクにはこう言った――きみの子どもが会いに来るにはまだ早い、ここまでひとりで来るにはまだ幼すぎると。彼が理解したかどうかはわからない」トラヴィスはそこで言葉を切り、「正直なところ、あと数年は先だと思っていた」

一分前に会ったばかりなのに、この人はあたしが誰で、なぜここに来たのかを知っていた。あたしは困惑し、「じゃあここに長く勤めているのね」かろうじてそう言った。

トラヴィスは半笑いを浮かべ、「歳をとればとるほど時のたつのは速くなる。考えてみれば当然だ。人生のなかで一日の占める割合がますます小さくなってゆくのだから」

あたしは父さんを見た。「触れてもいい？」

トラヴィスはうなずいた。「でも、ほんの短いあいだだけだ。もし取り乱したら離れて」

「いまは取り乱してる?」

「いや、取り乱してはいない。驚きのあまり呆然としているだけだ」

あたしは父さんの手を取り——思ったとおり弱々しく、血の気がなくじっとりしていた——その目があたしの肩ごしの、ベッド脇の引き出しを開けるトラヴィスを見ているのに気づいた。「きみに読んでほしがっているものがある」トラヴィスが言った。

父さんを振り返ると、なおも不安そうにトラヴィスを目で追っていた。「どうしてわかるの?」

「お父さんがブライドウェル病院に来たのは、わたしがこの仕事について最初の週の夜だった。それ以来フランクとわたしはずっと同じ道を一緒に歩いてきたような気がする、そうだな、フランク?」

父さんはうなずいた、というか、そうしようとしていた。

「父さんはここに何年いるの?」

「十四年ほどだ」トラヴィスは探し物を見つけ、目の前の台に置いた。最初見たときは、てっきりトラヴィスがあたしの日記を持ってきたのだと思った。もちろん、あたしのより古いが、同じ黒と白のマーブル模様の作文ノートで、表紙は経年で黄ばみ、なかのページは古いこぼれ染みでしわが寄っていた。恐ろしいほど見慣れたノートだ。「これをあたしに……」

あたしは、見張り番のようにドアの脇に立つトラヴィスを見た。

トラヴィスはうなずいた。「フランクはきみに読んでもらいたがっている。きみのために書いたものだ」

ノートを開くと、最初のページは、ようやく判読できるくらいの男っぽいなぐり書きで埋められていた。これが父さんの筆跡？ あたしは父さんをちらっと見あげ――その目は流れ落ちていない涙でまだ濡れていた――読みはじめた。

やあ、小さなイヤリー。きみの名前がわかればいいんだが、わたしにはきみが男の子か女の子かもわからない。いや、きみがこれを読むころには大人になっているかもしれない。もし読むことがあれば。きみには心から会いに来てほしいが、わたしのことをどう思うか心配だ。きみに憎まれるのではないかと、そして憎まれても当然だ。きみの母さんはわたしのことを決して話さないだろう、だとしたら、それがいちばんいい。

それでも、もしかしてきみが来たときのためにこれを書いておく。そうしなければ、きみがここに来るころには、もうきみの質問に答えられないかもしれないから。

あたしはページをめくった。

わたしは本当の両親を知らない。今日の今日まで両親がつけた名前すらおぼえていない。いまも鮮明におぼえているのは、きみの母さんと過ごした時間だけだ。この冷たく、何もない部屋で目覚めても、心のなかで幸せを感じるときがある、彼女がひと晩じゅうベッドで隣にいたかのような。枕に残るシャンプーや、隣の部屋で焼けるベーコンのにおいを感じるような気がして、その瞬間にできるだけ長くしがみつく。

それ以外の記憶は空白ばかりで、ここに長くいればいるほど記憶は薄れてゆくだろう。でも、ここにいればわたしは安全だ、小さなイヤリー、そしてきみも。

寒気が背筋を伝いおりた。父さんはあたしのことを知らなかった。あたしがどんな人間か、想像もしていなかったのだ。

イヤリー夫妻はなぜわたしを引き取ったのだろうと、いくどとなく考えた。だが思うに、わたしを送り返せば約束を破ることになり、そうなれば自分たちが悪い人間になってしまうと感じたのだろう。誰も、わたしでさえ、彼らが悪い人間だとは思いたくない。

日に三度の食事と、暖かくて清潔なベッドを与えられても、わたしは幸せではなかった。トムの亡霊から逃げられなかったからだ。イヤリー夫妻はトムのことをわたしの兄のように話すときもあれば（イヤリー母さんの気分が落ちこんだときには夕食のテーブルに四人目の食器が並ぶこともあった）、わたしをトムと呼ぶときもあった。だが、ほとんどの時間、わたしはわたしで、出来の悪い身代わりでしかなかった。トムが生きていたらおまえに自転車の乗りかたを教えただろう。トムならオール5を取っただろう。トムならハーバード大かスタンフォード大に行っただろう。トムは翼の折れた鳥を手当てした。あの子なら獣医か、医者か、あるいは弁護士かエンジニアか、何ものかになっていただろう、しょせん何ものにもなれないおまえとは違って、フランク。

眠っているときもトムの呪縛から逃げられなかった。夢のなかで目が覚めると、トムが天井から染み出し、赤い目を光らせてたんすの上に座り、人差し指で口の両端を引っぱって細長い舌をヘビのようにちらつかせていた。

昼間も誰かに見張られているという感覚を振り払えなかった。たまに学校の窓から外を見ると、赤いフランネルシャツの男がフェンスにもたれ、まっすぐこちらを見ていた。わたしを待っているかのように。いざ外に出ても男はいない。でも、本当にいるのではないかといつもおびえていた。

高校を卒業するとすぐにイヤリー家を出た。大学に行きたかったが、結局行けなかった。お金がなければ、まずは仕事を見つけて学費を稼げばいい、そう自分に言い聞かせるのは簡単だ。そしてある朝とつぜん、ひげそり用の鏡に映る自分を見て、いま大学に行ってもクラスの若者たちに笑われ、〝年寄り〟と呼ばれるだけだと気づく。きみには大学に行ってほしい。わたしの人生が大学に行くことで変わったかどうかはわからない、でも、きみの人生は変わると確信している。

差し金錠と拘束ベルトのあるこの白い空虚な部屋にいると、大学なんてますます程遠いものに思えた。あたしはトラヴィスを見て言った。「もうすぐ十分になるはずだけど」

トラヴィスはちょっと思案し、うなずいた。「すぐに戻る」

そろそろジャネールの話をしよう。

いろんな場所でいろんな仕事をした。友人を作るのに苦労はしなかったが、実際には友人でもなんでもなかったこともあった。嘘をつかれ、だまされたとわかっても、自分からは離れられないような気がした。

二十二歳のとき、ラスキン国立公園の森林警備隊(あたしは身震いした)の仕事についた。キャンプ場を巡回して、ゴミを捨てたり無断で薪用の木を切ったりする者がいないか目を光らせるのが主な仕事だ。ジャネールは入場料を取る門番小屋の窓口係で、わたしは着任したその日になかに入って話をした。そのときも、女の形をした空気人形に赤いかつらをかぶせて助手席に座らせていた独身男の車を見て二人して笑っただけだったが、その日から彼女を愛することになるとわかっていた。きみの母さんは美しいが、見た目以上の魅力があった。公園仕事のいいところは自由時間がたっぷりあって、泳いだりハイキングしたり(仕事中でも簡単に抜けたり)できることだ。正直、二人ともそれほど仕事熱心ではなかった。

トラヴィスが静かに部屋に戻ってきた。「ドクター・ワースは北棟の別の患者を診察中だ。もうしばらくいていい」そう言って大きな白い手を父さんの肩に置いた。「写真を見せてもいいかい?」父さんが小さくうなずくと、トラヴィスはベッド脇の引き出しから別のものを取り出した。革張りの小さなアルバムで、〈二人の最高の夏〉の文字が金箔押しされていた。なかの扉表紙には母さんの筆跡で、きれいな赤いハートマークのなかに〈J．S．＋F．Y．〉、ハートの下には一九八〇と書かれていた。

黙ってページをめくった。ぱりっとした緑色のジャンプスーツの制服をまとい、すらりとした足に頑丈そうなハイキングブーツをはいて森林道に立つ母さん。薄いピンク色の肌がいかにも健康的な、浴槽で髪を染める必要もなかったころの、ずっと前の母さん。馬にまたがる母さん。カメラのレンズをグラスに入ったスプーンに映りこませながらホットファッジサンデーを前に笑う母さん。あたしがその人生を台無しにする前の母さん。

夏が終わるとプロヴァー湖の管理人用キャビンに落ち着き、金持ちの家のポーチを掃除したり、水道管が凍らないよう手入れしたりして金を稼いだ。木曜の夜になると、森林警備隊で知り合ったサム、フリップ、ロビーが飲みにやってきて、薪ストーブの前でポーカーをした。あるとき湖がカチカチに凍り、フリップの小型トラックで面白半分に湖のまんなかまで行ってみた。危険は承知だったが、スリル満点だった。キャビンに戻ると、ジャネールがホットチーズサンドとホットココアを準備していた。きみの母さんはあまり料理をしなかったが、いざやったらとても上手だった。

春が来てジャネールの両親が結婚式にやってきた。努めてわたしに愛想よくしようとしていたが、プロポーズする前にわたしのことを知る機会がなかったのが彼らには不満だった。ジャネールの母親が笑いかけるたびに貼りつけたような笑みに思え、わたしの秘密を知っているのではないかと恐れた。だが二人ともいい人だから、今きみが親しくしていることを祈っている。

きみの母さんは結婚するまでわたしの秘密を知らなかった。何か隠しているとは思っていたが、わたしが話そうと話すまいとかまわないかのように変わらず愛してくれた、だからこのまま話さなくてもいいのではないかと思っていた。

きみがここに来たなら、何をきかれるかわかっている。なぜ母さんと恋に落ちたのか？　どうしてこんなわたしが母さんにふさわしい人間だと——これまでにやった悪い行ないは関係ないなどと思えたのか？

でも考えてみれば、きみも誰かと恋に落ちる年齢になっているかもしれない。もしそうなら、わたしの答えはすでにわかっているはずだ。

ほんの一瞬、今よりいくつか歳をとった自分が、月のように丸いお腹でリーのためにベーコンエッグを焼いているところが目に浮かんだ。そのとたん、絶対にありえないとわかった。

きみにとっていい父親になれたらどんなによかっただろう。本当の父親に。ジャネールからきみをみごもったと聞いたとき、わたしはそうなろうと心に決めた、きみの子ども時代を決して自分のようにはしないと。きみの母さんはもともとほがらかだったが、きみがお腹にいるあいだはますます幸せそうだった。もうきみが生まれたかのように一日じゅう子守歌を歌っていた。

ここを読んだとたん胸が詰まった。母さんはあたしが生まれるのを待ち望んでいた。すくなくともその短いあいだ、あたしは母さんを幸せにしていたんだ。

誰にも話さなかったが、きみがお腹にいるとわかってから、できるだけお金をためようとジャネールはホイップアーウィル湖ぞいにあるホテルの仕事についた。ジャネールが仕事に出ていたある晩、ロビーがやってきた。ひどく飲んでいて、彼は言ってはいけないことを口にした——きみの母さんの体のこととかを。ロビーは言った——〝ジャネールはおまえが思っているほどかわいくて、うぶな女じゃない〟。嘘だとわかっていたが、ロビーの悪口を聞いたあとでは、もはや二人で過ごした夏を、純粋に〝最高の夏〟としては思い返せなくなることもわかっていた。

わたしはロビーに帰れと言ったが、彼は帰ろうとしなかった。〝ただですむと思うな〟とすごんでも笑いとばすだけだった。友人だと思っていた人間が、本当は自分のことをどう考えているのか見きわめるのは実に難しい。

これを書いたのはあたしだったかもしれない。

そのとき思いもよらないことが起こった。きみの母さんが仕事から早く帰ってきたのだ。

わたしは何度も〝決してきみを傷つけはしない、たとえケンカをしていても〟と言ったが、彼女が本当に信じたかどうかはわからない。その夜から、わたしが家を出る夜まで、彼女の愛情を感じながら、同時に彼女の恐怖も感じていた。ジャネールがわたしから離れなかったのは恐怖のせいではないと思いたい。でも、たぶんわたしは自分自身に嘘をついているのだろう。本心はどうだったのか永遠にわからない、今となってはそれが救いだ。

きみの母さんが妊娠八カ月に入ったある晩、言い合いになった。ジャネールはペンシルヴェニアに戻りたいと言い、わたしは自分たちがそうしたように、この森と丘と川を愛しながら赤ん坊を育てたいと言った。しかし、ケンカの原因は住む場所だけではなかった。ジャネールは両親の近くにいたかったのだ、なぜなら怖かったから。わたしがそう言うと、彼女はわたしから身を離して大声をあげた。その目には恐怖が浮かんでいた。わたしはキャビンを出て、よくよく考えた。それ以来ジャネールは笑わなくなった。理由はわかっていた。

あたしは母さんの笑い声を思い出そうとして、できなかった。でも、母さんはあたしを愛していた。確かに。

何枚か空白のページが続き――

きみにとってよき人でありたい、小さなイヤリー、でもできない。わたしにできるのは誠実であることだけだ。だからすべてを話そう。

幼いころの最初の記憶はガソリンスタンドの端に停まっていた長くて大きなバスだ。わたしは男に手を引かれ、給油ポンプの裏のトイレに連れていかれた。顔はおぼえていないが、男はなかに入ってカギをかけ、わたしにひどいことをしようとした、でも、わたしはもっとひどいことをした。男を食べたのだ。

すまない、こんな話はさぞつらく、ショックだろう。この世にわたしのような人間がほかにいるかどうかはわからない。たしかに、この世界には、ふつうの人がステーキやハンバーガーを食べるように人間を食べる人々がいる。わたしがやったのは、それとは違った。わたしはほんの子どもで、乳歯しか生えていなかったのに、何もなくなるまで男の骨を噛みつぶし、食べれば食べるほど空腹を覚えた。

きみの母さんはわたしがやったことを知ったあとも、わたしが怪物だという事実を忘れさせてくれた。まっとうな人生を送り、誠実な人間になれると思わせてくれた、それこそ、わたしが彼女を愛したたったひとつの理由だ。

きみたちのそばを離れたくはなかったが、そうするしかなかった。たとえ自分ではきみや、きみの母さんを傷つけるはずはないと思っても、絶対にないという確信は持てなかった。ジャネールに一度も手紙を書かなかった理由はただひとつ、返事が来ないのが怖くてたまらなかったからだ。今となってはとても後悔しているが、もう遅い。

ジャネールはわたしの太陽だった。この人生でいちばんつらいのは彼女に二度と会えないことだ。

さらに空白のページが続き、ふたたび現われた文字は前よりずっと大きく、子どもっぽかった。

月の最初の日には、同じ病棟でその月に誕生日を迎える全員を祝い、決まって四角いバニラクリームのケーキが出され、ビンゴゲームが行なわれる。わたしは誕生日がわからなかったから、イヤリー夫妻が一月一日に決めた。もしきみの誕生日を知っていれば、その日が来たら教えてくれとトラヴィスに頼んだだろう。そうすれば、きみがその日、どうやって祝っているだろうと想像できる。トラヴィスが今日は一九九一年の四月一日だと言うから、きみはもうじき九歳になる。せめてきみが男の子か女の子かがわかればいいんだが、それを知らぬまま想像するのは難しい。

少し空白があり、ページのいちばん下にこう書かれていた――

トラヴィスはわたしの友人だ。ここでわたしのことを知っているのは彼だけだ。

あたしはトラヴィスを見あげた。「これを読んだの?」

トラヴィスは咳払いしたが、目をそらしはしなかった。「いくらか」

「父さんが……父さんが見せたの? あなたに見てほしいと?」

トラヴィスはうなずいた。

とたんにトラヴィスに怒りを感じた。彼にこれを読む権利はない、どうみても父さんは正常な精神状態じゃないのに。「どうして? どうして父さんはあなたに見せたの?」

「プライバシーの侵害だと感じたのならすまない」トラヴィスの穏やかな答えに、思わず気持ちが和らいだ。「フランクはどうしても読んでほしいと言った。わかってくれる誰かが必要だったんだ、わかるだろう?」

あたしはうなずいてノートに戻った。さらに空白のページが続いたあと――


考えをとどめることができない。何か頭に浮かんでも、鉛筆を手にする前に消えてしまう。ペンは使わせてもらえない、先の丸い鉛筆だけだ。わたしが使う前に、きっと誰かがお金をもらって鉛筆を舐めているのだろう。

忘れることにもひとつだけいい点がある。彼らの顔が浮かんでこないことだ。もう誰の顔も思い出せない。眠っているときも、見えるのは暗闇だけだ。

それでも、引き出しからきみの母さんの写真を取り出し、ベッドのなかでじっと見る、目覚めてすぐと寝る前に。こうすれば彼女の顔を忘れない。写真を見ると胸が痛む、もう二度と会えないとわかっているから、それでも見るのは、彼女の顔を忘れてしまったら、もうわたしには何も残らないとわかっているから。

次のページには青紫色のクレヨンで──

今日、鉛筆を取りあげられた。

それから何ページも空白が続き、もうこれで終わりかと思いはじめたとき、鮮やかな赤いクレヨンで、やっと判読できるくらいの乱れた文字でこう書かれていた。

今日、わたしは字を書く手をだめにした。
手がなくなった
　なくなった
　なくなった

ぎくりとして目をあげた。父さんは目を閉じている。眠っているのかどうかはわからない。

「どういうこと？」トラヴィスにたずねた。「どういうこと、手をだめにしたって？」

父さんは目を閉じたままゆっくりと左手を引き、右をかばうかのように膝にのせた。父さんの顔が、たったひとつのタイプミスで丸められる用紙のようにみるみるしわくちゃになった。トラヴィスはうつむいた。

さらにページをめくると、それから先はたったひとつの言葉で埋め尽くされていた、何度も何度も、クレヨンのすべての色で——

ジャネールジャネールジャネールジャネールジャネールジャネールジャネール
ジャネールジャネールジャネールジャネールジャネールジャネールジャネール
ジャネールジャネールジャネールジャネールジャネールジャネールジャネール
ジャネールジャネールジャネールジャネールジャネールジャネールジャネール
ジャネールジャネールジャネールジャネールジャネールジャネールジャネール
ジャネールジャネールジャネールジャネールジャネールジャネールジャネール

ジャネールジャネールジャネールジャネールジャネール
ジャネールジャネールジャネールジャネールジャネール
ジャネールジャネールジャネールジャネールジャネール
ジャネールジャネールジャネールジャネールジャネール

「お母さんは今どこに？」トラヴィスが静かにたずねた。

「もういない」

「そうじゃないかと思っていた」

あたしは父さんを見た。ゆっくりと、とてもゆっくりと悲しみが怒りに変わった。「どうして質問に答えないの？」

「どうか、マレン。興奮させないようにと頼んだはずだ」トラヴィスはため息をつき、「よく聞いてくれ。大事なことだ。ドクター・ワースがきみの件で電話をしている」

「電話？　どういうこと？」

トラヴィスの目は、飼い主を喜ばせたくてたまらない犬の潤んだ茶色い目を思い出させた。「児童保護局に」

「どうして？」

「ドクターは、きみが大きなリュックサックを持っていると——」

「ドクターの部屋に置いてきた。それがいけなかったの?」

「いや、そうではないが、きみが家を出てひとり旅をしているのはドクターにはあきらかだった」

あたしはため息をついた。「誰かが迎えに来るってこと?」

「それはまだわからない。いいかい、マレン、もしどこにも行くところがないのなら——」

「大丈夫」あたしは言下に答えた。

「仕事は六時に終わる」トラヴィスは続けた。「きみがノーと言いたい気持ちはわかるし、無理強いはしたくない。ただフランクはわたしに、せめて手を差し伸べるくらいはしてほしいと思っているはずだ」

父さんの目は固く閉じられたままだ。

「ありがとう。本当に大丈夫、でも……お気持ちには感謝します」

「本当に大丈夫か?これからどうするか、相談に乗るくらいはできる。その、養護施設に行きたくないのなら」

「ほかに考えでも?」

「それはわからない。でも夕食くらい作ってあげられるし、一緒に考えることはできる、だろう？」

「わかった」あたしは椅子に座った父さんのほうを振り向き、「もう行くね、父さん」と声をかけた。父さんはあたしの手を探り、握ろうとした。〝すぐにまた来るから〟と言うべきだと思ったけれど、言わなかった。

トラヴィスはしばらくあとに残り、父さんに短く慰めの言葉をかけた。

「待って」あたしは戸口で足を止め、ドアの取っ手をこぶしで押さえた。「父さんが右手に何をしたのか聞くまでは帰れない」

トラヴィスはあたしをそっと脇に押しやってドアを閉め、最初のカギをまわした。「もう答えはわかっているはずだ」

六時十分すぎ、トラヴィスが古い黒のセダンでブライドウェル病院の坂をおりてきた。

「時間を持て余したのでなければいいが」乗りこむあたしにそう言って笑いかけた。

「それほどでも」本当はつくづく持て余した——タールブリッジの町に見るべきものはほとんどなかった。公共図書館も古本屋の一軒すらも。それでもトラヴィスがリュックサックを後部座席にあずかってくれたおかげで、一日じゅう重い荷物を抱えて歩きまわらずにすんだ。

トラヴィスはちらっと横目で見やり、「ひとりで暮らしはじめてどれくらいになる？」

「そう長くはない。ほんの数週間」

「数週間あればいろんなことが起こる」

そのとき初めて、人喰い《イーター》でもないトラヴィスがそんなことを知っているのがひどく不思議に思えた。トラヴィスはこれまで出会った人のなかでも、とびきり穏やかで感じがいい。父さんが自分の手に何をしたかを言葉すくなに教えてくれたときでさえ、恐怖や嫌悪の表情を微塵《みじん》も見せなかった。あたしが父さんと同類だとは夢にも思っていないからだろう。

「ゆっくり眠れる場所はあったかい？　親切な人はいたか？」

嘘はつかなかった――すくなくともあからさまには。ミセス・ハーモンが笑いながら手を振って見送ってくれたとか、サリーが農場直売所の野菜と新鮮なシカ肉を食べているとか、リーがあの晩、自分の黒いピックアップトラックでウォルマートに現われたとかを想像させる程度に話をぼかした。父さんのことは話題に出なかった。

トラヴィスは、病院からサリーのキャビンのある方向に車で三十分ほどの小さな青いバンガローに住んでいた。またもや居心地のよさそうな、誰もいない家。このパターンに慣れつつある自分が嫌になった。

コンロの正面の小さなテーブルにはすでに皿とスプーンとグラスがキルトのテーブルマットに置かれ、またしてもミセス・ハーモンを思い出した。「悪いね」トラヴィスは言いながら引き出しを開け、食器をもう一組取り出した。「今夜、客があるとは思っていなかったから」

「ひとり暮らし？」

トラヴィスはうなずいた。「母が亡くなってから」

「ああ。お気の毒に」

トラヴィスは冷蔵庫を開けて身をかがめ、カバーのかかった鍋を両手で取り出した。「前の休みにシチューを作っておいた。母のレシピだ。それでいいかい？」

「もちろん」

「口に合うといいが」トラヴィスはコンロに鍋を載せて火をつけた。

「きっとおいしいわ」

トラヴィスは笑みを浮かべ、鍋の蓋を取ってシチューを混ぜた。「以前は自炊などしたことがなかったが、やってみると楽しいものだ。母が残した古いレシピで作るのが好きでね、作っているとそのあいだは母がいないことを忘れられる」

「ずっとここに住んでいたの？」

トラヴィスはうなずき、「小さくてすてきな家だろう？　ほかの場所に住もうとは考えたこともない」

彼を喜ばせようと、キッチンとリビングルームを感心するように見まわした。茶色と黄色のアフガン織りがかかったソファ。部屋の隅にはマッチ棒でできているかのような、見るからに華奢《きゃしゃ》なロッキングチェアがひとつ。部屋をまわって窓を開けていたトラヴィスがあたしの視線に気づき、「あのロッキングチェアはうちの家系に百五十年以上、受け継がれている。母親はあの椅子でわたしをあやし、祖母は父をあやした。さかのぼれば建国者たちにたどりつく」そう言って、ぼんやり笑いながら模様入りのラグをじっと見た。「たしかそのラグを作ったのはひいひいひい祖父《じい》さんだ」

「きょうだいはいないの？」

トラヴィスは残念そうにほほえみ、「いや。わたしだけだ。きみもひとりっ子だね」

あたしはうなずいた。

「母はわたしを産んだあと重い病気にかかり、医者にこれ以上、子は産めないと言われた」

「そう」

コンロに載せたシチューがぐつぐつ音を立て、おいしそうなにおいが家じゅうに広がった。お腹がぐうと鳴り、二人して笑った。トラヴィスはレードルでそれぞれの碗に注ぎ分けると、両手を組み、頭《こうべ》を垂れてからスプーンを取った。

シチューはおいしかったが、トラヴィスが手を止めてあたしが食べるのを見ているので、少し落ち着かない気分になった。「どうかした？」

トラヴィスは首を横に振って半笑いを浮かべ、シチューにスプーンを沈めた。二人とも二杯、三杯とおかわりをした。ひんやりした夜風がリビングの窓から吹きこみ、前庭の木にとまる夜鳥が聞いたことのない声で歌っていた。

トラヴィスはあたしに皿を洗わせようとせず、「ゆっくりするといい」そう言って流しに向かった。「デザートにシュガークッキーとレモネードを出そう」

あたしはソファに座り、「そんなに気をつかわないで」

「このくらいなんでもない」トラヴィスは洗剤のついたスポンジを持ったまま、ふっと口をつぐみ、「世話をする誰かがいるというだけでもいいものだ」そこで自分に反論するかのように首を振った。「いや、誰でもじゃないな──きみを──フランクの娘さんを世話できるのがうれしい。きみの父さんに夕食を作ってやることはもうできないが、きみには作ってやれる」

皿を洗い終えると、部屋には気詰まりな沈黙がおりた。片づけを終えたトラヴィスはレモネードの紙パックとスーパーマーケットの店内ベーカリーで買ったようなシュガークッキーの箱を取り出し、レモネードを二個のグラスに注いでクッキーを皿に並べた。そしてデザートをコーヒーテーブルに置き、横に座って深く息を吸った。あたしが聞きたくないようなことを言おうとしているのがわかった。「きみに言わなければならないことがある」トラヴィスがゆっくりと話しだした。「告白しなければならないことが」

そのとたんトラヴィスからテディベアふうの表情が消えた。「告白？」

「きみが養護施設に行かずにすむ方法を考えると言ったことに変わりはない。本当だ。心から力になりたいと思っている」

じわじわと嫌な気分が襲ってきた。「話して、トラヴィス。なんのこと？」

彼はもういちど長々と息を吸った。「わたしのせいなんだ、きみの父さんが彼自身にしたことは」

あたしはトラヴィスをじっと見た。「どういうこと？　いったい……？」

「彼だけではない、そのような人間はほかにもいるという証拠を見せれば本人が楽になると思った。何カ月もかけて、そうと思える人たちを探し出し、どうたずねたらいいかを考えた。危険だとわかっていたが、かまわなかった」

「どんな人たち？　何をたずねたの？」

トラヴィスは悲しげな、真剣な目で見返した。「きみは賢《かしこ》いお嬢さんだ、マレン。すでに答えを知っているのになぜ問いつづけるのか、わたしにはわかっている」

あたしはシュガークッキーの載った皿を見つめた。さっき食べたシチューが急に胃にもたれた。「なぜこんな話をあたしにするの？」

「きみが来ることはわかっていた。きみが彼と同じような人間だということも」

ふたたびあの感覚に襲われた。ソファで死んでいたミセス・ハーモンを見つけたときと同じ——足もとからはるか上空にふわふわと浮かんでいるような感覚。

「わかるだろう？」トラヴィスは小さな声で、「わたしが知ったことをフランクに話したのは間違いだった。慰めになると思ったが、それがきみにどうかかわってくるかまでは考えていなかった。実に暗い時期だった」そうぼそりとつぶやき、「彼の人生においても、わたしの人生においても」薄青い、おびえた目で見あげた。「言いたいことがわかるか？」

あたしは首を振った。

「フランクは、きみが自分と同じかもしれないとは思ってもいなかった。彼はすっかり打ちのめされてしまったんだ、マレン。そのせいで……彼は……」トラヴィスはごくりと息を呑み、あたしの表情をうかがってから視線を落とし、「そのせいで彼は自分の右手を削ぎ落とした。わたしのせいで。助けようとしたが事態は悪くなるばかりだった」そう言って両手で目をおおった。「考えてみれば、わたしの人生はいつもそうだった。助けようとして助けられない。何もかもだめにしてしまう」

吐き気がした。トラヴィスを責める気はなかった――ただ、そんなことをあたしに言わないでほしかった。「あなたのせいじゃないわ、トラヴィス」

トラヴィスは目をぬぐい、無理に笑おうとした。「そうとは思えないが、そう言ってもらうと少しは気が楽になる」

「それでもわからない」しばらくしてあたしは言った。「本当にあたしたちみたいな人を探しに行ったの？」

トラヴィスは肩をすくめた。「魅せられていた。誰だってそうだろう。どこから見てもまったくふつうの、きみのような人間が、どうしておとぎ話に出てくる鬼のように誰かを食べることができるのかを知りたかった。まだこの目で見たことはないが、それが実際にあることは知っている。現実の話だと」

「怖くなかったの？　ひとつ間違えば自分が……」あたしは言葉を呑みこみ、トラヴィスはため息をついた。

「何を怖がることがある」その顔に初めて不快な表情が浮かんだ。「わたしがどうなろうとかまう人間などいない」そう言うトラヴィスは怒っているように見えた。

「どこに行ったの？　どうやってそういう人を見つけたの？」

「数年前、警察に勤める友人がいて、ある晩たずねる機会があった。わたしがこれまでに知ったことを話すと——フランクの名は出さなかった、これだけは言っておく——それは警察のなかでもごくかぎられた人間しか口にしない話題だと彼は言った。行方不明者はつねにいて、遺体が見つからない場合は〝おそらくそうだ〟と見なすと。誰がやったのか、警官にはわかっているときがあっても、立証するのはまず無理だ。イーターがふつうの人、立派でまともな市民の場合もある。友人は何人か名前まで教えてくれた。そうして彼らに会った。仕事が終わり、妻と子どもが待つ家に帰る前に一杯飲むような男たちに。女性や女の子には会わなかったが、彼らはそのことも話してくれた。女にもそういう人がいると」トラヴィスは膝に肘をついて目を閉じ、鼻梁《びりよう》を揉んだ——母さんがよくしていたように。「警官のなかにそのような人間がいても驚かない。友人はそんな疑いも持っていた」

またもや警察署のドアの上にかかっていた刺繍の格言がよみがえり、あれがいかに間違いかを知らされた。あたしは言った——「こんな人間に生まれついたら、その事実から逃げつづけるしか生きる道はない」〝さもなければ、自分を檻のなかに閉じこめるしか〟。父さんを思いながら夢見たこと、どこかの家に住んで、ふつうの家族がやっていることをやるとあれこれ空想したこと——今ではそれがひどく滑稽に思えた。

トラヴィスが顔をあげてあたしを見た。「きみがそれをするたびに、お母さんは荷物をまとめてすぐに逃げたのか？」

あたしはうなずいた。

「そこにとどまっていたらどうなるかと考えたことは？」

あたしは首を振った。

「たぶん何ごともなかっただろう。でもきみたちは逃げなければならないと思った、だから逃げた」

あたしは立ちあがり、部屋を行ったり来たりした。トラヴィスの話を聞いたあとでは、とてもそばにはいられなかった。「わからないのはそれだけじゃない。どうしてあなたはあたしたちが怖くないの？」トラヴィスは床を見つめたままだ。あたしは続けた。「考えられる唯一の理由は、あなたも仲間だってこと……でも、あなたは違う。どうなの？」

彼は首を振り、「いや」つぶやくような声が急にかすれた。「違う、わたしは仲間ではない」

「だったらなぜ？　なぜそんなに……あたしたちに執着するの？」

トラヴィスが泣きだし、あたしは憐れみと戸惑いが入りまじった別の感情に襲われた。

「寂しいんだ、マレン。生まれてからずっとそうだった。何度もやってみた、努力してきた、本当だ。なんとか友人を作ろうと。でも母が死んでから、この世にわたしを愛する人は一人もいないとわかった」

「たったいま警官の友人がいるって言ったじゃない！」

トラヴィスは床のラグを見たまま首を振った。「友人じゃない。そんなんじゃないんだ」あごをあげたトラヴィスと目が合った。そこにいるのは男ではなく、慰めようのない幼い少年だった。「きみならこの気持ちをわかってくれるはずだ。きみの両親はまだ生きているが、孤独という点ではわたしと同じだ」

「あなたはあたしとは違う、トラヴィス。あなたはいい人よ。外の世界に出て、本当の友だちを作れる。あなたならきっと」

「もうやってみた。これ以上はできない、どうせいつもと同じ結果になるだけだ。もうこれ以上は無理だ、どうがんばっても」トラヴィスはかぎ針編みのティッシュケースからティッシュを引き出し、目をぬぐった。「ひとつきいてもいいか？」

あたしはおずおずとうなずいた。

「きみはどんな人間を食べる？　何に引き寄せられる？　それは人それぞれで違うはずで……」

あたしは首を振った。「そのことは話したくない」

トラヴィスはため息をつき、すぐ横のソファクッションをぽんと叩いた。「座ってくれ。きみがドアから走って出ていくんじゃないかと気が気じゃない。ますます不安になる」

あたしはソファの端に座った。「何が不安なの？」

「きみに頼みたいことがある」

トラヴィスがあたしの手に手を伸ばした。「だめ」あたしは立ちあがり、体を離した。

「だめ、だめ、だめ」

「どうか――どうか勘違いしないでくれ。この機に乗じて何かしようというんじゃない、本当だ」トラヴィスはゆっくりと、ことさらに息を吸った。「女性をそんなふうに見ることすらない」

「無理よ、トラヴィス」寒けがあとからあとから波のように押し寄せた。「悪いけど、それはできない。絶対に」

「間違ってるのはわかってる、こんなことを頼む自分がますます嫌になる」トラヴィスはささやいた。「でも、きみの父さんに会って、どんな人間かを知ってからずっとわたしにはわかっていた。わかっていた」

「〝わかっていた〟って、どういう意味？」

「お願いだ」またしても彼は言った。「わたしにはとても重要なんだ」

あたしは少しずつドアに近づいた。「もう行かなきゃ」

「どこに？」トラヴィスが不気味なほど淡々と見返した。

あたしは肩にリュックサックをかけた。「わからない。これから考える」

「お願いだ、マレン。もうこの話はしない。ひとことも、約束する」

あたしは首を振った。「いまさら何ごともなかったように一緒にクッキーを食べたり映画を観たりできると本気で思ってるの？　もうここにはいられない」

トラヴィスは膝に肘をついて身を乗り出し、両手で顔をさすってため息をついた。「わかった。でも、せめて車で送らせてくれ」


サリーのキャビンまでは長い道のりだったが、トラヴィスは文句ひとつ言わなかった。いつのまにかうつらうつらし、目が覚めたときは、もう取りつくろう必要はないんだとほっとした。あんなことを頼まれたあとで、どうしてふつうの会話ができるだろう？

さいわいトラヴィスは話しかけてこなかった。身を起こしてラジオのスイッチを入れると、野球中継が流れてきた。「あなたはミルウォーキー・ブルワーズのファン？」こんな世間話をするのは変な気がした。トラヴィスは肩をすくめただけだ。

車を停めると、サリーの小型トラックはなかったが、明かりはついたままで、ドアは開いていた。「ハロー？　サリー？」呼びかけたが、いないのはわかっていた。薪ストーブの火がまだくすぶっていた。「ミルクを買いに出たのかも」

「きみが来ると知っているのか？」あたしがうなずくと、トラヴィスはソファに座って狩りの記念品に目をやり、「戻ってくるまで一緒に待っていよう」

「心配しないで。本当に大丈夫だから」本心は〝いますぐ出ていって〟だったが、トラヴィスには通じなかった。それとも通じないふりをしたのか。

「この男は、スーパーマーケットで出会った婦人の友人だと言ったね？」

「まあそう」

「まあそう？」トラヴィスはいぶかしげに眉をあげた。

「無礼な真似はしたくないけど、あなたに説明しなければならない義務があるとも思えない」

「いまとなってはわたしにもきみに対していくらか責任がある、マレン。もし何かあったら、お父さんになんと言えばいい？」

「聞いて、トラヴィス。あなたが危害を加えないことはわかってる、でも、だからってあなたといて安心できるとはかぎらない」

「あんまりじゃないか」トラヴィスはささやくような声で、「わたしといればなんの心配もないのはわかってるはずだ、マレン。きみのことはすべて知っているし、恐れてもいない。それになんの意味もないというのか？」

「もちろんあるわ」激しい苛立ちを感じたが、ぐっとこらえた。「今日、あたしのためにしてくれたことすべてに感謝してる」

二人とも黙りこんだ。トラヴィスは網戸の向こうから聞こえてくる夜の音の合間に何度か長い息を吸った。彼の冷たく湿った手が腕に触れた。「わたしはきみが望むどんなものにもなれる。きみが言ってほしいことをなんでも言える、あとはきみが……」そう言って手首まで指をすべらせ、手をつかもうとした。

気がつくとあたしは手を引き抜き、彼の顔を思いきりひっぱたいていた。これまで誰にもこんなことをしたことはなかった。一瞬、おたがいに呆然と見つめ合った。「二度と頼まないと約束したじゃない」やっとのことであたしは言った。

「そうじゃないんだ」トラヴィスはささやいた。「きみにつけこむつもりはない。決して、何があってもきみを傷つけはしない」

「そういうことじゃないの」今ではトラヴィスの顔を見るたびに吐き気がした。「さっき、わかったって言ったはずよ」

またもやトラヴィスが手を伸ばし、あたしは立ちあがって身を引いた。トラヴィスのなりふりかまわぬ感情がまといつき、体の隅々まで冷たくべっとりと貼りつくのを感じた。

「わたしはきみが望むような人間になれる」トラヴィスが叫んだ。「きっとなれる、きみが話してくれさえしたら！」

あたしは彼の手をつかんで立たせ、ドアまで引っぱって外に押し出した。「送ってくれてありがとう、夕食もおいしかった」網戸に掛け金をかけるあいだも、彼の顔を見ることはできなかった。「心から感謝してる」トラヴィスが震える手でポケットから車のカギを出すのが見えた。

もう片方の手で目もとをぬぐいながら、彼はドアの前にしばらく立っていた。顔を見なくても泣いているのがわかった。やがてトラヴィスは背を向け、ぐらつく踏み段を足早におりていった。あたしは外に出てポーチに立ち、彼の車が月明かりに照らされた森のなかに消えるのを見つめた。ほっとするかと思ったが、そうではなかった。

一時間たってもサリーは戻ってこなかった。あたしはリュックから告白文のコピーを取り出してくしゃくしゃに丸め、一枚ずつストーブの火にくべた。


わたしはマレン・イヤリー、以下の人たちを殺したのはわたしです……ペニー・ウィルソン（二十代）一九八三年ペンシルヴェニア州エドガータウン内もしくはその近辺……ルーク・ヴァンダーウォール（八歳）一九九〇年七月ニューヨーク州アミーワーガンキャンプ場（キャッツキル山地）……ジェイミー・ガッシュ（十歳）一九九二年十二月メリーランド州バッジャーズタウン……ディミトリ・レヴェルトフ（十一歳）一九九三年五月サウスカロライナ州ニューフォンテイン……ジョー・シャーキー（十二歳）一九九四年十月フロリダ州バックリー……ケヴィン・ウィーラー（十三歳）一九九五年十二月ニュージャージー州フェアウェザー……ノーブル・コリンズ（十四歳）一九九六年四月メイン州ホランド……マーカス・ホフ（十五歳）一九九七年三月マサチューセッツ州バロン・フォールズ……C・J・ミッチェル（十六歳）一九九七年十一月ニューヨーク州クローヴァー・ヒルズ……アンディ（苗字は不明、アイオワ州ピッツトン近くのウォルマートの従業員）一九九八年六月……

真実は決してあたしを自由にしない。父さんのようになるだけだ。

気をまぎらそうとキャビンのなかを歩きまわった。食事スペースの棚に古いペーパーバックが並んでいたが、スパイ小説やロマンス小説がほとんどで、興味がある本はなかった。キッチンに入り、ホットチョコレートかホットチーズサンドの材料を探した――どちらも今の季節には合わないけど、そのときはこのキャビンをわが家のように――せめてそれと似たようなものに――感じたかった。結局パンもチーズもココアパウダーも見つからず、ビーフジャーキーをかじった。

虫よけキャンドルかボードゲームの束でもないかと裏のドアの脇の戸棚を開けてみると、そこにはありとあらゆるものが詰めこまれていた――服、からまった女性用宝飾品の金色の小さな塊。ウォークマン、透明プラスチックケースに入った収集用コイン。重たい白目の食器、ふぞろいな雑貨の数々。好奇心からガラクタのなかに手を突っこんでいたら、指先がひどくなじみのある輪郭の物体に触れた。

取り出してみると、思ったとおり、ミスター・ハーモンのスフィンクスのトロフィーだった。ただの記念品だと自分に言い聞かせようとしたが、そうでないのはわかっていた。サリーは売れそうなものを盗んでいたのだ、犠牲者を思い出すためではなく。

そのあとサリーの寝室へ行ったが、明かりはつける気にならなかった。ベッドは整えられていたけれど、戸棚に収まりきれないものが部屋じゅうに散乱していた――ランプ、置き時計、ガラスの目が動く磁器人形。

ベッドに座り、脇テーブルの上を探った。ここにも宝石があった。変色した銀の酒瓶――サリーがポケットに入れているのではなく、誰か別の人のものだ。違う名前が書かれた何枚ものクレジットカード。そのなかに〈国立公園職員フランシス・イヤリー〉と書かれた身分証明《ID》カードがあり、隅に小さい白黒写真がついていた――ぼやけてはいたが、間違いなく笑っている父さんだ。

〝父さん、父さん、父さん〟――なんの意味もない言葉。サリーは父さんのIDカードで何をしようとしていたの？　いったいどういうこと？　サリーはどうやって父さんに会ったの？　父さんに何をしようとしたの？

小型トラックのエンジン音と壁を横切るヘッドライトの光でわれに返った。あわてて空き部屋に駆けこみ、スフィンクスとIDカードをベッド脇のテーブルのなかに隠した。サリーがポーチのぐらつく踏み段をのぼってくる足音がし、続いて網戸がバタンと閉まる音がした。「嬢ちゃん？　きみか？」

ひと呼吸して気持ちを落ち着けてから居間に入った。「ハイ、サリー」〝いったいあなたは誰なの？〟

サリーは紙の買い物袋を抱え、シカの頭の下に立っていた。「これは、なんと。こんなに早く戻ってくるとは思わなかった」

「いてもいい？」

「いてもいいか、だと？　いいに決まってるだろう！」サリーは買い物袋をキッチンテーブルに置いてミルクを冷蔵庫に入れた。「腹が減ってるか？」

「あんまり」どうかお腹が鳴りませんように。

「ボーイフレンドはどうした？」

「ヴァージニアに帰った」

「きみをここに残して？」

全部を説明したくなくてうなずいた。

「淋しくなったか？」

あたしが肩をすくめると、サリーはいたずらっぽい視線を向け、「淋しくないと思いたいようだな」そう言って瓶ビールのキャップを開け、テーブルの椅子に座ってあおった。ビールをごくごく飲むたびに喉ぼとけが上下した。サリーはふうっと息を吐いて口をぬぐい、「父さんを見つけるのはあきらめたか？」

「ううん。もう見つけた」

サリーは灰色のもじゃもじゃ眉毛を吊りあげ、「そんなに早く見つかるとはずいぶん手際がよかったじゃないか」

あたしは両手をポケットに突っこみ、床の編みこみラグの縁をつま先で蹴った。「うん、まあ」

「うん、まあ、だと？　じらさんでくれ、嬢ちゃん！」

「病院にいた」あたしはゆっくり答えた。「精神科の」

「おお、嬢ちゃん。それは気の毒に」その言葉を聞きながら思った――この人はほかにいくつあたしに嘘をついたのだろう？　サリーは気の毒だなんて思っていない、これっぽっちも。あたしの父さんが誰か、最初から知っていた。

「あなたの言うとおりだった。父さんのことなんか忘れて、最初からあなたと一緒に行けばよかった」なんでそんなことを言ったのかわからない。いまやサリーとだけは絶対に旅なんかしたくなかった。〝酢漬けした父親の舌、シチューに入れた母親の心臓……〟

サリーはもういちどビールを飲み、奇妙な目で見返した。その瞬間、〝世界を敵にまわそうとも〟なんて言葉にはもはやなんの意味もなく、サリーがあたしに魚釣りのしかたを教えることもないとわかった――あたしが戸棚のなかを探ったのをサリーが知っているような気がして。「これからどうするか、何か考えでも？」

あたしは首を振った。トラヴィスを追い返さなければよかった。リーにもあんなこと言わなければよかった。リーにケンカを売ったりしなければ、こんな恐ろしい夜にならずにすんだのに。

サリーはビールを飲み干し、瓶をゴミ箱に放り投げた。「まあ、どうするかは朝になってゆっくり考えりゃいい」

「今度は目が覚めてもここにいる？」

サリーはうなずいた。「ぐっすり寝るんだな、嬢ちゃん」

10

寝室に入り、できるだけ静かに部屋のカギをまわした。スフィンクスを取り出してナイトテーブルに置き、父さんのＩＤカードをリュックサックに押しこんでから電灯を消した。ジーンズをはいたままリーが眠ったベッドにのぼり、赤と青のパッチワークキルトの下にもぐりこむと、シーツにはリーのにおいが残っていて心が慰められた。いまごろはティングレーに向かっているだろう。

眠りに落ちるとミセス・ハーモンの夢を見た。二人でキッチンテーブルの椅子に座り、サンキャッチャーごしに射しこむ光がリノリウムの床に緑と青のきらめく水たまりを作っていた。ミセス・ハーモンは約束のケーキをスライスしながら、「クリームチーズフロスティングつきのキャロットケーキよ」と誇らしげに言い、しっとりした赤茶色の厚切りを皿に載せて手渡した。「これがわたしの焼く最後のケーキだから、うまくできてよかったわ」

あたしがケーキをほおばる横で、ミセス・ハーモンは磁器のポットからそれぞれのカップに紅茶を注いだ。そして何か考えこむ表情で紅茶を少しずつ飲みながら、あたしが食べるのを見ていた。「彼はあまりいい人ではない、でしょ？」

「誰のこと？　サリー？」

ミセス・ハーモンがうなずいた。

あたしは首にかけたロケットペンダントを片手で隠した。「ご主人のトロフィーを盗んだから？」

「それもひとつの理由ね」

「サリーはあたしにためになるアドバイスをたくさんくれた」

「感謝してる？」

「うん。してると思う」

「マレン」ミセス・ハーモンはカップをおろし、手のひらを下にしてテーブルにのせた。「人生でいちばん悪いことが、いちばん多くのことを教えてくれるときもあるの。手に入るものは手に入れ、醜いものについては、そうね――〝そのままにして、生きることに精を出せ〟――愛するダギーがよく言っていたわ。どういうことかわかる？」

「なんとなく」

ミセス・ハーモンはうなずき、「ロケットのことは気にしないで。それをつけるたびにわたしのことを思い出してくれると思えばうれしいわ」ふっとため息をついた。「ただ、編み物を教えてあげられなかったのだけが心残りで」

「ミセス・ハーモン、あなたに言わなきゃならないことがあるの」

ミセス・ハーモンは先をうながすようにほほえんだ。あたしはフォークを置き、両手を膝にのせた。紅茶はひとくちしか飲んでないのにカップはからっぽで、ミセス・ハーモンがポットを取り、縁まで満たしてくれた。紅茶を注ぐ手は、もっとずっと若い女性の手だ。紅茶を注いでくれているあいだに言ったほうが楽だと思った。これだけ親切にしてもらったあとでは、とても彼女の目を見られなかった。「あたしも彼と同じ種類の人間なの」ささやくような声で言った。

するとミセス・ハーモンは思案げにティーポットを置き、「いいえ、マレン」あたしの手に自分の手をのせて言った。「いいえ、それは違うわ」

キッチンが溶けてなくなり、ミセス・ハーモンも溶けた。ミセス・ハーモンがのせていた手が見ているまに消え、気がつくとあたしはジェイミー・ガッシュの家の空き部屋で山と積まれたコートの下にいた。毛皮の襟が頬をくすぐり、母さんが呼ぶ声が聞こえた。

〝起きて、マレン。起きて〟

ぼんやりとした頭のなかで、ほんのつかのま思った——やっぱり母さんは思いなおし、母親の帰巣本能のようなものであたしを見つけてくれたんだと。次の瞬間、あたしは完全に目が覚め、ぎくりとした。部屋に誰かいる、でも母さんじゃなかった。ドアにカギをかけても無駄なことぐらいわかっていたはずなのに。

サリーが寝室の隅の椅子に座っていた。表情は見えない。「IDカードを見つけたようだな」

「父さんのよ」逃げられるはずもないのに、あたしは枕板まで両肘でじりじりとあとずさった。「どうやって手に入れたの？」

「ここに残していった」サリーはサンドペーパーのような音を立ててあごを掻いた。「あれはわたしの息子だ」

「あなたの息子？」思わず叫んだ。

自分が体から抜け出てどこかに浮かんでいると感じたのは、この夜で二度目だ。まさかありえない。〝祖父《じい》さん以外、家のなかで食ったことは一度もない〟

「あのくそ女が車に乗りこんできて、わたしから息子を奪い取った。追いついたときには、もう息子はいなかった。見知らぬ男があの女の目と鼻の先で息子をさらっていった」サリーは憤然と鼻から息を吐いた。「言っとくが、あの女は頭が切れるほうじゃなかった」

「あたしの……お祖母《ばあ》さん？」

「ああ」サリーは初めてその関係に気づいたかのように首を傾けた。「そういうことだ」

「そのあとお祖母さんはどうなったの？」

サリーは冷たい、ぞっとするような声で笑った。それが答えだった。

「父さんがどこにいるか知ってたの？　イヤリー夫妻と暮らしてたあいだ」

「手の出しようがなかった。そんなことをしたら大騒ぎになる、それだけは避けたかった。だが、わたしはひたすら待ちつづけた。あいつは身を隠し、いまや絶対に手の届かない場所にいる。だが、考えてみれば、あいつに手を出すまでもない、だろ？」

「どういうこと？」

「おまえがそこに行くのはわかっていた。息子には手を出せなくても、おまえになら近づける。おまえを待っていた、嬢ちゃん。ずっと」サリーはゆっくりと言った。「おまえが戻ってくるのを」

体の底から全身に悪寒が走った。「自分が誰か、どうして教えてくれなかったの？」

サリーはくくっと笑い、「おまえこそ気づくのになんでこんなに時間がかかった？」

しばらく二人とも黙りこみ、やがてあたしはたずねた。「それをずっと待ってたの？」

サリーが椅子の上で身じろぎすると、骨のあちこちがきしむ音がした。「子どもというのはどれも、あまやちだ。それがどんな子であれ。わかるか、嬢ちゃん？」

「わからない」あたしはゆっくり答えた。「あなたはほかに何を食べるの？」

サリーは笑った。「ようやく頭が働きだしたようだな」

〝酢漬けした息子の舌、シチューに入れた祖母の心臓〟。そのときサリーが吐いた息は、一日たった戦場と逆流した下水管と百個のゴミ埋立地をひとつに合わせたようなにおいがした。想像できるだろうか？　死体を食べつづけて一度も歯を磨かなかった人間を？

ナイフは見えなかったが、あるのはわかった。サリーはリンゴの皮を剝くのに使った刃であたしを殺すつもりだ。

〝逃げて〟──母さんの声がした。〝逃げて、さもないとシーツをかけられて羽交い絞めにされる〟

何度も死にたいと思ったけど、こんなふうに死にたくはなかった。サリーがベッドに飛びかかると同時に、あたしはキルトカバーを蹴り飛ばした。のしかかられたが、完全ではなく──両腕は押さえつけられたが、両脚はまだ動かせる状態で──左上腕に冷たいナイフの刃を感じた。

「嘘つき！　この嘘つき！」

「嘘なものか」サリーがすごんだ声でささやき、息が顔にかかってあたしは気が遠くなりかけた。「おれが食べるのは死んだ人間だけだ。ただ、いつもそいつの都合に合わせて死なせるわけじゃない」

どうしてあんなに時間をかけてあたしに話をしたの？　あれこれたずねたの？　いろんなことを教えたの？　あたしを食べるだけなら、それになんの意味があったの？

楽しむため。そうでなければ、おそらくあたしを太らせたかっただけだ。

〝左手を振りほどいて――サリーがナイフを持ちなおすあいだに――トロフィーをつかんで〟

片膝を引きあげ、かかとでサリーの脚を蹴りつけた。無駄な抵抗だったが、サリーが気を取られ、両手をつかんでいた手が一瞬ゆるんだすきに、あたしはさっと左手を引き抜いてナイフの柄をはたき飛ばし、なおも蹴りながらナイトテーブルのトロフィーに手を伸ばした。サリーはナイフを探り、あたしはトロフィーを探った。指がスフィンクスの輪郭を探し当てた瞬間、心臓が激しく鼓動し、あたしは翼をつかんで弧を描くように頭上に振りあげた。スフィンクスはサリーの後頭部を直撃し、サリーはナイフを放した。「くそあま！　このちびくそあまが！」サリーが叫び、棒立ちになって片手を頭にあげるのを見て、もういちど力いっぱい真鍮の塊を振りおろした。サリーの体が倒れこみ、指に熱くべたつく血を感じた。あたしはトロフィーを床に落としてサリーを押しのけ、スニーカーを探しながらベッドから転げ出た。

いま思えば、荷物を集めてリュックに入れる時間はあった。でもそのときはサリーがいまにも気がつきそうに思えて、一刻の猶予もなかった。片手に日記、ジーンズの後ろポケットに出生証明書だけを突っこみ、きしむ木の踏み段を駆けおりて森のなかに逃げこんだ。逃げられないのはわかっていた。たとえ森のなかを四、五キロ走って幹線道路に出られたとしても、こんな真夜中にヒッチハイクできるはずがない。サリーは車で追ってくるだろう。あたしはサリーの車にひかれ、アイオワのハイウェイでやろうとしたのと同じ結果になるかもしれない。

森のなかの道はぬかるみ、何度も足をすべらせたが、そのたびに立ちあがって大きく息を吸い、パニックを追い払いながら歩きつづけた。泥まみれの膝と血まみれの手で。もしこんな時間に誰かが道路にいたとしても、まともな人間ならこんなあたしを見て車を止めるはずがない。

泥の道が終わろうとするころ、前方に明かりが見えた。歩く速度をゆるめて近づくと、車の明かりだった。誰も乗っておらず、運転席のドアが大きく開いていた。

開いたドアの脇に立って息を整え、誰もいないか、後ろを振り返ってから車内をのぞきこんだ。トラヴィスの車だった。イグニッションからドナルドダックのキーチェーンがぶらさがったままだ。

頭をあげ、月明かりに照らされた森を見渡した。トラヴィスの名を呼ぶ勇気はなかったが、呼んでも無駄だとわかっていた。トラヴィスはどこにもいなかった。

朝日がのぼるころ、トラヴィスのバンガローの車寄せに車を停め、こっそり彼の家に戻った。コーヒーテーブルにはレモネードのグラスと皿に載ったシュガークッキーがそのままになっていた。

Tシャツとジーンズを脱いで洗濯機に放りこみ、シャワー室に入ってシャワーの温度を耐えられるギリギリまであげ、泣いた。安心できる場所はもうどこにもなかった。

ここにもそう長くはいられない。トラヴィスが出勤していないのがわかれば誰かが捜しに来るだろう。トラヴィスの石けんで手を洗い、トラヴィスのシャンプーを使い、トラヴィスのふわふわの白いタオルでふき、鏡に映る自分を別の誰か――胸に誰の名前も刻まれていない誰か――のように見た。でも、ふつうのふりをするのはもう終わりだ。

シャワー室から出て、トラヴィスのリステリンでうがいをし、服を乾燥機に入れて家のなかを歩きまわった。二階は傾斜した天井と切妻作りの窓のある大きな一間で、両親の写真が並ぶ化粧だんすとナイトテーブルと花柄の羽布団のベッドがひとつ。母親が死んだあと、トラヴィスはここを使っていたようだ。

洋服だんすのフックに新しいバックパックを見つけ、たんすの引き出しを全部開けてみた。トラヴィスの服は大きすぎたが、あたしにはお金が必要だった。トラヴィスは靴下を入れた引き出しの奥にいざというときのお金を持っているようなタイプに思えた。

予想ははずれた。お金は引き出しではなく、クローゼットのなかの古い革靴のつま先に丸めて入れられていた。ベッドに座り、羽布団に髪からしずくをぽたぽた落としながら数えると、七百ドルあった。

ハンドルをぬぐってからトラヴィスの車を始動させた。リーを追ってティングレーまで行きたいけど、会ってなんと言えばいい？〝あなたが言ったとおりだった〟と言っても仲なおりできなかったら？　もうあたしとは友だちでいたくないと思っていたら？

行かないほうがいいのはわかっていた。でもやってはいけないことをやるのがあたしの得意技だ。

ピックアップトラックのあとでは、トラヴィスの車の運転は簡単だった。ガソリンがなくなったらガソリンスタンドで給油する方法も覚え、ひたすら制限速度を守って走った。州警察の車に追い抜かれるたびに安堵のため息をついた。その日の夜は、リーと一緒のときにやってたように、キャンプ地から離れた公園を見つけて後部座席に移動し、トランクにあったチクチクするウールの毛布にくるまった。

眠りに落ちると、サリーの夢を見た。あたしはミセス・ハーモンの〈あき・へや〉の暗闇のなかで息を殺していたが、今回はベッドカバーを振りのけるのが間に合わず、サリーに押さえこまれて脚を蹴り出せなかった。サリーは片手であたしの両手首をつかんで枕に押しつけ、反対の手をスフィンクスのトロフィーに伸ばした。頭上に構えた瞬間、真鍮の翼が月の光を浴びて光った。〝ただで逃げおおせると思うなよ、嬢ちゃん〟――サリーが言い、トロフィーが顔面に振りおろされる寸前に目が覚めた。

ティングレーに着いてようやくリーの苗字を知らないことに気づき、地元の高校へ向かった。夏休み期間だったが、事務室は開いていて、感じのいい事務員がケイラに電話をかけ、受話器を渡してくれた。

「こんにちは。あたしマレン――リーの友だち、おぼえてる？　前に大叔母さまの家で会った」

「ああ、うん」ケイラはゆっくりと答えた。「おぼえてる」

「あの日、話をしたかったけど……」

「うん。いいんだ。お兄ちゃんと一緒？」

「そっちにいないの？」

「あんたが来た日から戻ってない」そこで間を置き、「リーになんかあった？」

「ないと思う。あのあと……ちょっとケンカになって。ここに戻って来たのは、その埋め合わせをしたくて」

「リーは家に帰るって言ってた？」

「うん。でも、どこかで用事ができたのかも。仕事を見つけたとか」

「ああ、そうだね」

ほかにもケイラに話したいことがあったが、なかなか切り出せずにいると、ケイラからこう言ってくれた。「これから仕事なんだけど、終わったら店の外で会って話さない？ 仕事は八時に終わる」そこで言葉を切り、「よければアイスクリームをおごるよ」

あたしは受話器に向かってにっこり笑った。「ありがとう。楽しみにしてる」


約束どおりケイラはピーナツバターファッジのダブルのコーンを手に〈ホリデイズ・アイスクリーム・パーラー〉の駐車場に現われ、助手席に乗りこんだ。あたしはアイスクリームを舐めながらたずねた。「運転免許の試験は合格した？」

ケイラはうなずき、「友だちの小型トラックを借りたからちょっと緊張したけど、うまくいった。止まれの標識で止まるのとかをおぼえてればなんてことなかった。ピックアップトラックで縦列駐車ができれば大丈夫だってリーが言ってたけど、そのとおりだった」

あたしはにっこり笑った。「よかったね」

ケイラはサンバイザーを引きおろしてミラーに自分を映しながら、「あんたも合格したんだね」と言い、あたしが首を横に振ると、目を丸くした。「ここまでずっと無免許で運転してきたの？」

「路肩に停めさせられることもなく。お兄さんはいい先生ね」

ケイラは淋しげに笑い、あたしがアイスクリームを舐めるのを見ていた。あたしはワッフルコーンの最後のひとくちを呑みこみ、ティングレーに戻ってきたもうひとつの理由を思いきって話した。

「あなたが車をほしがってるってリーが言ってた。だからこの車をもらってくれない？

次にリーが帰ってきたとき、ナンバープレートを替えてもらうだけでいい」

ケイラは口をぽかんと開けて見返した。

「誰の車だったかはきかないで。でも盗んだんじゃない、あなたはそれだけ知ってればいいから」

翌朝、ケイラはふたつのボウルにカウント・チョキュラ（チョコレート風味のシリアル）を入れ、二人で玄関前の階段に座って食べた。「しばらくうちにいてもいいよ。リーが戻ってくるまで。どうせ母さんは気にしないから」ケイラの母親はあたしがここに着いてから、一度も戻っていなかった。

「ありがと。そう言ってくれるのはすごくうれしいけど、リーが嫌がると思う」

ケイラは顔をしかめ、「たぶんね。なんでだかわからないけど」

「リーは誰よりもあなたを愛してる。あなたを守りたいと思ってる」

「何から？」

あたしはふっと息を吐いた。

「レイチェルのことでしょ？ レイチェルのことはリーから聞いた？」

あたしはうなずいた。

「あたしはレイチェルが好きだった」ケイラが沈んだ口調で言った。

「今も病院にいるって、リーが言ってた」

「あのことがあってからいちど会いに行こうとしたけど」ケイラは言った。「入れてもらえなかった」

「あたしの父さんも同じような病院にいる」そう言ってシリアルボウルの底に溜まったチョコレート混じりのミルクをかきまぜた。「ウィスコンシンのブライドウェル病院」

ケイラはボウルを置いて、あたしの肩をやさしく叩いた。「つらいね」

シャワーを浴び、ケイラがくれた服に着替えた。黒いTシャツはないかと言おうとしてやめた。

ケイラは州間ハイウェイまで送ってくれた。あたしは食べ物と着替えをもう一組と、ケイラがどこからか持ってきたマデレイン・レングルの小説を二冊入れたトラヴィスのバックパックを抱えて車を降りた。

ケイラがエンジンを切って言った。「この車、本当にもらっていいの？」

「うん」

「これからどこに行くの？」

「ブライドウェルに戻るかな」

「お父さんに会いに？　そのあとは？」

あたしは肩をすくめた。ウィスコンシンに戻るのは、サリーの大きく開いたあごにみずから入っていくようなものだが、ほかに行く当てもなかった。

「リーが帰ってきたら、マレンはそこだって伝えとく」

あたしがほほえむと、ケイラは車を降りてフロントバンパーをまわり、抱きしめてくれた。ケイラの言葉はうれしかったが、リーが追いかけてくるとはとても思えなかった。

今回のヒッチハイクは不思議なくらい順調だった。二日目にはケンタッキー州のオベロンまで移動し、乗せてきてくれた中年のカップルが終夜営業の食堂お薦めのミートローフとホットファッジサンデーをごちそうしてくれた。トラヴィスのおかげでモーテルに泊まって、熱い浴槽にゆっくり浸かり、テレビをつけたまま眠りについた。

翌朝は丘陵地帯の散歩に出かけた。ちょろちょろと流れる川にかかる屋根つきの木の橋を渡り、そこかしこでいまにも壊れそうな農家の外でひもに干された洗濯物の横を通りすぎた。どこへ向かっているのかわからなかったが、この数週間で初めて不安から解放された。ケイラと過ごしたおかげで、たくさんの心配ごとが軽くなっていた。もう二度とリーに会えなくても、彼にとってはかえってそのほうがいい。トラヴィスは求めていたものを手に入れた。サリーがあたしを殺したいのなら、そうすればいい。覚悟はできている。

道のカーブにさしかかり、足を止めて周囲の景色に見とれた。古びた赤い納屋が一軒、牧草地——というより畑だが、もう何年も耕されていない——の縁に建っていて、その向こうは見渡すかぎり、近くの丘の頂上までうっそうとマツ林が広がっている。

納屋は道路をへだてた向かいの農家のもので、母屋と中庭は壊れかけた白い柵に囲まれ、母屋じたいもひどい状態だった。窓は何ヵ所か壊れ、玄関ドアには雨に濡れた〝使用不可〟の貼り紙が留めてある。何年も人の住んだ形跡はなかった。

木製の小さな門の掛け金をあげて建物のまわりを歩いた。裏庭には蓋つきの井戸と、さびついた道具がぎっしり詰まった小さな差し掛け小屋があった。あたしは小屋から手斧を引き出し、重みを確かめた。金網で囲っただけの菜園があり、小さいながらも雑草と野草のあいだにはバジルやローズマリーの小枝が生えていた。

道路を渡り、納屋を見にいった。扉の掛け金はまだ使える状態で、扉を開けると、巣を作っていた鳥が数羽、垂木から抗議の声をあげた。家畜小屋はからっぽだが、いまも干し草と牛糞の甘いにおいがし、屋根裏の干し草置き場に通じるはしごは人がのぼっても耐えられそうだ。屋根裏にのぼって窓から森林をながめた。これ以上の隠れ場所がどこにあるだろう。

歩いてハイウェイに戻り、モーテル近くのミリタリーショップでテント、寝袋、飲み水一ガロン、そのほか必要なものを手に入れた。今度は缶切りも忘れなかった。

それから数週間、豆の缶詰と家庭菜園の残りを食べ、干し草置き場に立てたテントのなかで、手斧を脇に置いて眠った。夢のなかで父さんが近づき、ほほえみながら手を伸ばした。あたしが口を開けると、父さんは口のなかに手を入れた。壁に文字が描かれた曲がりくねった廊下を走っていると、彼らが一人ずつぽつりぽつりと立ち、暗がりのなかで待っていた。壁を背にして地面にへたりこむサリーまでが疲れた目であたしをじっと見つめ、首を差し出した。

ハイウェイぞいにあるドラッグストアまで歩いてリステリンの大きなボトルを二本買い、その夜はシナモン風味の洗口液で浴びるようにうがいをした。目が覚めると、鼻のなかまでヒリヒリしていた。

午後になると納屋の屋根の上に座り、マデレイン・レングルの『トラブリング・ア・スター』を膝に広げて道路をながめ、さびついた赤いピックアップトラックがカーブを曲がってくるのが見えると、夢のことも忘れてびくっとした。そうかと思うと、こんなふうに毎日、お日さまにこんにちはとさようならを言い、星をながめて自分だけの星座を考え出し、誰にもなんの迷惑もかけずにずっと暮らしてゆくところを想像したりもした。

でも、やがて一日じゅう雨が降ったり、井戸に死んだカエルが浮かんでいたり、近所の住人が変に近づいてきたりして、当然ながらここにずっと住むのは無理だと思いはじめた。この短いハイウェイぞいには古本屋もなく、農家にはキャンドルと十年前の古い新聞の束とマッチ箱があるだけだ。

こうしてあたしは七月の最終週に荷物をまとめ、はしごをおりて納屋に別れを告げた。斧は干し草置き場の床に置いてきた。あったら安心だけど、まさか斧を持ってヒッチハイクはできない。

三日後、レッドブルとオレンジ色のピーナツバタークラッカーの個包装を主食に生きているような、ビートルズファンの女トラック運転手がタールブリッジで降ろしてくれた。ブライドウェル病院に通じる坂を黒のピックアップトラックがいるのを期待しながら、でもいるはずがないという確信に胸がつぶれそうになりながらのぼった。

車はなかった。

どこにも。

思ったとたん、目の前にあった。

リーが荷台の縁から脚をぶらぶらさせ、バリー・クックのステットソンのカウボーイハットで午後の日射しをさえぎっていた。片手にペプシの缶、反対の手に雑誌を持って。あたしは小型トラックの後ろから近づき、砂利道にバックパックをおろしてリーをちらっと見て、両手で顔を隠した。

「ねえ」リーはやさしく肩に両手を置き、「ねえ。大丈夫だって。もういちど会えるってわかってた」本当は腕をまわしてほしかったけど、髪に触れ、しょげた子どもにするようにやさしくなでてくれるだけで充分だった。

あたしは返す言葉に困って言った。「何してたの？」

「ああ、まあなんていうか。人助け」リーはいつもの皮肉っぽい笑みを浮かべ、「ちょっと人手が必要な修理工がいて、二週間ほど一緒に暮らしてる」そう言ってあたしの新しいバックパックを見て顔をしかめた。「きみのリュックは？」

「なくした」

「中身も全部？」

あたしはうなずいた。

「E．T．も？」

「E．T．も」

リーは肩をすくめた。「やれやれ」

あたしは手のひらの付け根で目をぬぐった。「絶好のタイミングだったたってわけ」

「きみからすればそうだろうけど」言いながらもリーは笑っていた。「こっちは一週間、毎日ここで座ってたんだ。暇つぶしのための編み物もなく」

リーが荷台に座り、あたしは横に飛び乗った。リーがもう一本ペプシの缶を開けて差し出した。「もう編み物はやってないの」

「どうして？」

ブライドウェル病院の車椅子の女性と、他人の持ちものでいっぱいのサリーの戸棚に押しこまれた、ミセス・ハーモンの毛糸玉と編み棒が頭に浮かんだ。「話せば長い」

「あの車をケイラにくれてありがとう。あれはすごく大きな意味があった」

当然だ。だからこそ、そうしたんだから。「うん。新しいナンバープレートに替えた？」

リーはうなずき、「それにしてもどこで手に入れたの？」鋭い視線を向けた。「それとも言いたくない？」

「あたしは食べてない」

「だったら誰？」

あたしは答える代わりにペプシをひとくち飲んだ。「あれからサリーのキャビンに行った？」

リーは首を振った。「きみは？」

あたしはうなずき、「あなたが来てくれればよかったのに」そしてすべてを話した。

「だから言ったろ、家族なんてそんなものだって」しばらくしてリーが言った。

あたしはジーンズのポケットにこぶしを突っこみ、小石を蹴った。「つくづくあたしは世間知らずだったってことね」

リーは首を振った。「きみが無事でよかったよ」

「まあ、今のところは」

「あれからどれくらいたった――ひと月ちょっとか？ それだけあれば、あいつはとっくにきみの居場所を突き止めてるはずじゃない？ 移動遊園地《カーニバル》でぼくたちを見つけたくらいだから」

「それって……あたしがサリーを殺したんじゃないかってこと？」

リーは肩をすくめた。「頭を力いっぱいなぐれば間違いなく人は殺せる。考えなかった？」

あたしは首を振り、震える息を吸った。

「ぼくがきみなら気にしない。殺《や》るか殺られるかの状況だったんだから」少し間を置いてリーはたずねた。「お父さんに会いにいく？」

あたしはすぐには答えず、守衛小屋の小さな窓の奥に座る守衛を見てから、柵の向こうの、鉄格子のはまった窓がえんえんと続く三階建ての建物を見あげた。そして今はない右手を毛布の下に隠してあの椅子に座り、この患者が誰で、どんな人生を送ってきたかを何も知らない誰か別の看護助手に顔をふかれる父さんのことを思った。こうしてはるばるブライドウェル病院まで戻ってきたけれど、二度とあのなかへ行こうとは思わなかった。

リリーがあたしを見てうなずいた。

11

車でラスキン国立公園に向かった。そろそろキャンプシーズンの最盛期で、あたりにはたくさんの人がいて、荷台で寝るよりもみんなと同じようにキャンプ代を払うほうが魅力的に思えた。夜、小さなテントのなかでひとり目を閉じると、闇のなかに父さんと母さんの完璧な夏のスナップ写真が次々に現われては消えた。リーとあたしのどちらかがカメラを持っていればよかったけど。

そうして八月の終わりごろ、あたしたちはバリー・クックのピックアップトラックに別れを告げた。

その朝はウィスコンシン州のドア郡に魚釣りに行く予定だったが、公園を出て数キロも行かないうちにエンジンが咳きこむような嫌な音を立て、路肩に車を停めた。リーは一時間近くボンネットの下で身をかがめていたが、やがてどこが悪いのか、あたしにはちんぷんかんぷんの言葉で説明した。いずれにしてもリーには修理できない故障で、いくつもの理由からレッカー車を呼ぶこともできなかった。「リーのせいじゃないよ」これが最後と荷物を取り出しながら、あたしは言った。それでもリーは機嫌が悪く、歩いているあいだもあまりしゃべらなかった。

リーは車が通るたびに親指を立てたが、ようやく一台が止まったのは三十分後だった。赤紫色のサングラスをかけた金髪の女性が前方の路肩に寄せた車の運転席の窓から頭を突き出した。「どうしたの？　故障かなんか？」

あたしたちは車に近づき、リーが後部座席の窓からいぶかしげに車内を見た。透明の収納箱が天井までぎっしり積んである。

「大学に戻るところなの」女は言った。「大丈夫、場所は空けるから。どこに行きたいの？」

「きみが行くところならどこでも」とリー。

女は車から降りてちらっと歯を見せた。「旅の仲間にはうってつけってわけね」

女性はケリー＝アン・ワットと名乗り、リーが自分とあたしを紹介した。ケリー＝アンはウィスコンシン大学マディソン校のもうすぐ四年生で、あたしにはほとんど目もくれず、握手もラザニア麺のように手ごたえがなかった。もしあたしひとりだったら、止まらずに通りすぎていただろう。そういうわけであたしは後部座席に座り、助手席に座ったリーが肩ごしに何度もすまなそうに振り返った。ケリー＝アンはリーにあれこれ個人的な質問をし、リーがでたらめに答えるたびに、あたしは片手でにやにや笑いを隠した。

マディソンに着いたのは午後四時すぎで、リーとあたしはケリー＝アンが寮に入る手続きをしてカギを取ってくるのを待った。まわりはTシャツに、マスコットのアナグマのついた野球帽（ウィスコンシン州の俗称は〝アナグマ州〟）をかぶった学生だらけで、誰もが笑い、名前を呼び合いながら駐車場を行き交い、あちこちでハグとハイタッチを交わしていた。ケリー＝アンが戻ってきて、「あんたたち、行くとこないんでしょ？　今夜、泊まってもいいよ。ひとり部屋があるから」そう言ってリーに笑いかけた。「荷物を運ぶのを手伝ってくれれば」

「お安い御用だ」とリー。「三人で運べばすぐ終わる」

荷物を抱えて階段をのぼり、部屋に運びこんだ。大学の寮に入るのは初めてだったが、たぶんこれが標準なのだろう。塗装されたシンダーブロックの壁に、灰色のリノリウムの床、ファイバーボードの家具。ケリー＝アンがポスターを貼るのを待ってから――リーは彼女が《卒業白書》のトム・クルーズとか、スキンヘッドのマッチョバンド、ライト・セッド・フレッドのポスターを取り出すたびに目をまわし――キャンパスのピザ屋に夕食を食べに行った。前を行くケリー＝アンは湖岸の小径をリーと並んで歩き、何かを指さすたびにリーの腕の内側に触れた。このパターンにはもう慣れた。明日の朝になったらリーと次の計画を立てる――どんな計画であれ、ケリー＝アン・ワットとはなんの関係もない。「あんた、とっても器用だね、リー」部屋に戻るとケリー＝アンが言った。「悪いけどロフトベッドを組み立ててくれない？ 数分しかかからないはずだから。そのあいだに女の子の道具を取り出してる。マレン、手伝ってくれる？」

ケリー＝アンはバスルームに入ってドアを閉め、カウンターに洗面道具や化粧品を並べはじめた。「新年度が始まる前にこれをやるのが好きなんだ。化粧品を並べるのが」

「たくさん持ってるんだね」

ケリー＝アンは笑い声をあげ、「悪いことみたいに言うじゃない」

「なんでこんなに必要なのかなと思って。そのままできれいなのに」

ケリー＝アンはあたしのお世辞に礼も言わず、小さい容器やペンシルやボトルを並べつづけた。それを見ながら、あたしは心のなかで彼女の爪切りを握りしめた。

数分後、ケリー＝アンは満足し、あたしを値踏みするように見た。「あのさ、あんただってその気になればきれいになれるよ」

あたしは腕を組み、鏡のなかの彼女と目を合わせた。「そしてこう言うんでしょ、いつも黒ばかり着ないほうがいい、顔色が悪くて、不機嫌で、すごく不幸そうに見えるし、誰も友だちになろうとは思わないって」

「ていうか、前にもそう言われたんなら、それに一理あると思わない？」リーはあたしの友だちで、あたしが何を着ようと、顔に何をつけようとかまわない」

「ふうん」ケリー＝アンはあたしのおくれ毛を引っぱって耳にかけ、

「「そこが気になってんだけど」

「リーはあたしをそんなふうには見てないの」

「そうは言っても、男と女は友だちにはなれない」

「何もないの。リーはあたしを子どもだと思ってるから」

「へえ、あんたいくつ？」

「十六」

ケリー＝アンは声を立てて笑った。「で、彼は？　二十歳？」

「十九」

「まあいいわ」ケリー＝アンはプラスチックの小瓶を取って指を浸し、唇にピンク色のべたつくリップをつけた。「あたしは少し若いほうが好きだから」

バスルームを出ると、リーがロフトベッドの組み立てを終えていた。ナイトテーブルの時計は夜の十一時三十三分。そろそろ寝る時間だ。あたしはどこに寝ればいいの？

ケリー＝アンは自分のベッドによじのぼると、デスク脇の床に置かれた箱を指さした。

「そこにエアマットレスが入ってる。リー、自分で空気を入れてくれる？　電動だから、空気を吹きこまなくても大丈夫。マレン、あんたは廊下の突きあたりにある談話室のカウチがよく眠れると思うよ。寝心地がよくて――あたしも去年はしょっちゅう映画を観ながら寝入ったくらいだから」

リーは〝嘘だろ〟と言いたげな目であたしを見やり、「待ってよ、エアマットレスはふくらませるから、それをマレンに――」

「マットレスには穴が空いてんの」ケリー＝アンがそっけなく言った。「マレンにぐっすり寝てもらいたくないの？」

ことを荒立てたくなければ言われるままにするしかない。ケリー＝アンはあたしにくたびれた灰色の毛布を放り投げた。「じゃあ明日」

談話室の照明は消えていた。街灯の明かりで、部屋の隅に小さな簡易キッチンと冷蔵庫、別の隅にばかでかいテレビ、そして部屋のあちこちにカウチが置かれているのが見え、そのひとつに腰をおろした。クッションはビールと汚れた靴下みたいなにおいがした。

ケリー＝アンがリーのシャツのボタンをはずし、しぼんだエアマットレスの脇にシャツを投げる場面が頭に浮かんだ。リーが彼女の素肌に指を這わせるところが。〝あんた、すごく器用だね、〝リー〟。われながらあきれて暗闇をあおぎ、必死に何も考えないようにした。眠りに落ちると、あたしはいつものあの廊下を、ピンクのピンヒールをはいてつまずくケリー＝アンを追い越しながらジグザグに走っていた。

次に気づいたときは、顔を懐中電灯で照らされていた。「ここで寝てはいけません」きびきびとした、でもやさしい声が言った。「ここはもう閉室です。この寮の学生？」

まぶしさに片手を目の上にかかげると、声の主は一瞬、懐中電灯をはずし、天井の電灯をつけた。長身でたくましい丸刈りの警備員が簡易キッチンのあたりに立っていた。しばらくして、それが男でないのに気づいた。

「ケリー＝アン・ワットの友だちです」友だちという言葉が喉につっかえそうになった。

「二二九号室の」

「宿泊客の届け出、出しましたか？」注意ぶかいしゃべりかたから、英語が母語でないとわかった。

「その……届け出がいるなんて知らなくて」

「荷物をまとめて。これから友だちの部屋へ行きます」

あたしは廊下に毛布を引きずりながら警備員のあとについていった。

警備員はケリー＝アンの部屋のドアをドンドンと叩き、しばらく待ってからもういちど叩いた。ようやく足音が近づいた。

ケリー＝アンがドアを開けた。肩ごしにのぞくとベッドはからっぽで、リノリウムの床にエアマットレスが水たまりのように置かれていた。「何か？」

「この女性が談話室で寝ていました。あなたの友だちと言ってます」

ケリー＝アンはあたしを無表情でながめまわし、「いいえ。悪いけど知りません」

口を開けて反論するまもなく警備員は謝り、ケリー＝アンは警備員の背中ごしに勝ち誇ったような目であたしを見てドアを閉めた。

「嘘をついてはいけません、ミス。あなたのこと、報告しなければならない。学内警察から出頭命令が届きます」

「嘘なんかついてません」あたしはうんざりして言った。「嘘をついたのは彼女のほうなんです、あたしの友だちを独り占めしたくて」すきを見て、あの爪切りでつまんでやればよかった。

警備員はケリー＝アンのドアを振り返ってからあたしを見た。まぶしく光る赤い〈出口〉に向かって廊下を歩きながら思った——あたしの言葉を信じようと信じまいと警備員にはなんの関係もない。この人にとってはどうでもいいことだ。この人は自分の仕事をしているだけで、いまあたしが消えても肩をすくめ、何ごともなかったように見まわりを続けるだろう。

「これから学内警察署に行きます」階段をおりながら警備員は言った。「ここから二ブロックほど先」

階段をおりきり、ドアを出るまであとをついていったが、警備員が建物の角を曲がったのを見て、あたしは反対方向に走り出した。追ってこないのはわかっていた。

湖まで数ブロック歩き、水面を見渡す公園のベンチに座った。明るくなるまでにはまだ数時間ある。バックパックはケリー＝アンの部屋に置いてきた。手もとにはぼろぼろの古びた毛布が一枚あるだけで、すっかり途方にくれた。何カ月も宿なしだったけど、心からそう感じたのはこれが初めてだった。

いつのまにか眠りこんだのだろう、気がつくとあたりは明るく、隣にリーが座っていた。数人の早朝ランナーが横を走り抜け、古い毛布にくるまっている自分が無防備でバカみたいに思えた。喉がヒリヒリした。「どこにいたの？」あたしは疲れた声できいた。「彼女と一緒じゃなかったね」

「ごめん、マレン。あんなことまでされて黙ってるべきじゃなかった。会った瞬間から嫌なやつだったけど、あれほどとは思わなかった」

「ケリー＝アンが何をしたか、聞いた？」

「聞かなくてもわかる」

「部屋にバッグを置いてきた。取りに行ってくれる？」

「自分で取りに行けばいい。でも、そんなにあわてなくても大丈夫」リーがふっと息を吐き、あたしはそのにおいを嗅いだ――ミントの下にひそむ嫌なにおいを。たぶん、ケリー＝アンの歯ブラシを使ったんだろう。「これであの部屋のものは全部きみのものだ」

あたしはケリー＝アンの黒い服を――下着まで――身に着け、彼女のIDカードで毎日、図書館へ行った。カードの写真とあたしの顔を照合する人はいなかった。受付デスクの奥に退屈そうに座る学生にIDカードをさっと見せて回転ゲートを通り、これまで見たなかでいちばん大きな図書館に入った。
二、三時間、本を読み、こわばった脚を伸ばすために書棚の列のあいだを歩いていると、いつものように棚戻しを待つたくさんの本がカートに置かれたままになっていた。いつ見ても戻す人がいないので、自分で戻しはじめた。誰かが読んだ本を棚に戻していると気持ちが落ち着いた。
昼間はあまりリーとは会わなかった。どこで何をしているか知らないが、一日の終わりにはマクドナルドかバーガーキングに寄って、夕食にハンバーガーとストロベリーシェイクを買ってきてくれた。

いつまでこんな生活を続けられるのかわからない。でも、そろそろ潮どきだと思いはじめたのは、ここが好きになったからだ。この町も。キャンパスも気に入った。カフェテリアはドイツの狩猟小屋のような内装で、黒っぽい木と黒文字がふんだんに使われ、天気のいい日はテラスにトレイを持ち出して、湖をながめながら食事ができる。

学生たちも気さくだった——たとえこちらから話しかけられなくても。何度かテラスで三人の女子学生が編み物をしているのを見かけた。ある日なかの一人が目をあげ、あたしが見ているのに気づいて笑いかけた。「あなたも編み物する？」

あたしは首を振った。「覚えようとしたけど、どうしてもコツがつかめなくて」

「あら、最初は誰だってそうよ」女子学生は身を乗り出し、隣の席をぽんぽんと叩いた。「ここに座って。教えてあげる、やりかたが定着《スティック》するように」

「ははっ」友だちの一人が笑った。三人は話しているあいだもずっと手を動かしていた。

「〝編み棒《スティック》〟だけにね」

「今は時間がなくて」あたしはぼそりと答えた。

「ああ、そう」彼女は残念そうに、「こうやってよく一緒に編んでるから、いつでも来て」

「サークルじゃないんだけど、そろそろ作ろうかって話してるところなの」三人目の学生が言った。

「編み物なんておばあちゃんだけがするものと思ってる人もいるけどね」最初の学生がため息まじりに、「じゃあ、できたら来週来てよ。毛糸と編み棒を持って」あたしはうなずき、作り笑いを浮かべてテーブルからあとずさった。

信じられなかった。あんなにも感じよく接してくれるなんて。

寝る時間にはリーがエアマットレスをふくらませたが、夜中に目が覚めるといつもしぼんでいた。リーは談話室に隠れ場所を見つけたか、そうでなければケリー＝アンの車の後部座席で寝ているようだ。朝、目が覚めると、リーはシャワーを浴びていることもあれば、もう出かけたあとのときもあった。その夜もあたしはベッドを使うように言ったけれど、リーは断り、ケリー＝アンのもの——ヘアブラシとかタンクトップとか——を手にしながらため息まじりに言った——「ぼくもそのうち誰かに食べられるだろうね。自業自得ってやつで」

「そんなこと言わないで」

「なんで？　どうして言っちゃいけないの？」

あたしは答えなかった。理由は考えたくなかった。

翌日、いつものように図書館の机に腰を落ち着け、二時間ほど読んだり書いたりしたあとトイレに立った。

戻ってくると、広げた教科書の溝に何かが置いてあり、最初は目を疑った。

白くて細長い、ひものようなもの。

ふわふわした。

それがチャームブレスレットのようなものについている。

それでも何かわからず手に取ってみた。ふわふわした毛の片端が切断され、乾いた血で固まっていた。

〝しっぽだ。猫のしっぽ。ミセス・ハーモンの猫の〟

しっぽが床に落ち、かすかにチリンと音がした。ブレスレットじゃない。首輪だ。片膝をつき、こわごわとタグを拾った。表には〈プス〉、裏には〈ハーモン――ペンシルヴェニア州エドガータウン、シュガーブッシュ・アヴェニュー二一七番地〉と書いてある。とたんにあたしはミセス・ハーモンの美しい白猫をドアから追い出した〈あき・へや〉に戻っていた。

なかに入れてあげればよかった。

図書館にはたくさんの学生がいて、何か変だと気づいた人がいたとしてもあたしには見分けがつかなかった。静けさが増幅し、まわりにいる人がみなマネキンになったが、背中にはサリーの視線を感じていた。胃がむかつき、両手からは真鍮で頭蓋骨をなぐったときの嫌な音が響きはじめた。

猫のしっぽを隠し、サリーが手を出せないよう、人目があるこの場所に座りつづけることもできる。でも、図書館もいつまでも開いているわけじゃない。

本を閉じ、今回だけはテーブルに置きっぱなしにして猫のしっぽを拾い、すばやく近くのゴミ箱に捨てた。みごとに晴れた午後で、中庭はフリスビーをしたり日光浴をしたりする人であふれていた。あたしは後ろを振り向かず、ひたすら寮に向かって歩きつづけた。

階段の吹き抜けに入って二階の踊り場までのぼり、階段に座った。両開きドアの向こうの廊下は誰もいない。そうしてサリーのブーツの音が階段から聞こえるのを待った。

階段のいちばん下のドアが開いて閉じ、ゆっくりとした、たしかな足音が聞こえてきた。あたしは目を閉じ、両手から響く音と心臓の激しい鼓動を聞いていた。いちどは叩きのめした相手だが、あのときの恐怖はますます振り払えなかった。

目を開けるとサリーが横目で見ていた。どうしてあたしはこんな男を一度でも信用してしまったのだろう？　サリーの片手でポケットナイフが光った——こびりついた血が輪になって爪に残る、あのおぞましい手に。「やれやれ。おまえはなんて悪い子だろうね。おじいちゃんとしてお仕置きするのは当然の務めだ。だろ、嬢ちゃん？」

あたしはため息をついた。「お仕置きならひと月前にできたはずよ」

「力を取り戻さねばならんかった。それに、復讐は時間を置いてからのほうがいいと言うだろ？　さあ、立て」サリーはあたしが背にしたドアにどすっとナイフを突き刺した。「ここまで来るのにずいぶん苦労した、これ以上はごめんだ」

サリーはあたしのあとからケリー＝アンの部屋に入り、ドアに掛け金をかけた。あたしはベッドに押しやられ、思わずサリーの肩ごしにドアを見たが、無駄だとわかっていた。サリーは、あと数時間は帰ってこない。昼の光が消えはじめ、部屋には濃い影が射していた。

「いいか、よく聞け。おまえがもういちどドアを見るまもなく、その身をまっぷたつに切り裂いてやる。わかったか？」

あたしはうなずいた。どうしてサリーはわざわざナイフを使うんだろう？　我が子を食らうサトゥルヌスには必要なかったのに。

サリーはデスクチェアをベッドのほうに回転させて腰をおろし、指先にこびりついた汚れと乾いた血のかけらをナイフの先で床にはじき飛ばした。「いとしのボーイフレンドは今度も助けにこんようだな」そう言ってにやりと笑い、「結局はその程度だ」

「いまに戻ってくるわ」

「くるもんか。やつにはとっくに片をつけた」

その瞬間、サリーが哀れに思えた。まるで四十年間、一度も鏡を見なかった男のようだ。そして、母さんがどんなにあたしをかわいがり、守ってくれたかにも気づいた。サリーは愛されるということ——あるいはそれに近い感覚——がどんなものか、一生知ることはないだろう。

「リーを殺したってこと？」

サリーは笑った。「喉を切り裂いて早めの夕食にした」

嘘に決まってる。祈るまでもない。

「トラヴィスの家までつけてきたの？　見てたの？　あたしが——」

「黙れ、嬢ちゃん。おまえが言えるのは刺される寸前の命乞いだけだ」そこでサリーは後頭部をさすり、顔をしかめた。後頭部には腐りかけたモモのような醜いあざがあり、トロフィーの角で切れた皮膚にぎざぎざの傷痕が残っていた。ひと月前より髪の毛も減っている。「おまえに頭を思いきりなぐられてからどうも調子が悪い。ひどく忘れっぽくなって、自分がどこにいたのか、何をしてたのかも忘れちまう。何も見えないときもある。昼間は外にも出られん、太陽を見るとただでさえ痛い頭がますます痛む」

「あたしをほっといてくれたら、あんなことはせずにすんだのに」

サリーはナイフの先を突きつけ、「そしておまえが口を閉じて蹴るのをやめてれば、おたがい、こんな手間はかけずにすんだ」

たしかに、それは間違いない。

サリーは爪の下の掃除に戻り、「昔こんな男がいた」妙にそっけない口調で話しはじめた。「そいつは自分の母親を食った。もちろん驚かれるだろうと思って言ったんだろうが、おれは誰も、何も怖くない、自分の母親を食った男でさえ」

「リーは自分の父親を食べたかもしれない。あなたを食べるくらいわけない」

祖父の目が暗闇で光った。「いままで何を聞いてた、嬢ちゃん？　〝誰だってやってる〟と言わなかったか？」

廊下の奥のドアがバタンと閉まり、重くて力強い足音が近づいた。リーだ。間違いない。

「どうしてそんな嘘を言うの？」あたしは慎重に言葉を選んだ。「どうなるかはわかってるはずよ、サリー。あたしを殺して食べても、こんどは彼があなたを食べる。リーはそういうタイプなの。この世にいないほうがいい人間を食べる人喰い《イーター》」

部屋のカギががちゃりとまわり、掛け金にはばまれてドアがきしんだ。「マレン？　マレン、いるの？」

サリーがにらみ返し、薄くなった髪をなでつけた。「あなたがいると言ったほうがいい？」いつ飛びかかられて刺されてもおかしくなかったったが、あたしは不思議なほど冷静だった。リーは別の方法でドアを開けようとしていた。ロックをいじるたびにゴムの靴底がきしみ、金属どうしがぶつかる音がした。「リーはきっと開ける」あたしは言った。「リーはどんなカギでも開けられる」

いちかばちか。サリーが飛びかかり、あたしはねらいどおり彼の右腕をぐいとつかみ、サリーがあたしの手を刺そうとナイフを握りなおすのをどこか冷めた気持ちで見ていた。

「いま行く、マレン！」

ぎりぎりまでこらえて手を放すと、サリーはベッドに向かってよろけ、枕にナイフを突き刺した。その背中に飛び乗り、背後からナイフを持った手をつかむと同時に掛け金がはずれ、ドアがバンと開いた。サリーは驚き、恐怖にも似た表情でリーを振り返った。その瞬間、この一カ月あたしを追いつづけた人間にしてはありえないほど弱々しく見えた。

リーはあたしには目もくれず、ドアが閉まるやサリーの腕をつかみ、あたしは手を放した。「バスルームで待ってて」リーが言った。

ドアに駆け寄り、もういちど掛け金をかけたとき、サリーの声がした。「まあ、ちょっと待て、若い《サ》の《ン》……」

リーは言った。「ぼくを息子《サン》と呼ぶな」

あたしは浴槽のなかに入ってカーテンを引き、手のひらで両目をぎゅっと、星が見えるまで押さえつけた。これから約七分間。助かった。もうこれで安心だ。

やがてリーがバスルームのドアを叩いた。「入ってもいい?」あたしは答えなかったが、リーは入ってきて浴槽の横に膝をつき、カーテンを引き開けた。「大丈夫?」と言って腕をまわし、息を吹きかけたとたん、あたしは吐きそうになった。

「ごめん。歯を磨いてくる」

「サリーが、あなたには片をつけたって」

「あいつが一生のうちで一度でも本当のことを言ったとしたら驚きだ」

あたしはリーを見あげた。「ありがとう」

「なんでもないよ」リーはあたしの手を取り、やさしく引っぱった。「さあ。浴槽から出て」

リーが顔と手を洗い、ケリー＝アンの歯ブラシを使うあいだ、部屋に戻った。もともと居心地よくはなかったが、今ではますますよそよそしく思えた――すでにリーがシーツをはがし、剝き出しのマットレスにケリー＝アンのローラアシュレイの羽布団をかけていたけれど。ベッドの端でできるだけ小さく体を丸めた。視界の隅に、人間の残骸でふくらみ、口を二重に縛った黄色いビニールの買い物袋がドアの脇の床に置いてあるのが見えた。自分の祖父が人間ですらなかったような気がした。

リリーが出てきてデスクの椅子に座り、目をこすった。「もう少しできみを失うところだった」

「どうして早く戻ってきたの?」

リリーは肩をすくめ、「なんかそうしたほうがいい気がして」

部屋の隅にあるクローゼットの扉が開き、何か長いものがだらりと延びていた。ロープのような。サリーは図書館にあたしを捜しに行く前に、部屋にリュックサックを置いていったのだ。

リリーはあたしの視線に気づき、立ちあがってクローゼットの扉を大きく開けて髪のロープを拾いあげた。「これはいったい……?」そう言いながら引っぱると、ロープはあとからあとから出てきて、リリーはサラダバーのなかに切断された指を見つけたかのような表情を浮かべた——自分がイーターであることを忘れたかのように。

リュックから引き出されるにつれ、ロープはリノリウムの床の上でとぐろを巻いた。あまりの長さに、ほかのものがリュックに入っているとはとても思えなかった。「吐き気がする」リーがつぶやいた。「まるで〝フランケンシュタイン版ゾンビ・ラプンツェル〟みたいだ」こんな状況なのに、あたしは声をあげて笑った。

リーはようやく最後まで引き出し、あたしを見あげた。その顔は、あたしがあの晩ミセス・ハーモンの家で感じたような恍惚と嫌悪が入り交じった表情で紅潮していた。「前にも見たことあるの？」

あたしはうなずいた。「終わりのほうにあるのがミセス・ハーモンの髪」でも、髪のロープは最後に見たときよりさらに数十センチ長くなっていた。こうして初めて全体を見て思った。サリーが本当に死んだ人しか食べなかったのなら、ロープには灰色や白や銀色がもっと多いはずだ。

リーはロープを蹴りやり、椅子に座ってじっと見た。「こんなにおぞましいものを見たのは初めてだ」

「それはわからないけど」あたしは言った。二人とも黙りこみ、いまにも何か別のいまわしいものが這い出てくるとでもいうようにリュックサックを見ていた。

とつぜん、あたしはその存在に耐えられなくなり、立ちあがって髪のロープをリュックに突っこみ、肩ベルトをつかんで床を引きずりはじめた。

「何してるの？」

「ゴミ箱に捨ててくる」

「待てよ」リーが立ちあがり、あたしの手から肩ベルトを取った。「よせって」

「ほかの人のものを見るのはもううんざりよ、リー。ましてやあの男の持ちものなんか見たくない」

「見なくてもいい」

「それだけじゃない。サリーが図書館の机に何を置いたと思う？」あたしは身震いし、

「サリーはミセス・ハーモンの猫を殺したの」

無言のまま、しばらく見つめ合った。「いつまでこんな思いをしなきゃならないの？ 死んだとわかった今になっても？」

「気持ちが落ち着くには時間がかかる、それだけだ。いまに落ち着く。シャワーを浴びたらいい。何を見つけても、きみには見せないと約束する」

ひとたび熱い湯を浴びたら少し気分がよくなった。バスルームから出ると、リーが二十ドル札の分厚い束をかかげた。「ほら？ だから捨てるなって言ったんだ」

「そんなのほしくない。ミセス・ハーモンのお金よ」

「ミセス・ハーモンのだけじゃない」

リーの言うとおりだ。あたしは言葉に詰まり、ケリー＝アンの『ジキル博士とハイド

氏』を手に取ったが、リーの視線を感じて集中できなかった。「何？」

「本を読んでるときのきみの表情が好きだ。本当にどこか別の場所にいるような顔してる」

「読んでるときの顔を見てたの？」

リーは肩をすくめ、「きみはすごく没頭してるから気づきもしない」ほかにも何か言いたげだったが、親指を舐めてお金を数えはじめたので、あたしは本に戻った。

「五百八十九ドル。それだけじゃない」リーが小さなポーチをかかげて小さく揺らすと、チリンと音がした。「たぶん宝石だ」

「見せて」

ポーチを受け取って口ひもをゆるめ、ひっくり返して中身を全部ベッドに広げた。二十個くらいの見たことのない宝飾品のなかに、あたしがミセス・ハーモンのマントルピースに並べたオパールとパールの指輪があった。

リーがリュックサックから目をあげた。「きみのもある？」

「ううん。ミセス・ハーモンの」宝石の塊から指輪を取り出し、手のひらに並べた。ミセス・ハーモンの姪に送りたいと思ったが、どこに住んでいるか捜しようもない。首にかけたロケットペンダントをなでると、キャロットケーキと〈エメラルドの都〉の新郎新婦がよみがえった。

「こいつはやばい」リーが笑いながらまた何かリュックから取り出した。「まったく地獄のサンタクロースみたいなやつだな」リーはサリーの変色した銀の酒瓶をかかげて蓋をゆるめ、「乾杯！」と言って頭をそらし、ごくごく飲んだ。

「口をつけて平気なの？」

「悪い？」リーは瓶の口をシャツの角でぬぐって差し出した。「歯を磨かなくてもよかったな」

「いらない」

「そう言うなって。上等のウィスキーだ」

リーが立ちあがってベッドの横に座った。あたしは酒瓶を取って傾け、アルコールで喉が焼けそうになって咳きこみ、「うえっ。まずい」と言って、もうひとくち飲んだ。

「そう言いながら飲んでるじゃん」瓶を返した拍子にたがいの手が触れ合った。

「味はひどいけど、飲んだら腹のなかに小さな火が灯る」そのとたん、何もかもがどうでもよくなった――サリーのナイフが喉に当たっていたことも、彼の骨が小石の山のようにリーの胃のなかに収まっていることも。おじいちゃんが永遠に釣りに連れていってくれないことも。合法的に自分のものと言えるお金がなかろうと、父さんがこれから死ぬまで毎朝、あたしの訪問を心待ちにして目を覚まそうと、誰かがケリー＝アンを訪ねてきて明かりがついてるのに気づき、あたしたちの声を聞きつけて学内警察に突き出そうとどうでもいい。どうしてみんなが酒を飲むのか、わかった気がした。

羽布団をあごまで引きあげると、リーが酒瓶を差し出した。「ほら、飲み干して」「もういらない」これ以上飲んだら、この暖かくて心地よい〝どうでもいい気分〟が消えてしまいそうだった。力が抜けた、でもいいほうに抜けた気がした。今夜は楽しい夢が見られそうだ。

リーは肩をすくめて酒を飲み干すと、空《から》になった瓶をナイトテーブルに置き、「そろそろ寝る時間だ」立ちあがって天井の明かりを消した。中庭の向こうの街灯で室内は充分見える。リーはシャツを脱いでデスクの椅子に放り投げ、手を口に近づけて息を嗅ぎ、ケリー＝アンの歯ブラシで歯を磨きにバスルームに消えた。

バスルームから戻ってきたリーはジーンズの前ボタンをはずしながら、「ぼくたち知り合ってどれくらいだっけ、マレン？　ほんとに、まだたったの三カ月？」

とつぜんすべての言葉が、短いイエスやノーでさえ、信じられないほどの力が必要に思えた。温もりと重苦しさが手足の先まで広がり、まぶたを引っぱり、舌を包みこんだ。

それでも薄目を開けて、リーが服を脱ぐのを見ていた。リーは引き締まった筋肉をしていた。身をかがめてジーンズを脱いだとき、中庭の明かりで背中の産毛が見え、その影は黒ではなく金色でできているように見えた。バリー・クックのウォーターベッドでいつのまにか眠りこみ、リーがカウチで寝ていた最初の夜を思い出した。使い物にならない、つぶれたエアマットレスが部屋の隅に置いてある。あたしは言いたかった――〝どうしてここで寝るの？　今夜は今までと何が違うの？〟

リーはジーンズを床に脱ぎ捨てたまま、あたしを越えてベッドにのぼり、あたしと壁のあいだにそろそろと体をすべりこませた。「いい？　ゆっくりできる？」

「ん？」ぼんやりした頭のなかで、なんでもないふうに答えた自分に驚いていた。できるわけないじゃない？　「うん」あたしはつぶやいた。

リーが丸くした手をあたしの肩に置いた。「マレン……」

リーが小さく笑った。「明日の朝は二日酔いだな」

「ほんのふたくちしか飲んでないのに！」

「飲んだことない人にはそれでも多い」リーがあたしの肩にあごをのせた。何か言いたげだったが、きけなかった。しばらくしてリーが言った――「あの晩、菓子売り場の通路できみを見たとたん……なんていうか、感じたんだ。何かを。今もよくわからない。ただ、きみを見て感じた」

「何を？」

「これを」リーは言った。「こうなるってことを」

これ？　これって何？　ふたたび温もりが戻ってきた、手指の先からつま先にまで。〝眠ってしまおう〟――あたしは自分に言い聞かせた。〝忘れてしまおう〟「あたしが何者かわかってたの？　お菓子売り場の通路にいたときから？」

「車のなかにいるのを見るまでは確信がなかった」リーはあたしが身をよじったのを感じ、「ごめん。思い出させて」

しばらく二人とも黙りこんだ。リーは片肘をつき、反対の手を肩にのせたままだ。それからあたしの頭をなではじめ、「きみの髪」ぼそりとつぶやいた。「あいつはきみの髪を編んでたかもしれないんだな」

これまで自分の髪はなんとも思っていなかった――長くて黒くてなんの特徴もない――でもリーになでられたとたん、シルクに変わった。リーはそっと首から髪を払い、顔を寄せてキスした――あたしたちがいつも最初に食いつく場所のすぐ横に。「やめて」

「それはぼくにしてほしくないから？　それともするべきじゃないから？」

「やめて……それは……するべきじゃないから」

「ずっとそっけないふりをしてた」リーはあたしの腕を上下になでた。「ごめん。そうするしかなかった」

そのとき、あの重苦しい温もりの下で——酒瓶から呼び出した安心感の下で——あたしは胃がごろごろと鳴るのを感じた。

12

目覚めるとリーはいなかった。口のなかに嫌な味が残っていた。自分のしたことは否定しようもなかった。

陰鬱な灰色の朝で、部屋にはあるはずのないものが置かれていた。リーが机に置いたままのステットソンのカウボーイハット。床に脱ぎ捨てられたままのジーンズ。ほかにも彼が残していけるはずのないもの、あたしが決して中身を見るべきではなかった彼の部分がそこにはあった。

目を閉じ、シーツに残る彼のにおいを吸いこんだ。リーがあたしを抱いた瞬間、すべてが溶けて流れ出した——あたしのなかの暗く、醜く、腐ったすべてが。リーはあたしを浄化した。そうさせてくれた。でもあたしは長いあいだベッドに横たわり、心の奥底から、そうさせてくれないでほしかったと思った。こうしてリーの名前も胸に刻まれた。

その夜、図書館から戻ってくると部屋のドアにピンク色の紙がテープで留めてあった。

K＝Aへ。どうしてデルタの歓迎朝食会に来なかったの？　二日酔いとか？　すぐに電話して。

――メリッサ

これからどうすればいいのだろう？　こんなふうにして生きてゆけるはずがない。ケリー＝アンの部屋で誰かに見つかるのは時間の問題だ。

翌朝、棚戻し用のカートから本を棚に戻しているとき、机に座る男子学生の視線に気づいた。少し年上――二年生か三年生くらい――で、リーと同じように引き締まった体つきだが、体にぴったりしたボタンダウンのシャツのせいで銀行員のように見える。

あたしは本を棚に戻し終え、『バビロンの伝説』という本を取り出して男子学生が座る机の正面に座った。内容の大半は頭のなかを素どおりしたが、理解しようとしてみるのはいい気分だったし、彼の視線が教科書から離れ、机ごしに自分の腕の内側まで這いあがるのを見るのも快感だった。

十五分ほどたってから彼はノートのページを破り、机ごしにすべらせた。

〝邪魔してごめん、でもバビロンに関する本を読んでいるのが見えたから。レジナルド・トゥーミーの『チグリス川の夢』は読んだ？〟

あたしが首を振ると、彼はこう書いた。

〝図書目録で探してみて。もし貸出中だったら、ぼくのを貸すよ〟

〝ありがとう。ご親切に〟

〝考古学か人類学を専攻するの？〟

〝まだ決めてない〟

〝ぼくは両方、専攻してる。何か質問があったらなんでもきいて。クロード・レヴィ＝ストロースは読んだ？　マーガレット・ミードは？〟

それから数分間、紙をやりとりしながら、本や、彼が取っている講義の話をした。彼はチャーミングで、自分から好きで図書館に入り浸っていた。共通点としては充分だ。

〝ぼくはジェイソン〟――ようやく彼は名乗った。〝会えてうれしい〟

彼の名前の下に自分の名前を書いた。彼の笑みはコルゲート歯磨きのコマーシャルにでも出演できそうなほど完璧だった。

〝もしくはリステリンの〟――あたしはこっそりつぶやいた。

次の質問が来た。来ないはずがない。〝彼氏いる？〟

あたしはちらっと見返し——ジェイソンは痛々しいほど熱い視線を向けていた——あんまり軽々しく応じるべきじゃないとわかっていたから〝いる〟と書いた。紙をまわすまでもなく、書いている途中で彼が身をよじるのを感じた。〝ごめんなさい。いい本を教えてくれてありがとう〟

〝いずれにしてもそのくらいいつでも教えてあげるよ〟ジェイソンはそう書いてよこした。

〝それは信じて〟

あたしはほほえみながらうなずき、本を集めた。彼にはまた会うだろう。ジェイソンはここの学生で、ほとんど毎日、図書館に来ている。

たまに大学の講義にもぐりこみ、本を読みながらこんなことを考えた——もし実際に授業に出て、エクアドルのヒバロ族に関する論文を書かなければならないとしたら何を書こう？ ヒバロ族は敵の頭を乾燥させ、干し首にしていたことで知られている。たぶん今もやっているはずだ。ジェイソンが書棚の列の隙間からじっと見ていたが、あたしは気づかないふりをした。

その日、本を読むのに疲れ、いつものように棚戻し用のカートから本を棚に並べはじめた。もうひと抱え本を取りに行こうとすると、通路の端で男が棚戻し用のカートに肘をついて立っていた。白い半そでのボタンダウンのシャツは少ししわがより、下着の線が見えるほど薄手で、いやでも腋の下の濡れた輪が目についた。こんなことを思うのはよくないけれど、抑えるまもなく言葉が浮かんだ——ごつごつしてる。鼻も、腕も、顔の形も。長く垂らした黒髪は耳のまわりではね、無精ひげが生えていた。あたしのほうが背が高い。レファレンスデスクで質問に答えているのを毎日のように見ていたが、これまで彼にはあまり関心を払ったことがなかった。

あたしはそわそわしながらその場に立って棚をながめるふりをすることにした——彼の白いむっちりした肘の下にあるカートの本を棚に戻そうなんて思ってもいないふうに。彼は口の端をゆがめてあたしを見ていた。本人は笑顔のつもりらしい。「今までずっと、カートの本は自分で棚に戻ってるのかと思ってた」

「やったほうがいいと思って」

「授業で読まなきゃならない本はないの？」

「もう終わった」

「じゃあどうぞ」彼が脇によけ、あたしは腕いっぱいに本を抱えた。

彼は棚戻し用のカートから誰かが忘れた鉛筆を取って、鼻をぽんぽんと叩きながら、

「棚戻し業務は時給六ドル五十セント。やりたければ図書館長に言って登録すればいい」図書館のいちばん奥にあるガラス張りの事務所を鉛筆で指し示した。「ふつうは週に十時間までだけど、いまは人手が足りないから、いつでもダブルで働ける」そこで言葉を切り、「一年生？」

あたしはうなずいた。

彼は片手を差し出した。「ウェイン。博士号をとるための勉強をしてる」

「マレン」

「会えて光栄至極」彼が答えたとたん、あたしは〝ユーモア〟と〝嫌味〟の違いを理解した。この人が好きだと思った。ウェインとは決して友だちにはならないけど――彼にとっては幸運にも――あたしにちゃんと敬意を示してくれた、それが大きかった。

あたしは左右の足に体重を移動させながら、「なんの博士号？」

「図書館学」ウェインは肩をすくめた。「おもしろくもなんともない」

あたしたちは笑みを交わした。ウェインは行きかけて足を止め、「そうだ――ヘンダーソンに話しておくよ。ここの館長。きみはすでに一週間半、働いてるから、そのぶんも払ってもらえるように」

「ありがとう」ふいに泣きたくなるほど感謝の気持ちがこみあげた。「そこまでしてくれて」

ウェインは最後にもういちど肩をすくめると、すり足でレファレンスデスクに戻っていった。あたしは工学の教科書を抱えられるだけの抱え、この世に悩みひとつないかのようにほほえみながら書棚に戻った。

その日の午後、図書館から帰る途中で学内新聞を一部取った。カフェテリアでサンドイッチを買い、テーブルで食べながら新聞を広げ、告知板の貸し部屋の欄をながめた。いちばん安いのはキャンパスからほんの六ブロックの距離で月に二百ドルという、怪しいほど格安の物件だった。

問い合わせは午前十時から午後六時のあいだ、フロント・ストリート三五五番地まで。

若い女性限定。

その下宿屋はやたらと広い、古びたヴィクトリア朝ふうの建物で——ポーチには庭用の家具が積みあげられ、にこやかなノームの顔は塗料が剝げかけて——老朽化していたが、感じは悪くなかった。ミセス・ハーモンと同じくらいの年齢で、はるかに体重の重そうな老婦人がドアに現われた。

「こんにちは。貸し部屋の件で」

婦人はうなずき、足を引きずりながら脇によけてなかに入れてくれた。玄関はカビと咳止めドロップのにおいがした。東洋ふうの細長い絨毯がところどころまだらに細長く灰色にすり切れている。左側の開いたドアごしに、刺繍のクッションが山積みになった茶色いソファが見えた。「ひとり暮らしする歳には見えないわね」婦人が言った。

「一年生です」

「ルームメイトとうまくいかなかったの？　まあ、ここでは誰も気にする人はいないけど。一度に受け入れるのは三人、それも女性だけで、ほかの二人は教会のネズミみたいに静かよ。ほとんど顔も見ないほど。キッチンは使えないけど、キャンパスで食べるのなら問題ないわね。部屋を見たい？」

「お願いします」

婦人は階段を指さした。「二階の右側の二番めよ。バスルームは廊下の突きあたり。案内できなくて悪いわね。近ごろは二階にもなかなかのぼれなくて」

うなずいて階段をのぼった。部屋は小さいが、とても清潔で、机と化粧だんすがあり、シングルベッドにはぱりっとした白いシーツが敷いてある。クローゼットの扉を開けると、クリーニング店の金属ハンガーがレールにずらりとかかっていた。窓は閉まっていたが、どこかの裏庭から子どもたちの笑い声が聞こえた。見あげると戸口の上に十字架がかかっていた。

階段をおりると、家主は廊下に立って待っていた。「どう?」態度はそっけないが、無礼ではない。でも、キッチンに招いてお茶とケーキを出すタイプではなさそうだ。

「貸していただけますか?」

「下宿代は月二百ドル。最初の月と最後の月のぶんを合わせて最初に四百ドル払えば、すぐにでも入れるわ」

「現金でもいいですか?」

家主は驚いたように眉を吊りあげた。「そんな大金を持ち歩いてるの?」

あたしはバッグからトラヴィスのお金の残りを取り出し、二十ドル紙幣で四百ドル数えた。

「不用心よ、そんなお金を持ち歩くのは」

「ふだんは持ってません」そう言ってお金を渡すと、家主は人差し指を舐めて数えなおした。

「まあ、あなたはまじめなお嬢さんのようだけど、いちおう注意しておきます。この家は男子禁制――わたしの孫息子を除いて。ときどき手伝いに来てくれるの、だから会っても驚かないで」

「わかりました」それからケリー＝アンの部屋に戻って荷物を詰め、部屋を出てドアを閉めた。

仕事が見つかった。家も見つかった。わくわくしないはずがなかった。

ミセス・クリッパーがほかの下宿人について言った話は本当だった――教会ネズミではなく幽霊だったけれど。彼女たちを見かけるのは週に一度か二度、白いタオルを体に巻きつけ、黒髪から水滴をしたたらせながらそれぞれの寝室に消えるときだけだ。ある晩遅く、まぎれもない男の声と、階段をこっそりのぼる二種類の足音が聞こえた。隣の部屋から物音がしたが、朝になって聞こえたのは片方だけ――わが幽霊下宿人仲間が軽やかに階段をおりる音だけだった。ドアをノックしようかと思ったが、否定されるのはわかっていた。トラヴィスのことが頭に浮かんだ。世のなかにはあたしができないことをする人がいるのだろうか？　きっといるに違いない。

今では毎日のリズムが決まった。棚に本を戻し、昼食時間は図書館の誰もいない片隅でツナサンドイッチとアン・ライスの小説で過ごし、それからミセス・クリッパー家の小さな下宿部屋に戻って読みかけの本を読みおえる。週に二日は午前中が休みで、その日は講義にまぎれこみ、この授業に単位がかかっているとでもいうようにノートを取った。ジェイソンが図書館にいる日——とりわけ書棚の奥までついてくる日——は、そんな日課のすべてが崩れた。

「最近フィールドワークに関する何かいい本、読んだ?」

あたしは息を呑み、仕分けしたばかりの教科書を胸に抱きしめて目をあげた。ジェイソンはあたしを驚かせたのがうれしいとでもいうように微笑を浮かべ、「ごめん」とささやいた。

「気にしないで」あたしは次の本の背ラベルをにらみ、棚を探しながらジェイソンから離れた。

彼に名前を呼ばれ、思わず震えをこらえた。「その本、置いてくれる? 少しのあいだだけ」

重ねた本を半分だけ埋まった書棚に載せると、ジェイソンが一歩近づいた。気がつくとあたしは彼のほうを向いていた——金属が磁石に、花が太陽に引き寄せられるように。ジェイソンが二人のあいだに片手を浮かばせた。「いい?」

うなずくと、彼はあたしの首からそっとロケットペンダントを持ちあげ、小さなボタンを押して蓋を開けた。ダグラス・ハーモンが、とうの昔に亡くなったカメラマンに向かって映画スターのような笑みを向けていた。

「ハンサムだね」ジェイソンのシャツはかすかに洗濯洗剤のにおいがし、息からはミント味リステリンの下に焦げたベーコンのにおいがした。「きみのおじいちゃん？」

〝そうならいいけど〟「誰のおじいちゃんでもないと思う」

ジェイソンは眉を寄せたが、あたしは〝古物屋で手に入れたの？〟ときかれる前にあとずさり、ロケットは彼の指からすべり落ちて、さっきよりほてったあたしの肌に戻った。

「本を戻さなきゃ」ジェイソンは通路に置き去りにされ、ダグラス・ハーモンの写真がまだ手のなかにあるかのように片手を伸ばしていた。

それを最後に二度とロケットペンダントはつけなかった。誰かが生涯、愛した人を思い出すよすがにしていたものを身に着けるのが急にいけないことに思えた——生涯、そんな人を持てない自分のような人間が。

数週間が過ぎ、いままでとは違う服を着はじめた。黒いカーディガンに黒いスカート、黒いレースのストッキング。ジェイソンは脚がきれいに見えたほうが好きかもしれない。

あたしは大英博物館にある、研磨花崗岩に彫られたバビロニア王国の美しい怪物たちの写真をじっくりとながめた。怪物は空中庭園の不気味な香水で愚かな冒険者をおびき寄せ、惑わせ、すべての花が千年前に塵に変えられたことを忘れさせる。冒険者の命はほんの一瞬か、その程度だ。

十一月のなかごろ、またしてもジェイソンは両手いっぱいに本を抱えたあたしを隅に追いつめ、感謝祭の持ち寄りパーティに誘った。「行けないわ」

「ベジタリアンとかでも問題ないよ」ジェイソンは早口で言った。「七面鳥以外にも食べ物はたくさんあるから」

あたしは首を振り、笑わないように口もとを引き締めた。「ベジタリアンじゃないけど。でも誘ってくれてありがとう、ジェイソン。とってもうれしかった」

十二月の最初の週、ジェイソンは黄色い貸出依頼票を手に書棚の奥までついてきた。とても古かったり、あまり知られていなかったりして一般の棚にないような本が必要なときは、依頼票に書きこむと図書館員が探して持ってきてくれる。でも本来はレファレンスデスクで頼むべきものだ。

ジェイソンがそばに近づき、熱い吐息が首にかかった。「この本がほしいんだけど」小さな声で、「探すの手伝ってくれる？」

あたしはうなずいて彼の手から依頼票を取り、図書館のいちばん静かな区画を抜けて歩きはじめた。奥の壁にあるドアで番号を打ちこむと、ジェイソンもあとから書庫に入ってきた。そのまま右へ左へジグザグに奥まで進んだ。天井の電灯がしばらく点滅したり消えたりし、あたりはほこりと古い本――おそらく一生読むことはない言葉でできた壁――が発するカビのにおいがした。

そこでようやく振り向き、ジェイソンを見た。彼は珍しい革綴じの分厚い本の背をぼんやりとなでながら通路に立ち、あたしが何をするのかと待っている。

あたしは背を向け、ジェイソンが息を呑む音を聞きながらケリー=アンの黒いフリルのブラウスのボタンをはずしはじめた。最後のボタンをはずしてブラウスを脱ぎ、振り返ると、彼は目をぎらつかせ、指をベルトのバックルにかけていた。鳥肌が両腕を這いあがり、胃を駆け抜けるのを感じながらあたしはブラウスを丸め、並んだ本の上に押しこんだ。

「ここ、大丈夫なの？」ジェイソンがベルトをはずし、ズボンの前のジッパーをおろしながら言った。「ほんとに誰にも見られない？」

「絶対に大丈夫なことは何もない」言ってからあたしは身震いした。それがいかに真実か、言葉にして初めてわかるときがある。

「ああ、やばい」ジェイソンがボクサーショーツの腰ゴムの下に指を差しこんだ。「ああ、どうしよう」

　あたしは視線を落として言った。「その気にさせようとしてるんじゃないの」実際とは反対の言葉だ。口にしているあいだもそう思っていたが、今ではそれが本当かどうかもわからなかった。

「それはどうかな」ジェイソンは息をはずませて一歩近づき、空いたほうの手を伸ばして、鎖骨から右のブラのひもの下に指をすべらせた。彼の指が体の脇をなで、指先を腰のくびれに沈めたとたん、あたしは身震いした。またしても熱い息がかかり、ミント風味の化学薬品の下に健康的な朝食のかすかな痕跡がにおった。

「ブラウスを脱いだのは、たんに汚したくないから」

　ジェイソンはにやっと笑い、「だったらスカートも脱げば？」

　あたしは首を振り、手が届かないところまであとずさった。

「デューイ十進分類法（図書館学者メルヴィル・デューイによる図書分類法）でカニバリズムは何番か知ってる、ジェイソン？」

　彼はきょとんとして見返した。

「三九四・九」〝これは事実だ。事実には大いに心が慰められる〟「どうしてそんなこと知ってるか、知りたい？」

ジェイソンは片手を腰のゴムにかけたまま、笑みを浮かべて近づいた。「ぼくを食べようっていうの、かわいい本の虫さん？」

あたしはさらに一歩さがった。「悪魔学、一三三」

「もっと教えて」ジェイソンがささやいた。「きみはサキュバスかい、マレン？」

「もし——いますぐ——立ち去らなかったら、あたしはあなたを食べる。最初は喉、それから残りを全部」深く息を吸って待つあいだ、ちらっと嫌な考えが——記憶が——忍びこんだ。〝なんどたずねられても、あなたには絶対に言えないことがあるの〟これまでずっとあたしは知りたいと思っていた。

ジェイソンの目が書庫の暗がりのなかで光った。彼が一歩近づき、あたしのあごの先に舌を這わせた。「きみがそんなに変わった趣味だとは思わなかった」

あたしはため息をつき、彼の首に唇を押しつけた。「あたしがそうだとは誰も思わない」

謝辞

ヴィーガンのわたしが人喰い《カニバル》の小説（食屍鬼《グール》も出てきますが、ここでは〝人喰い《カニバル》〟に含めます）を書いたと知ると、人は変だとか、笑えるとか、その両方だと思うようです。その意図を短く言うならば、わたしたちが個人として、かつまたひとつの社会として、肉食という習慣を環境的、精神的影響とあわせて懸命に真剣に考えるなら、世界ははるかに住みやすい場所になると信じているということです。そうした意味で、ウィル・タトルと、師であり友人でありヴィーガンのスーパースターであるヴィクトリア・モランに感謝します。ウィル・タトルの著書『ザ・ワールド・ピース・ダイエット』（*The World Peace Diet*、未訳）は本書『ボーンズ・アンド・オール』を修正するにあたり、わたしの目的を明確にする助けになりました。

二〇一三年一月、原稿の下書きをするわたしに時間と場所と〈栄養は言うまでもなく〉を提供してくれたミセス・ドゥルー・ハインンツと〈作家のためのホーソーンデン・キャッスル・インターナショナル・リトリート〉の皆さまには大変お世話になりました。〈ヘイミッシュ、アリィ、メアリー、ジョージナ、そしてわたしの仲間であるヘレナ、カースティ、メラニー、コリン、テンダイ――あなたがたのサポートに心からのありがとうを。わたしのために推薦状を書いてくれたアン・マリー・ディブラシオとサリー・キムにも。レストラン〈ダート・キャンディ〉で夕食をとりながら、作品の早い段階で（まだ〝恋に落ちた人喰い人種〟というアイディアしかなかったときに！）興奮してくれたノヴァ・レン・スマとレイチェル・カントール、どんなときも緻密で思慮深いシーナン・マクドネル、ケリー・ブラウンとマコーミック・テンプルマンにはその慧眼《けいがん》と熱意に、エリザベス・デュヴィヴィエ、アミー・ライト、ディアドラ・サリヴァン、ディアムッド・オブライエン、アイルブ・スレヴィンとクリスチャン・オライリーにはその思いやりと激励に感謝します。ウィスコンシンでもてなしてくれたマギー・ギンズバーグ＝シュッツとサラ・パレ・ミラー、〝放浪者シチュー〟の作りかたを実演してくれたゲイル・ローリーとポール・ブロッチに心からの愛を。そしていつものように、ブライアン・デフィオーレ、シャイエ・アレハート、エイドリアン・フレージャー、マイク・マコーマックの各氏に感謝します。

下書きのたびに多大なる労力を注ぎこんでくれたエージェントのケイト・ギャリックへ。

それは彼女の仕事をはるかに超えるものであり、わたしを信じてくれたことに心から感謝します。サラ・グッドマン、あなたはすばらしく、そのリストに載せてくださったことは感激のきわみです。アリシア・クランシー、メリッサ・ヘイスティングス、オルガ・グルリック、ポール・ホックマン、ローレン・ホーガン、メラニー・サンダーズ、コートニー・サンクス、スティーヴン・セイマン、ジャスティン・ヴェレラ、ジョージ・ウィッテ、その他セント・マーティンズ・プレスでこの本を愛してくれたすべての人と、ペンギンブックスUKのハナ・オスマン以下、チームの皆さま、本当にありがとう。

そして、どんなときもわたしの作品には読む価値があると思ってくれる家族――血縁者といい、いい、いいとそれ同然に大切な人たち――に最大の感謝を捧げます。

解説

《君の名前で僕を呼んで》の主演ティモシー・シャラメがルカ・グァダニーノ監督と再びタッグを組んだ映画《ボーンズアンドオール》。禁断の恋愛ホラーだということで、世界中に話題を呼んでいる。その映画の原作がカミーユ・デアンジェリスによる本書『ボーンズ・アンド・オール』*Bones & All* (2015) である。

十六歳の誕生日の翌日、マレンが目覚めたとき、家に母ジャネールの姿はなかった。テーブルに「あなたを愛してる、でも、もうこれ以上は耐えられない」と書き置きが残されていた。二歳のときにマレンが「悪いこと」をして以来、何度も何度も急いで荷造りして逃げ出さなくてはならなかった。その生活にもう耐えられないというのだ。

マレンのした「悪いこと」——それは人を食い殺してしまうこと。骨も何もかも食べつくしてしまう。マレンは時としてその衝動を抑えきれないのだった。二歳のときのベビーシッターが初めてのマレンの「悪いこと」だった。その後も、八歳のときのサマーキャンプで知り合った男の子、十歳のときの母親の上司の息子……と続く。そのたびに母親はマレンをつれて逃げた。そのため、彼女にはずっと友だちがいなかったし、自分の家と呼べる場所もなく、そして、今度は唯一の家族にも捨てられた。

母のジャネールは書き置きとともに、お金をいくらかとマレンの出生証明書を残していた。マレンはその出生証明書に書かれた父親の名前と出身地をたよりに、これまで存在も知らなかった父親を探す旅に出ることになる。父親は彼女を受け入れてくれて、そこに自分の幸せも待っているかもしれない……そう考えたのだ。その旅の途中で、マレンはほかにも自分と同じ〝人喰い《イーター》〟がいることを知る。十九歳の少年リーとサリヴァン老人（サリー）と知り合ったのだ。彼らから一人で生きていく術を教わったマレンは、やがてついに父親を見つけ出すが……。

本書『ボーンズ・アンド・オール』は、十六歳の少女マレンの視点から描いたヤングアダルト・ホラーだ。カニバリズム（人肉食）を題材にしたホラーではあるのだが、その一方で、世界に自分の居場所を見つけようとするマレンの成長物語でもある。

二〇一五年に発表され、翌年のアレックス賞に選ばれた。アレックス賞は十二歳から十八歳のヤングアダルトに特に薦めたい大人向けの本十冊として、毎年、全米図書館協会の一部門ヤングアダルト図書館サービス協会が選ぶ賞である。

なぜ、カニバリズムを題材にしたのか。著者カミーユ・デアンジェリスは長年のベジタリアンで、ヴィーガン（卵や乳製品もとらない菜食主義）にもなったという。そのことが作品の設定に影響してはいるのだろう。〝その意図を短く言うならば、わたしたちが個人として、かつまたひとつの社会として、肉食という習慣を環境的、精神的影響とあわせて懸命に真剣に考えるなら、世界ははるかに住みやすい場所になると信じているということです〟と、著者は「謝辞」に記している。しかし、最初は「人喰いが恋に落ちる」っておもしろいのでは、という単なる思いつきから始まったそうだ。実際、カニバリズムを肉食以外の比喩《メタファー》として読んでいくこともできる。フェミニズムや家族の問題としてなど、読み手それぞれに感じられることがあるのではないか。エンタメとして読むこともできるし、深く読みこむこともできる作品である。

カミーユ・デアンジェリスはニューヨーク大学を二〇〇二年に卒業、アイルランド国立大学ゴールウェイ校で二〇〇五年に修士号を取得。二〇〇七年に現代版メアリー・シェリーを主人公としたSFジャンルミックス小説 *Mary Modern* でデビュー。これまでにファンタジイ小説や児童書などのほか、二冊のセルフヘルプ本、アイルランドのトラベルガイド本などを執筆している。現在はワシントンDCで暮らしている。

映画《ボーンズアンドオール》は、監督をルカ・グァダニーノ（《君の名前で僕を呼んで》《胸騒ぎのシチリア》《サスペリア》）、脚本を《胸騒ぎのシチリア》《サスペリア》でもグァダニーノ監督と組んだデビッド・カイガニックがつとめる。マレン役はカナダ出身の新鋭テイラー・ラッセルだ（これまでの出演作に《WAVES《ウェイブス》》など）。リー役は前述のとおり、《君の名前で僕を呼んで》でブレイクし、《DUNE《デューン》 砂の惑星》の主演もこなしたティモシー・シャラメが演じている。また、米アカデミー賞俳優のマーク・ライランスもサリー役で出演。ヴェネツィア国際映画祭で監督賞（グァダニーノ）と新人俳優賞（ラッセル）を受賞した。

映画と小説、いずれも若い二人の人喰いの姿が鮮烈な印象を残す。あわせてお楽しみいただきたい。

（A・T）

訳者略歴　熊本大学文学部卒，英米文学翻訳家　訳書『蜂の物語』ポール，『ウィッチャー短篇集1　最後の願い』サプコフスキ，『プルーデンス女史、印度茶会事件を解決する』『ソフロニア嬢、倫敦で恋に陥落する』キャリガー（以上早川書房刊）他多数

HM=Hayakawa Mystery
SF=Science Fiction
JA=Japanese Author
NV=Novel
NF=Nonfiction
FT=Fantasy

ボーンズ・アンド・オール

〈NV1504〉

二〇二三年一月二十日　印刷
二〇二三年一月二十五日　発行
（定価はカバーに表示してあります）

著者　カミーユ・デアンジェリス
訳者　川《かわ》野《の》靖《やす》子《こ》
発行者　早川浩
発行所　株式会社　早川書房

郵便番号　一〇一 - 〇〇四六
東京都千代田区神田多町二ノ二
電話　〇三 - 三二五二 - 三一一一
振替　〇〇一六〇 - 三 - 四七七九九
https://www.hayakawa-online.co.jp

乱丁・落丁本は小社制作部宛お送り下さい。
送料小社負担にてお取りかえいたします。

印刷・中央精版印刷株式会社　製本・株式会社川島製本所
Printed and bound in Japan
ISBN978-4-15-041504-4 C0197

本書は活字が大きく読みやすい〈トールサイズ〉です。